虚構推理

城平 京

講談社
タイガ

イラスト――片瀬茶柴
デザイン――坂野公一（welle design）

目次

虚構推理

第一章　一眼一足《いちがんいっそく》

寝る子は育つと言い、果報は寝て待てと言うけれど、それはどこまで本当だろう。

岩永琴子《いわながことこ》は雨の音を聞きながら、外でうとうとと眠るのが好きだった。

彼女の父母が言うには、赤ん坊の頃から雨が降っている日は夜泣きもせず気持ちよさそうに体を揺らしていたという。

ただ家の中で眠っている分には別に問題もないのだけれど、物心がついてからは雨音を遮《さえぎ》るもののない、屋外で眠るのが一番気持ちが良いと知ってしまった。

雨が降り出すと屋根のある公園のベンチでうとうと、バス停でうとうと、天気予報で雨のマークが出ているとと、さて今日はどこで居眠りしようかと朝から考える。

現在、十七歳の高校生になってもその習慣は変わらず、高校でできた友人などは笑いながら、

『女の子なんだから気をつけなよ、でも琴子らしいけど』

とあきれて言い、小学生の頃から彼女を知る人は、

『いい加減にしなさい、そんなだから』

と言いかけて口ごもる。

そういう人はああいうことがあってもいっさい変わらない彼女の行動と性格が不気味で仕方ないらしい。

さすがに周囲の声と折り合いをつけ、人気《ひとけ》のなさ過ぎる場所で眠るのは控えるようになったが、相変わらず危険とは思っていない。

「寝る子は育つと言うし、果報は寝て待てと言うじゃあないですか」

彼女はいつもそう答えては雨の日、外でうとうとと眠っている。

ただ彼女の場合、そう言っても説得力が今ひとつ伴《ともな》わないのが困りものだった。


この日も岩永琴子はうとうとと眠っていた。五月十七日の土曜午後四時過ぎ、街で買い物を済ませてからバスに乗って訪れた、H大学付属病院の裏庭テラスにある木製ベンチで。

この日は昼過ぎからしとしとという音色の雨が途切れず続き、これ幸いと思って予約の時間より一時間ほど早く訪れ、居眠りしていたのだ。

救急患者を搬送する騒がしさもなく、来院者の声も足音もひそやかなそのテラスで目を閉じ、まどろんでいると、膝丈《ひざたけ》でレースをあしらったワンピースの裾《すそ》を下から引かれる感触に彼女はまぶたを上げた。

「うん、ああ、もう時間か」

眠い瞳《ひとみ》で腕時計を見ると予約時間の十分前だ。足下で子犬ほどの大きさの歪《いびつ》な人影のようなものが彼女におじぎをしたかと思うと、素早く庭の緑の中に走って姿を隠した。

「うん、ありがとう」

岩永はその方向に言い、座ったままひとつ伸びをして膝の上に置いていたクリーム色のベレー帽をかぶる。それからカーディガンの前を合わせ、赤色のステッキをついて立ち上がった。

別にステッキがなくとも普通に歩けるし、五十メートルだって九秒台で走れるのだが、持って歩かないと父母がまた心配するので、女子高生らしからぬアイテムではあるが思い出したようについて歩いている。

ただし握りの部分は特注で、丸まっている可愛らしい子猫姿のものに交換していた。悪の大総統の持つ杖みたいにドクロ飾りにしてやろうかと考えたりもしたが、自重している。そのくらいの常識は守ることにしていた。

彼女が十一歳の時から週に一度は通っているこの大学病院は郊外にあるものの、外科内科小児科眼科耳鼻咽喉科泌尿器科産婦人科、とにかくほとんどの科があって、地域医療を支えている。

敷地内には緑が多く、玄関前には少し前まで桃白の色彩を盛んに散らしていたソメイヨシノの並木とシュロの木。裏庭にはハナミズキとツツジをあしらって庭園風に広く空間を取っている。施設内にはコンビニエンスストア、理髪店、喫茶店にレストランがあり、最近になって書店もオープンされた。

全国的に売り出せる特色のない県の中心市にある医療施設では一番と言っていいくらいの設備と環境と敷居の低さを感じさせる大学病院だ。

岩永の父の友人がこの病院に勤めているのもあり、また複数の科にわたる診察を受けるとなればそれらが集中している所がいいので、七年近くかかりつけの病院となっていた。

「岩永さん、起こしに行こうと思ってたのに、相変わらず時間には正確ね」

軽快に診察室に向かう途中、顔なじみの看護師にそう声を掛けられた。

「こう見えてしっかり者なので」

「それがどうしても間違いにしか思えなくて」

雨の日の居眠りは看護師の間でも知られているが、診察時間に遅れたことはない。百五十センチに届かない背丈で体重は四十キロに満たない小さな体。そこにベレー帽をかぶって優雅にステッキをついて歩き、浮世の悩みなどなさそうにしゃべる岩永は、まず世間知らずの良家のお嬢様に見え、しっかりなどといった表現とは対極にありそうだ。そして良家のお嬢様という点に関してはまぎれもない事実ではある。

「あ、それと」

看護師は岩永の方に顔を寄せて声を潜めた。

「九郎《くろう》君、やっぱり彼女と別れてたみたい」

岩永はそれを聞いて、予想が当たっていたとはいえ驚いた。

「結婚の約束までしてたのに？」

「詳しくは聞けなかったけど、間違いない。彼女の方がひとつ上で、この春、先に大学卒業して他県で就職したっていうから、そのあたりが原因じゃないかな」

遠距離恋愛になって別れるというのはよく聞く話だが、岩永は首をかしげた。ひとつ上なのも大学卒業も前からわかっていたはずだ。迂闊《うかつ》な頭の持ち主でもない限り、それが現実になったからといってひと月やふた月で別れる原因にはなりそうにもない。実際、岩永が見るところ、『九郎君』もその彼女も迂闊な方ではなさそうだ。

「とにかく九郎君、今日も従姉《いとこ》の人の所へお見舞いに来てる。うまくすれば会えるかもしれないから、がんばりなさい」

看護師は含み笑いをしてそう勧めた後、神妙な顔になって声をまた潜めた。

「あと、その従姉の人、長くないかもしれない。前からいろいろ問題にはなってたから、早くしないと大変よ」

見舞う相手が病院からいなくなれば、彼と会える機会はなくなるかもしれない。確かに大変だ。

そうして仕事に戻っていく看護師の背に岩永は小さく頭を下げ、湿った廊下にステッキをついて診察室に向かった。

さてがんばれと言われてどうしたものか。とりあえずお近づきにならないと。

岩永はベレー帽をかぶり直し、ステッキをくるくる回しながら診察室にあらためて歩き出した。


岩永が『九郎君』、桜川九郎《さくらがわくろう》という青年に会ったのは二年前、十五歳の時だ。中学最後の夏休みが始まってまもなくの頃だった。この日も岩永は病院を訪れ、今日は夕立くらいないものかと診察後に廊下を歩いていたら、前方を同じく歩いていた青年が、見事なくらい無様《ぶざま》に彼女の方に倒れてきた。

曲がり角から急に子供が走り出して来て、それを避けようとバランスを崩したらしい。崩すにしてももうちょっと安全な崩し方がありそうなものだが、と思ったが、黙って見ているわけにもいかず、岩永は数歩ばかり踏み出してその体を受け止めてやった。

青年は細身ではあったが岩永より三十センチは背が高く、軟弱そうであっても体重は倍近くはあったろう。けれど彼女には二本の足とステッキという三点の支えがあり、加えて腕力だって日頃から鍛えてそこらの娘子よりあるつもりだ。右手で抱き止め、青年が後頭部から倒れて死に至る惨事《さんじ》を美しく食い止めた。

「大丈夫ですか？」

「あ、これは、どうも」

青年は倒れるのを覚悟していたのに後ろからしなやかに、かつしっかり受け止められ、その受け止めた相手が若い、ひょっとすると幼いと言うべき女の子であったのにものすごく戸惑った様子だった。さらにその彼女はステッキまでついている。男子としてはばつが悪いことこの上なかったろう。青年は慌《あわ》てて岩永の手を離れて向き直る。

「助かったよ、あ、ごめん」

「ならば、命の恩人として一生覚えていただければ幸いです」

「そんなおおげさな」

と青年は言いかけたものの、

「そうか、普通なら死ぬ場合もあるか。うん覚えておく」

と彼女を見下ろして笑った。それが桜川九郎で、この時二十歳だった。

岩永はその時、彼を山羊《やぎ》のような人だと感じた。見抜いたと言うべきだろうか。

細くてぼんやりしてもさもさと草を食べて、やっぱりぼんやりした生涯を送りそうなのだけれど、奇妙に生命力を感じさせる。

そう、山羊を草食動物と侮《あなど》ってはならない。その性質は敏捷《びんしょう》であり、高地でも荒れ野でも苦もなく暮らす。また種類によって山羊は強靱《きょうじん》な二本の角を持つ。まるで鬼のような角を。青年にはそんな容易ならない鋭利さも感じられた。

これが一目惚《ぼ》れというやつか。岩永は名も知らぬ青年を見上げてそう得心し、この後の予定を聞こうとしたのだが、後ろから邪魔が入った。

「何してるの、九郎君。みっともないな」

九郎よりほんの少し背の高い、彼と同い年くらいの女性だった。長く形の良い足を誇示するぴったりしたパンツをはき、硬質で黒い髪を首辺りまで真っ直ぐに伸ばして、台風のただ中にあっても足元どころか眉《まゆ》ひとつ乱しそうにない迫力の女性だった。

「サキさん。その、彼女に助けられてね」

「見てた。ぼんやりしてるから、もう」

サキと呼ばれた女性は腹立たしそうに九郎の言葉を遮り、岩永に本当に申し訳なさそうに頭を下げる。

「ごめんね、迷惑かけて。ありがとう」

なぜお前があやまる、と岩永は腕を振り上げそうになったものの、女性は九郎にもいま一度頭を下げさせ、こちらが口を挟む間もなく、それでいて一切礼を失した印象を周囲に与えず、九郎の手を引いて廊下を曲がって去っていった。

あの女は姉か親戚かひょっとすると妹か、と可能性を検討したが、普通に判断して年上の彼女にしか見えない。一目惚れした瞬間にいきなり障害を発生させて流れを断ち切るとは、なんと意地が悪い展開だろう。これまで一度も運命の流転《るてん》に恨みを抱いたことのない岩永だったが、この時ばかりは本気で腹を立てたものである。

長い通院歴を生かして親しくなった看護師に、その青年について試しに尋ねてみると、思いの外、情報が得られた。

青年は桜川九郎といい、この病院の母体であるH大学の法学部の二年生で、長期入院している従姉の見舞いによく訪れるということ。一緒にいる女性はやはり彼の彼女で、ひとつ上の先輩に当たること。二人は高校の時から付き合っており、九郎は彼女を追って同じ大学に入学したらしいこと。

「琴子ちゃんには悪いけど、九郎君は無理じゃないかな。ほら、彼、見た目もいいし人当たりもよさそうだからうちの看護師仲間でも何人か声をかけたりしてるんだけど、サキって彼女のこと愉しそうに話すばっかりだって」

「それは愉快じゃあないですね」

とはいえ、彼がサキという女性を好きでも、サキが彼を同じ程度に好きとは限らない。

「ところがあの彼女の方もね、九郎君が親しそうに看護師と話してると、にこやかに割って入って空気を悪くせず、さっと彼を引っ張ってどこか行くのよ。だいたい以前は一緒に来たりしなかったのに、看護師が狙ってるのを勘づいた辺りから、よく連れだって来るようになったもの」

「気が強そうな人でしたからね」

「独占欲も強いんでしょうね。それを考えても、彼女の方が九郎君に惚れきってる感じがする」

「私に勝ち目はなさそうですか?」

「九郎君の好みがああいう人なら、恋愛対象にもならないかな」

サキという女性は大人っぽくて賢そうで背が高くて、肉付きはよくないもののよく動いて活発そうな体をした、髪の毛からしてすらっとした美女だった。岩永はというと、肉付きがよくないのは同じでも、それ以外は正反対の少女体型だ。髪質は柔らかくて波打ちがちであり、あんまり頭の回転が良さそうにも見えない。今後の成長に期待はあるが、遺伝を考慮すると望みは持てない。

「まあ、まさかもあるから、いきなりあきらめなくてもいいけど」

看護師は言葉の内容とは逆にあきらめを促《うなが》す意図が明白な口調でそう岩永の背を叩《たた》いたものだ。そして彼女の周りに時折姿を現すもの達も、

『おひいさま、あれはおやめください、あれはちがうものです。あれは、あれは、おそろしい』

としきりに警告していった。

そんな出会いから約二年。岩永は月に二、三度病院で九郎を見かけたり観察したりはしたが声は掛けられず（サキが大抵一緒にいた。一緒にいなくてもすぐ現れた）、ただし看護師から彼の近況はよく耳に入れていた。双方が大学を卒業したら結婚する約束をしている、互いの両親への紹介も終わった、結納《ゆいのう》の予定も、というのっぴきならない情報が去年の末くらいまでに入っており、ベレー帽を壁に投げつけてやろうかと口を曲げたりしていたものなのだ。

そこでこの四月。病院のロビーで見かけた九郎はひとりだった。心なしか肩が落ちて、背が丸まっていた。目に陰が増しても見えた。それで看護師に、九郎さんは彼女と別れたのでは、と水を向けて、それとなく確認を頼んでおいたのである。

「そういえば二月くらいから、彼女の話題をしなくなってたかな。あれ、あんまり誰とも会話もしてないか？」

看護師はそう眉を寄せた。

そして今日、岩永の見立ては正しいとわかった。これがチャンスかどうかは判断が難しい。一方でいい加減声を掛けないと、九郎とのつながりが消えてしまう。順調に学業をこなしていれば九郎は今年度に大学を卒業し、就職となれば病院に来られる回数も減るだろう。違う都市や県に移ったりすればなおさらだ。

さらに看護師の忠告通りなら、九郎が病院を訪れることもなくなってしまう。実はその従姉が自殺未遂を繰り返しているとか、月に二度は蘇生《そせい》のために手術室に運び込まれているとか、一方で派閥争いのキーパーソンになっているとか、なんだいそれは、と言いたくなる噂《うわさ》も耳にする。真偽のほどは岩永にも不明だ。

そんな従姉だ、いつ何時《なんどき》、わけのわからぬ理由で亡くならないとも限らない。看護師がわざわざ言ってくれたくらいなのだから、いよいよ危ないのだろう。

ならここは逃してはならないチャンスに違いない。岩永はいつもと同じ状態であるのを確認するだけの診察を滞りなくこなしつつ、病院のどこで九郎に会えそうかと思案した。


岩永が診察を終えた後も、雨はしとしとと降っていた。いつもなら帰りのバスの時間までまた外のベンチで眠るのだが、今日はそうもいかない。探すほどもなく、九郎は見つかった。半時間ほど前まで岩永が腰掛けていたテラスのベンチに浅く座り、桜の季節が過ぎた後に咲き誇り、雨に打たれるハナミズキを眺めながら、足を組んで紙コップに入った飲み物を口に運んでいる。

この二年で、岩永は望んだほど身の丈も肉付きも増量せず、大人っぽさも備えられなかったが、九郎も初めて見た時と大きく変化はしなかった。

耳の先が隠れるくらいの髪の長さなのも、誰の妨《さまた》げにもならないよう高い背を気遣っていそうな佇《たたず》まいも同じだ。今日は濃い青のジーンズに白いTシャツ、枯れ草色の薄いジャケットを飾らず身につけている。地味な青年だった。押しが弱そうでもあった。雑踏にあればすぐにまぎれてしまうひとりだろう。

けれどよくよく見ると顔立ちは整っており、何を着てもそれなりに似合ってしまいそうな均整のとれた手足の長さをしている。学校やクラスや会社で一番人気になりはしないが、現実的に付き合えそうで、実はけっこうな当たりくじではないか、と女子の間でささやかれる男子かもしれない。

その彼を高校生の時からしっかり捕まえていたサキという女性は、口惜しいが見る目があったのだろう。でも別れてしまえばこちらのものだ。

岩永は足音もステッキの滑り止めの音もなるべくさせず、ベンチに近づいた。

「どうも、お久しぶりです」

そう横から声を掛ける。九郎は首を回して彼女を見上げ、その出で立ちを奇異に受け取る反応はしなかったものの、いぶかる表情は浮かべた。

「ええと、誰かな?」

「命の恩人の顔形を忘れましたか」

「あいにくここ十年くらいは生命の危機を感じたことはないけど」

「二年くらい前、この病院で」

九郎は眉を寄せたが、どうにか記憶を引っ張り出せたらしい。

「ああ、後頭部を打って死ぬかもしれないとは聞いたけど、あの時の女の子はベレー帽なんかかぶってなかった」

「あんたは女子を帽子で識別してるのか」

顔形どころかステッキを持った少女という個性まで忘れるとはどういう記憶力だ。覚えておくと言ったくせに、これだから男という生き物は。

九郎は肩身が狭そうにベンチから少し腰を上げ、座っている位置を左にずらす。

「ごめん、女の子の顔を覚えるのは苦手で。あんまりよく覚えてるとサキさんの機嫌が悪くなったから」

あの女は心底独占欲が強かったらしい。癪《しゃく》に障《さわ》ったので岩永は帽子を取りながら九郎の隣に座り、ステッキを左手に握ったまま九郎を見上げた。

「ではあらためて覚えてください。岩永琴子といいます。岩石の岩に永遠の永、楽器の琴に子供の子。十七歳になりました。活《い》きがいいです」

「うん、今度は忘れない」

「そうですね、サキさんとも別れられたそうですから」

九郎は口に運びかけていた紙コップを途中で止めた。

「どうしてそれを？」

「私はもう七年近くこの病院に通っていて、看護師さんとも仲が良くて恩も売ってありますから、あなたが桜川九郎という名で今二十二歳で従姉の方へのお見舞いで三年以上来院されているといった情報も聞き出せたりできるんですよ」

雨脚がにわかに強まった。庭の色がふっとかすみ、また像を正しく結ぶ。雲の上で雨をまくバケツが、ひと時だけ倒れて転がったよう。

九郎は苦笑して紙コップに口をつける。

「この病院の個人情報保護はどうなってるのかな」

「お見舞いの方のものまで守る義務はないとか言っていましたが」

「そういうものなの？」

「うさんくさいですね。でもさすがに九郎さんの従姉さんの名前や何科で何棟にいて何故《なぜ》入院しているとかは教えてくれませんが」

興味はあれど、人には知られたくないこともあるだろうから、無理に知ろうとしていないというのもある。

九郎が少し遠い目をした。

「知らない方がいいよ。長期入院の理由なんて、大抵面白くもないだろうし」

岩永も自分が長年通院している理由は、人が聞いて面白いものではないと思う。訊《き》かれれば話すのに抵抗はないけれど。

「そういえば、従姉の人はもう長くないという噂は聞きましたが」

「まあ、当人が長くしたがってないから」

この話題はどこを掘っても気持ちの弾む流れになりそうにない。だいたい、岩永が本題にしたいのは従姉の人についてではなかった。

「で、サキさんとこの春先ぐらいに別れられた話ですが」

「僕の個人情報は本当に守られていないな」

「それはあなたが若い看護師と不必要な世間話を考えなしにされているから」

とはいえ、岩永はいまだにサキという女性の苗字も漢字表記も知らないでいる。社会的な位置もさっぱりだ。病院内の噂話には限界がある。おそらく九郎は、自分については話しても、責任の負えない友人知人に関しては、話すべきこととそうでないことを区別しているのだろう。けして考えなしではないはずだ。

でも若くて色気のある看護師と和気藹々《わきあいあい》と話している姿は、個人的に考えなしと見なしている。

「ともかく、晴れておひとりになられたんです。新しい出会いで心機一転してみる気はありませんか」

「要点をまとめて言ってくれる？」

「私と結婚を前提に付き合いませんか。二年前から片想い、この時を待っていました」

岩永は機会が来ているというのに足踏みするのは性に合わないので、望まれた通り要点をまとめて九郎の目を凝視《ぎょうし》して言ってみせた。

九郎は九郎でようやく隣に座った少女に興味を持ったらしい。警戒心を強めてもよさそうなのに、距離を置こうともせず、むしろ座り直して岩永のつむじからつま先、鼻の頭まで視線を動かした。

「きみは見かけによらず直接的だな。二年も待っていたのは粘着的だけど」

「宿命は待つことができるのです」

「でも中学生と付き合うのは条例的に」

「だから十七歳で高校生、来年あなたの通っている大学を受験する予定です。あんたの記憶力はニワトリ並みか」

発育は中学生で停滞しているし、間違われるのも珍しくないが、この男はどこまで本気なのだろう。

「きみはしばしば柄《がら》が悪くなるね」

「失礼な、時々です」

イカやタコだって状況に応じて体の柄を変えて身を守ったり攻撃したりするのだ。人間様だって時によれば柄だって変わるさ。たぶん、その柄とこの柄は若干《じゃっかん》示すものが違うだろうが。

九郎は空にした紙コップをベンチに置いて口許を押さえ、くすくすと笑う。なんと屈託なく、快《こころよ》い笑い方をする人だろう。岩永は腹を立てつつもちょっと見惚《みと》れた。思えば二年も片想いして、こんなにも近くで、こんなにも長く、同じ空気を吸うのは初めてだった。

それこそ柄でもなく鼓動が速くなりそうになって、岩永は右眼の前に垂れる髪をいじって気を落ち着ける。

隣の九郎はまだ小さく笑いながら、暗い遠い空に目を遣《や》った。

「冗談だよ。楽しくなってね。女子高生から告白されるなんて、僕も案外捨てたものじゃないんだって。久しぶりにいい気分だ」

いい若い者が前向きそうで実は陰鬱《いんうつ》なことを言う。岩永は首をかしげた。

「よほどサキさんにひどく捨てられましたか？」

「サキさんのせいじゃないよ」

「でも捨てたのはサキさんでしょう」

認めたくないものの、九郎はサキに未練を有り余るほど残しているようだ。

別れて二ヵ月は経っているはずなのに、切り替えが遅いのは性格か、やむを得ない理由があるのか。そこを質《ただ》そうとする前に、九郎が自発的に話し出す。

「高校の頃から付き合って、遠距離恋愛の時期もあって、それも乗り越えて、去年の秋には彼女のご両親にもご挨拶して、来年には結納を済ませてしまおうって話も出ていたところに、雪崩《なだれ》を打ったみたいに別れることになったから」

初対面に近い相手にここまで話すかという内容だ。これはこれで、誠意をもって岩永の告白を断ろうという意思表示かもしれない。もしかすると、これまで誰にも別れるまでの顛末《てんまつ》を話せないでいて、いい加減言葉にして気持ちに整理をつけようという考えかもしれない。

彼にとって子供みたいで病院にしか接点のない岩永は、後腐れなく話せる都合のいい相手でもあるのだろう。

九郎は右手の指先を額に当てた。

「どうしようもなかった。わかってはいるけど、いろいろ信じられなくなった。だから新しい付き合いもしばらくは無理かな」

「具体的に」

「え？」

岩永は手にしているステッキをひょいと持ち上げ、九郎の鼻先に突きつけた。

「具体的に、何が原因で結納直前から破局までみっともなく落下したんです？」

そこをはぐらかそうとしているのは明白なので、追及の矛先を向けたわけである。

気を悪くさせるとも思われたが、九郎は面白そうに頰《ほお》を撫《な》でた。それと同じ態度を岩永は何度も見た記憶がある。リハビリや体育の時、悪意はなく単なる好奇心で、けれど優位に立つ者特有の目線で、この小さいお嬢さんはどれくらいやれるのだろう、どれくらいで逃げ出すだろう、と医師や教師が値踏みする顔つきだ。

九郎にとって具体的原因とは、小さいお嬢さんには荷が重いと考える内容なのだろう。好奇心に負けたのか、割合あっさり、軽い調子で九郎は話し出す。

「去年の末、サキさんと一緒に京都旅行をしたんだ。そこで新年を迎えて、夜中に古都を歩きながら初詣《はつもう》でに行こうって計画で」

「婚前旅行っ。なんとふしだらな」

「きみはいつの時代の人だい」

向こうの親御さん公認の仲なら何をやったっていいわけだが。九郎は足を組み直し、ベンチの背もたれに深く体を預け、岩永を斜め上から眺めて続ける。

「それで月の光も明るく、除夜の鐘のする夜道を、鴨川《かもがわ》沿いに二人で歩いてたんだ。そうしたら前に、カッパが現れてね」

唐突《とうとつ》に、非日常的な名詞が挟み込まれた。文脈からして、レインコートの別称ではないだろう。

「あの水辺に現れる妖怪と言われてる?」

「うん、あのカッパ」

「ガタロウや水虎《すいこ》やひょうすべじゃなく？」

一応、どれも水辺にいる妖怪変化の一種で、別のものなのに『カッパ』と乱暴にひとくくりにされてしまったりもする。

「詳しいね。きみは何かと意外だな。全身濡れていて、二本足で立って、背中にすっぽんの甲羅《こうら》のようなものがあって、口の辺りが尖《とが》っていて、人間くらいの大きさをした、なのに人間の色合いをいっさい持たない、カッパと呼んでおくのが適当な『もの』ではあったよ」

再開発も高層建築もコンビニエンスストアもファーストフード店も自由な展開がままならない伝統の町、京都と言うべき話である。

普通に考えれば年明けに酔って浮かれて川に落ちて這《は》い上がった可哀想な中年男性を見間違えたとすべき笑い話だ。

なのだけれど、九郎は薄い笑みを頬に刻みながら、その黒い瞳は一切笑っていなかった。岩永の理解の鈍そうな反応を掌《てのひら》で転がす風に再び唇を開く。

「確かなのは、それが人ではなかったこと。生物学で知られている動物でなかったこと。それでも生きて動く何らかの生命体であったことだ。それを認めた瞬間、自分達の暮らしている世界のルールに亀裂が走るんじゃないかって存在感の、恐ろしげなものだったんだよ」

ただそこにいただけなのに、カッパ君もひどい言われようだ。

岩永はこの有名な妖怪のために弁護を買って出ることにした。

「カッパは悪いものではありませんよ。近頃はえびせんやお寿司を勧めてくれる小粋《こいき》なやつです」

「その時会ったのは、泥の匂いがして、川底に引きずり込んで体液を吸い尽くしそうなやつでね。翌日、その辺りで水死体が発見されもした。事故とされたけれど、原因は不明のままだ」

これは困った。単に間の悪い偶然の水死者かもしれないが、カッパ君には不利な出来事だ。

元来水辺の化け物はそういう人間にとって剣呑《けんのん》な生態であり、実際やっているかもしれない。ほらカッパだって栄養を摂取して生きていかなければなりませんから、と言うのも弁護としては弱いだろう。

「妖怪どころか幽霊も心霊写真も信じない、心臓に毛が生えてそうなサキさんがね、それをひと目見ただけで怯《おび》えて震えて、僕にしがみついた。ベッドの上でもそんな風にしたことなかったのに。そりゃそういう頼りがいのある所が好きでもあるんだけど」

「のろけはいいです、面白くもない。それでどうしたんです？」

九郎は己《おのれ》を卑下するように両手を広げた。

「そんなサキさんには目もくれず、恐怖に声を震わせて、彼女を置いて脱兎《だっと》のごとく逃げ出したよ」

午前零時を過ぎ、年が明けたばかりの夜の鴨川沿いにどれくらい人がいたのか定かではないが、よく騒ぎにならなかったものだ。聞き方によってはたいそう情けない話ではあるが、当人にすれば切実というのもよくある話で。

「まあ、カッパですからねえ。カッパですからねえ」

岩永はなるべく同情を伝えるため二度言って三度うなずいた。

「でも逃げ出したのは事実だ。後でそんな人だとは思わなかったと言われ、以来、気まずくなって、サキさんが就職で三月にはここから離れるのを機に別れ話を切り出された。それはそうもなるよねって話だ」

九郎はジーンズのポケットから携帯電話を取り出し、デジタルの時刻表示を確かめる。

「今頃サキさんは警察学校で研修中かな。今後、水死体を見るたびにカッパのせいかもって考えてしまう心の傷になってなければいいけど」

「薄情な女の行く末なんかどうでもいいじゃあないですか」

「人生をカッパに台無しにされていいほど薄情な人じゃないよ」

九郎がポケットに携帯電話を差し込み、空にした紙コップも握って立ち上がる。

「僕の話を信じようと信じまいと構わない。信じないなら僕は振られたのをカッパのせいにする頭のおかしな大学生だ。いや、振られたショックで頭がおかしくなった大学生かな。どっちでもきみの彼氏にはふさわしくないだろうね」

そう穏《おだ》やかに言い、また卑下する風に肩をすくめて岩永に笑いかける。

「そろそろバスの時間だ。きみは迎えの車でも？」

頼めば彼女の手を取り、迎えの場所までエスコートしてくれそうな物腰だ。けれど岩永は断りを表す右の掌を前に出した。

「いえ、私もバスです。時間的に同じものでしょう。でも話はまだ終わっていません」

彼女のたしなめる調子を感じてだろう、九郎が不審そうに足を止めた。

「主語をはっきりさせてください。サキさんを置いて逃げたのはどちらです？」

九郎はそこを省いていた。誰が、誰から逃げたのか。

話の流れからすれば逃げたのは九郎として聞いてしまう。けれどそうでなくても話は通じる。嘘はついていないが、本当のことも伝えない表現とも取れるのだ。

雨が降っている。モルタルの床をかたつむりが這っている。排水口に天の水が流れ、吸い込まれていく。

「逃げたのはあなたではなく、カッパの方ですね。カッパはサキさんの横にいるあなたを見て恐怖し、逃げ出した。知能があるだけに、恐ろしさがよくわかったのでしょう。カッパにすれば災難です。夜中に不意にあなたと会ってしまうなんて、同情します。そしてサキさんは、あのおぞましい妖怪が見ただけで怖じ気《おけ》をふるい、逃げ出すあなたとは何者だろうと不気味になり、そんな人だと思わなかったと言った。そうでしょう?」

九郎はしばらく岩永の膝の上にあるベレー帽辺りをじっと見ていたかと思うと、やがて頭をかいた。

「きみは根本的な所を勘違いしている」

「どこを?」

「カッパなんてこの世にいるわけないだろう?」

「いませんか?」

「もちろん」

「さっきはいると言っていたのに?」

「あれは嘘だ。女の子相手に失恋を正直に語りはしない。それでもいると思うなら、まずはここの精神科を受診するといい」

「残念、すでに月一回診てもらっています」

受診しているといってもこの五年くらいは担当医師と世間話をしているだけで、もう受診の必要は特にないと微笑《ほほえ》まれてもいるのだが、父母を安心させる儀式と割り切っている。

ひょっとすると担当医師も岩永を安心させるために、本当は必要なのに嘘を言っている可能性も否定はできないが。

「そうか。なら引き続き診てもらうのを勧めるよ」

九郎は普通なら、頭のおかしい娘に絡まれたものだ、と困った顔をしていいものを、むしろ逆に、この娘の言うことなら周りも信用しないな、と安心する顔をした。

「じゃあ、お大事に」

ではさようなら、と道化師を気取って逃げる風に、足を返しかける。

しかし岩永はステッキの先でモルタルの地面を突いてタンと高く鳴らした。這っていたかたつむりが驚いたのか殻から伸ばした体を彼女の方に振る。

「話を続けましょう。私はカッパとは一度しか面識がありません。けれどそれに類するものはよく見知っています。こんな町、こんな病院にだって、妖怪、あやかし、怪異、魔、そう呼ばれる『もの』が潜んでいます。カッパほど有名でなくとも、この庭のツツジの陰、ハナミズキの梢《こずえ》、ひそひそと私達をうかがってもいます。おおかたは害になるものではありませんが、確かにそこかしこに存在します」

岩永はよいしょ、とベンチから腰を上げ、ワンピースの皺《しわ》を伸ばしてベレー帽を頭に載せ、ステッキの握りについた子猫を手の中に包み込み、真っ直ぐ立つ。

「その『もの』達があなたを見て私にささやきます。『あれはちがうものです。あれは、あれは、おそろしい』」

桜川九郎という名の青年は目を細め、一歩退いて岩永に相対した。今度ばかりは警戒心をあらわにしている。

「きみは何者だ？　なぜそのもの達の存在を、そこまで確信している？」

どうやら九郎は、当たり前に潜むもの達を感じ取れてはいないらしい。それも仕方ないだろう、そのもの達は九郎に気づけばすぐさま逃げ出す。九郎が日常でそのもの達にはっきり出会う機会はまずない。カッパとの遭遇は、双方にとって運が悪かったとしか言いようがない。

岩永はにこりと口許だけを笑《え》ませて答える。

「私は十一歳の時、そういうもの達に二週間ばかりさらわれていたことがあるんです。そのもの達は深い山の奥で、さらった私に願いました。『どうかわれらの知恵の神になってくださいまし』と」

「知恵の神？」

いぶかる声に岩永はうなずく。

「はい。そのもの達はおおむね知能が低く、それゆえに自分達に知恵と力を貸し、争いを鎮め、取りなしてくれる存在を求めていたんです。十一歳の私は答えました。『はい、なりましょう』と。以来、そのもの達は争いごとや問題が持ち上がった時、私に仲裁や解決案を求めて全国から相談に訪れるようになりました。人間との間に起こったトラブルもあって、しばしば頭を悩ませます」

かつりと足を鳴らし、岩永は九郎へ歩をひとつ進めた。

「その代わり、そのもの達は私に手を貸してくれもします。ベンチで眠り込んでいれば診察時間前に起こしてくれたり、病院で何がなくなってどこにあり、点滴を取り違えた、どこかの患者の容態が急変した、といったことも知らせてくれて看護師さんに恩を売るのに役立ったり」

息を詰めてそんな岩永を見下ろしていた九郎だったが、ふっと肩の力を抜いて首を横に振る。

「信じ難《がた》いな」

「ごもっとも」

ただ少なくとも九郎の興味は引けた。岩永の言葉を信じなくとも、『違うもの』であるのは、九郎自身が一番よく知っていよう。

「では六年前、七月頃の新聞を調べてみてください。この市で岩永琴子という小学五年生の女の子が行方不明になって一週間後、公開捜査に踏み切られています。顔写真も公開されています」

当初は誘拐と思われ、父母は警察へ届けるのを躊躇《ちゅうちょ》していたのだけれど、三日を過ぎても犯人側から接触がなく、その他の可能性が高いと考えて警察へ連絡、それから四日後公開捜査を許可したのだ。

「そしてさらにその一週間後の明け方、女の子は市内の公園のベンチでのんきにうたた寝しているのを発見されました。プライバシーに配慮して詳細は伏せられ、大きな記事にもなりませんでしたが、一部の地方紙ではこう、きちんと書かれています」

岩永は左手のステッキをくるりと回し、右眼にかかる髪を軽くかきあげ、九郎の反応を愉しむように言ってみせた。

「発見された女の子は左足を膝下から切断され、右眼をくりぬかれていたと」

今の今まで、九郎は岩永が義足と義眼をはめているのに気づかなかったようだ。あるいはそう言われても、見た目では判別がつかないかもしれない。特にワンピースの裾から伸びる足は膝の上までソックスで覆われているとはいえ、その形と線はもう一方の足と変わらない。近年の医療器具の進歩には目を見張るばかりである。

岩永は絶句している九郎に構わず続ける。

「当然、その犯人は捕まっていません。以来、私はそのもの達の知恵の神となったわけです」

腕時計を確認する。バスの時間だ。

「時間ですね。では続きは後日」

バスに乗り遅れるのに気づくまで動きそうにない九郎を放って岩永はステッキをつき、

こつこつと病院の玄関口に歩き出した。

日本最古の文献と言われる『古事記』に「クエビコ」という神の名が記されている。一本足で歩くことはできないが、世のことをよく知ると言われる知恵の神だ。一本足であるために「案山子《かかし》」ともつながりがあると言われる。今でも「クエビコ」を祀《まつ》る神社は学業、教育の願いを叶《かな》える所として、祭りもさかんに行われるほどだ。

また「一つ目」の者も、時に神、もしくはそれに近いものとして扱われていたという。神への捧げ物として人と区別、ここでは「聖別」するために片方の眼を傷つけ、祀り上げて人と神をつなぐものとしたり、鍛冶神の特徴として世界的に一つ目や一本足が挙げられることも多く、それはそもそも神の条件として描かれることも少なくない。一眼や一足の神の類《たぐい》は、数多《あまた》の伝承に見られるものだ。妖怪としてよく語られる「一つ目小僧」は、山の神が身を落とした姿だ、という説もあるくらいだ。

岩永をさらったもの達が左足と右眼を奪ったのは、彼女をそうして神にするためであったと、岩永は受け入れている。

状態に慣れるのに時間はかかったものの、これまで見えなかったものや知らなかったことに触れられる力を得たのだから、悪い交換ではない。

十一歳の岩永がベンチで発見された時、服装に乱れはなかったがスカートからは不自然に右足しか垂れておらず、頰には閉じられてくぼんだ右眼から流れたであろう血の跡がはっきり残っている有り様で、その上ベンチに座って身動きひとつしないので、完全に死んでいるものと思われたらしい。

しかし耳を澄ませば岩永は規則正しい寝息を立てており、病院に運ばれても特に異常は見当たらなかった。左足は荒っぽく、何かにかじられたかのように切断されてはいたものの、傷口は多量の出血にいたる前に酸か何かで溶かし固めたように処置されていて、病院であらためて外科的な治療を施す必要もなかった。

くりぬかれた右眼も同様に、眼窩《がんか》は傷つき、空っぽにされていたのに、膿《うみ》や腫《は》れはほとんど見られず、ほぼ治癒していたということだった。妖怪、化け物といったもの達がどういう医学的知識を持っているか知れないが、行為は野蛮でもその後の扱いには細心の注意を払ったのだろう。

岩永自身は、さらわれていた間にどう体に細工が成されたかよく覚えていない。そのもの達が何を語り、求め、自分がどう答えたかは覚えていたが、それにともなう痛みや苦しみはさっぱり記憶にも体にも残っていない。片眼と片足を失ったというのに、周囲が騒ぐほどそれが大変とは認識できないでいた。神様になるとはずいぶんと緊張感のないものだと思ったものである。

捜査関係者にさらわれていた間何があったかを遠回しに訊かれた際、どうにか十一歳なりの知能で、「化け物っぽい連中にさらわれて神様になりました」などと言うとえらくまずそうなのは察せられたので、「よく覚えていません、はい」とのらくら答えていたらそのうち聴取されなくなった。

警察も有益な情報を期待していなかったろうし、父母もさらわれていた間に何があったか覚えていない、思い出さない方がむしろ幸いと逆にほっとしていた。二ヵ所の欠落以外の外傷はなくとも、その二ヵ所だけでどんなおぞましいことがあったかと、無関係の者でもあれこれ想像してしまえるだろう。

記憶がなく、岩永が以前と変わらない様子で生活しているなら警察も無理はしたくなくなる。捜査はびっくりするくらいの手掛かりのなさで迷宮入りしてしまったが、再度の聴取を岩永は求められていない。

事件後、岩永は最低でも週に一度は眼と足の検診、義眼と義足のチェック、何かを思い出したりした時のためのカウンセリングを受けている。中学生の間は病院どころか学校に行くにも車での送り迎えがついていたのだが、行動に制限があり過ぎるので地道に説得を繰り返し、今は自由に外出もできるようになっていた。

雨の日にどこともなく居眠りする自由が許されないのだけは仕方がない。そうやって眠っていてそのもの達にさらわれたのは事実なのだから。

「予想通り、ということかな」

九郎と接触を果たした次の日の日曜、岩永は市立図書館の前に立ってその建物を見上げながらそう言っていた。昨日とは打って変わって朝から快晴で、この午後二時過ぎには暑さを感じさせる。

「どうも、調べ物は終わりましたか?」

自動ドアから外に現れた、昨日とほぼ同じ服装の九郎に、岩永はいつものベレー帽を載せた頭を軽く下げた。九郎は出て来るのを待ち構えていたかのような彼女の姿に足を止め、右手を額に当てたが、やがてあきらめた風に肩を落とした。

「よくここにいるとわかったね」

「初歩的な推理です。私の言葉を確認するのにまずインターネットで検索をかけたでしょう。ただ六年前、被害者が未成年で死亡もせず、事件も未解決であれば十分な情報はヒットしないでしょう。またネット上の記述は不確かです。慎重な人なら実際の新聞記事を確認したくなるはずです。事件の日付はネット情報で絞り込めますから、図書館で閲覧手続きをして記事を発見するのはさほど手間ではないでしょう。時間的に今頃、確認を終えて出てこられると思っていました」

正しくは、九郎が図書館に入ったら報《しら》せてくれるよう人でないもの達に頼んでおき、その報せを受けてやって来たのだが、はったりも時には必要だ。

「で、確認したご感想は？」

「六年前、岩永琴子という少女の身に惨事が降りかかったのは事実だ。公開されていた顔写真もきみそっくりだったよ」

「恥ずかしながら右眼をくりぬかれたというのに小学生の頃から顔立ちが変わらなくて」

義眼は精巧で、よほど気をつけなければ眼球の動きが乏《とぼ》しいのも見て取れないだろう。右側だけ髪を垂らし気味にしてちらちらと黒眼の前で揺らしてもいるので、いっそう気づきにくい。右眼の喪失は、容貌《ようぼう》にまるで影響を与えなかった。

そこで九郎が険しい表情をする。

「でも、それだけだ。きみが化け物、妖怪と称されるもの達の神様となったとまでは言えない」

「はい。それは私の妄想かもしれません。けれどそれが妄想ならば、私は異常者にさらわれ、体をいじくられて頭をおかしくした女の子です」

だから岩永はそのもの達との関わりを余人に語るには細心の注意を払う。岩永個人は別に他人にどう思われても構わないが、父母に余計な心労はかけたくない。

「信じようと信じまいと、それはあなたの自由です。けれどあなたを理解できるのは、この世で私だけかもしれません」

理解される必要を九郎は求めていないかもしれない。魔や怪異は九郎を恐れ、避けて通る。サキという女性の場合は不運であったが、九郎は岩永と違い、普通に暮らせないでもない。

けれど常に同じ破綻《はたん》を迎えるかもしれないという不安はつきまとい、そばにいる誰にも語るに語れない、語っても取り合ってもらえそうにない秘密を抱えて生きていかねばならないという想像は、心を蝕《むしば》みはしないだろうか。

岩永にしてもこの先、九郎がそばにいてくれると恋愛面でもありがたいが、妖怪、化け物達との問題を解決するにもありがたかったりする。そのもの達の恐れる九郎が協力してくれれば、交渉も仲裁もやりやすくなるに違いない。一石二鳥である。

九郎は観念したのか息をつき、岩永の頭の天辺《てっぺん》からつま先まで視線を動かし、また息をついた。

「一眼一足の姿にされた者。時にその者は神への生け贄《にえ》とされたという、か」

「はい。神と人とをつなぐ贄、あるいは神の声を聞く巫女《みこ》ともされています」

「それは勝手な解釈じゃないかな」

「どうせ勝手にさらわれてこの身となったのですから、何とでも言いますよ」

セラミックとカーボン製の義足をステッキで二度叩き、岩永は笑んでみせた。

さらわれるのは同意していないし、知恵の神になるのには同意しても足と眼をもっていくのまでは聞いていない。別にそれを後悔も惜しみもしていないが、少しは格好良く自分を語るのくらい許してもらいたいところだ。

九郎は足を進め、彼女のそばに来る。

「昼食はとったかな。まだならおごるよ」

「京野菜の懐石《かいせき》をたらふく食べた後です」

「きみの物言いは、育ちがいいのか悪いのかわからないな」

「行方知れずになって真っ先に誘拐が疑われるくらいの屋敷で暮らしています。私と結婚するともれなくその土地と家屋がついてきます。就職先もお世話できます」

「いや、打算的に恋愛したくないし」

「何を生娘《きむすめ》みたいなことを。好みでない私と付き合うとなれば、それくらいメリットがないとやってられないでしょう」

「何だか自分で言ってはいけないことを言ってないかい？」

「では私を好みのタイプと認めると？」

「それは認めないけどね」

食事に誘いはしたものの、別についてこなくても構わない、といった速度で歩き出す九郎の背を岩永は踵《きびす》を返して追う。

「まあ、それより九郎さん、妖怪変化も恐れるあなたこそ、いったい何者なんです？」

「きみに知恵を求めるもの達は教えてくれないのかい？」

てっきり岩永には察しがついていると思っていたのか、九郎は振り返って意外そうに声を大きくした。岩永はうなずく。

「本当に恐ろしいものについては、誰だって語るのさえ避けたがります」

　そのもの達の中でも知能が高そうなのを選んで何度か尋ねはしたのだが、要領を得る回答には至らなかった。そのもの達も九郎の正体についてはっきりと見定めができず、ただ近寄るのさえはばかられる忌《い》まわしいもの、と把握しているだけとも取れる。

　九郎は不服げに鼻の頭をかいた。子供をさらって眼や足を奪う連中に忌み嫌われる我が身をどうにも理不尽に感じているのかもしれない。

　やがて九郎は面倒そうに告白した。

「そうだね、きみの言葉を借りるなら、僕は十一歳の時、その妖怪変化を二種類ばかり、たらふく食べたんだ」

　岩永にしても、それは面妖な話と受け取らざるを得なかった。

第二章　鋼人《こうじん》の噂

妖怪変化の名など知らなくても不思議ではない。女性ならばなおさらだろう。弓原紗季《ゆみはらさき》はカッパと人魚は知っていた。けれど『くだん』は桜川九郎に教えられるまで知らなかった。

くだん。漢字では『件《くだん》』と書き、頭は人間、体は牛の妖怪という。人の言葉を話し、未来を予言すると死んでしまう。豊作や家の繁栄といったよい未来を予言する場合もあるが、多くのケースにおいて不作、病の流行、自然災害といった凶事の予言を行い、必ず的中させる。第二次世界大戦中に生まれたくだんは、その敗戦を予言したとも伝えられている。

命と引き換えに未来を語るくだん。『予言獣』と総称される化け物の中では一番有名で、高名な文学者によって小説の題材にされもしているのだそうだが、紗季は知らなかった。そもそも現実の人生にそんな胡乱《うろん》なものが関わってくるなどと思ってもいなかった。

未来を見る力を持つ化け物とどう付き合うか真剣に考える時が来るなど、どうして想像できるだろう。

九郎と別れ、就職し、二年半ばかりが過ぎたのに、紗季はいまだにくだんと人魚とカッパについて忘れられていない。警察という、職務に夢もロマンもない、ひたすら現実に根ざす組織に就職しているというのにだ。

そしてこの日、紗季が署の食堂で遅めの昼食を摂《と》っていると、正面の席に刑事課の寺田《てらだ》が湯呑み茶碗《ちゃわん》だけを手に仏頂面《ぶっちょうづら》で座った。

「よう、弓原。この前焼き肉に誘った時、『牛肉を食べるとひどい別れ方をした前の彼氏を思い出して気分が悪くなりますので』って断ったよな」

「はい、そんなこともありましたね」

紗季は牛カルビ定食を食べる手を止めず、坊主頭の寺田の目を見ながら答える。紗季の配属されているこの真倉坂《まくらざか》市真倉坂警察署に十年以上勤める寺田は三十四歳で巡査部長。柔道五段で署対抗試合でも県内に名の知れた強者《つわもの》という。

石壁かというような広く高い背中に柔道で潰れた耳、大抵無愛想に結ばれている唇など、その筋の者でも一目で怯《ひる》みそうな姿が熟練の刑事らしい。あれで世渡りにもう少し興味があればまだ出世できたし、目つきに柔らかさが数パーセントでもあれば結婚相手にも恵まれるだろうに、というのが署内の評だ。

紗季は交通課に制服で勤務しており、主に交通事故の処理をしているので職務で顔を合わせるのは少ないものの、着任してからよく声を掛けられたり食事や飲みに誘われたりしていた。正直迷惑だったので係長にそれとなく相談すると、

「仕方ないよ、弓原君は寺田の好みだから。相手してやってよ」

という紗季にとっては仕方ないわけがない説明。相手をしていられないからどうにかして欲しいのだったが、署全体にも寺田を支持する空気があり、

「顔は怖いけどいい人だから」

「あれで奥手で、がんばって声をかけているんだよ」

「浮いた話も趣味もないやつだから、貯金もけっこうあるはずだよ」

といった援護射撃が送られて来ている。紗季としても誘いを断り続けても変わらず親切で、嫌がらせをしようともしない寺田が、外見や口調とは裏腹の紳士だとわかっている。署全体が応援しているという一点だけでも人間は信頼できるだろう。

でも好みの問題はどうしようもない。紗季の好みは武骨そのものの寺田とは正反対で、その好みと寸分狂いがなかった以前の彼氏、桜川九郎とひどい別れ方をしてからも、それは変わっていなかった。九郎は薄くてなよっとして紗季より背も年も少し下で山羊のように素朴そうな青年だった。

九郎には自分から別れ話を切り出したのに、紗季は彼の姿と思い出を引きずっていたのである。別れたのは大学を卒業する三月の初めで、今はそれから二年と半年過ぎた九月二

日の木曜日。彼女もすでに二十五歳になっていた。

警察学校での研修や、配属先の仕事に慣れるのに追い回されていたとはいえ、新しい彼氏ができもせず、今も折に触れ九郎を思い出すのは、なんと不甲斐ないのか、と己に憤《いきどお》りを覚えたりする。

少し前に風の噂で、長期入院していた彼の従姉が亡くなったと聞いた時も、京都旅行の直前に亡くなってくれていれば旅行も取りやめになってあんなことにならなかったのに、と身勝手も過ぎる考えを抱き、夜中枕を殴ってしまった。

不甲斐ないにもほどがある。

「それで弓原、なぜ牛カルビ定食を食べてるんだ?」

寺田が続けた。紗季はその目を見たまま、箸《はし》を動かす速度も変えずに応じる。

「はい。いつまでも過去に囚われてはいけないと、積極的に乗り越える努力をしているんです」

「じゃあまた焼き肉に誘ってもいいのか?」

「できればプライベートでまで修練は避けたいのですが」

「じゃあ寿司はどうだ。いい店を見つけた」

「それが魚類も昔の彼氏を思い出すので、あまり食べないんです」

「お前はその彼氏とどういう別れ方をしたんだ?」

寺田は怒るというよりあきれたように椅子に座り直した。紗季からすると本来、嘘を並べて誘いを断っていると不快感を表されても文句は言えないのだが、寺田はその点紳士だった。だから扱いやすくもある。

「食事中とはいえ、署内で女性の後輩に過去の失恋の原因を説明させるのは、男性としても先輩としてもどうでしょう」

紗季は礼儀正しく、機械的にカルビ焼きを口に運びながら説明を断る。容疑者の尋問ではここ五年間、負けがないという寺田もこの正論には黙るしかないらしく、しばらく湯呑みを手の中で揺らしていた。

「しかしお前みたいないい女を振るなんて、ろくな男じゃないだろ?」

かといってまだあきらめきれないらしく、寺田はそう水を向けてくる。

いい女かどうか、紗季には自信がない。容姿も性格も、女性らしくないのを気にしているほどだ。生まれてこの方付き合った男性は九郎しかいないし、女性にしては背が高過ぎて気が強いところもマイナス要素だと自覚している。九郎と別れてから肩口まであった髪をうなじが見えるくらい短くしたのもあって、私服の後ろ姿だと男性と間違われる場合もあった。

以前、本庁から来た誰かが制服姿の紗季を見て、どこの女性モデルが一日署長をやっているんだ、と訊いたとかいう噂もあったが、署内の男連中に交じっても背丈で見劣りしない紗季への冷やかしか、からかいの類であろう。

寺田には寺田の趣味があるだろうから、いい女という褒《ほ》め言葉は素直に受け取っておくとして、紗季は訂正すべきところは訂正した。

「いえ、振ったのは私です。彼には申し訳ないことをしたと思っています」

「でもろくな奴じゃないから振ったんだろう？」

「両親に紹介して、結納の話も進めていました。両家ともお互いが大学を卒業すれば結婚するのに賛成していました。今頃結婚している予定でした。別れずに済むならそうしていたでしょう。でも別れずにはいられませんでした」

「そういう話を真顔で目を見てされ、どう受け止めろという」

「優しく受け止めてください。単なる事実です」

ここまで言われては、寺田も紗季の過去には聞かない方が良いものが埋まっていると退かざるをえないだろう。

紗季はこれまで、なぜ九郎と別れたか、その理由を誰にも語れていない。二人をよく知る友人から、驚きと不審をありったけぶつけられても、ずっと口を濁《にご》し続けている。

紗季はできれば語りたい。語ってしまえば気持ちの整理がついて九郎を忘れられそうに思う。ところが語っても信じてもらえそうにないし、余人に語っていいものかどうかの判断も難しい内容なのだ。

まさかカッパをきっかけに別れたなんて、どうして言えよう。

信じてもらえない以前に、笑われそうだ。せめてもうちょっとマイナーな妖怪なら真実味が生まれそうでもあるが、世間的に愛嬌《あいきょう》を振りまくキャラクターとして定着しているカッパでは、説明すればするほど冗談のようになるだろう。

さらにくだんと人魚について語り出したら、気まずそうに後ずさりされかねない。

京都旅行の夜、鴨川沿いで出会ったカッパ。紗季はいまだに思い出すだけで鳥肌が立ちそうになる。普通なら何かの見間違いか勘違いと片付けてしまえてもおかしくないのに、あの、異なる世界から来たとしか思えない存在感は否定できなかった。

紗季は我ながらみっともないほどに怯え、九郎にすがりついてしまった。そこで九郎も怯えていれば、もしくは力強く彼女の肩でもつかんでくれれば、二人の関係は変わりなく続いたろう。

けれど九郎が何かしら動く前に、カッパの方が明らかに九郎を凝視し、とがった顔をひきつらせ、身までのけぞらせ、こううめいたのだ。

『ああ、人間は恐ろしい。お前達は何ものでも喰い、何ものとでもまじわる。お前のような化け物を生み出すとは、ああ、恐ろしい』

そしてカッパは転がるように逃げていった。紗季の本能が全力で拒絶した存在が、彼女の隣にいるちょっと頼りなさそうな男子を見て、泡を吹かんばかりに逃げていったのだ。

嫌でも思ってしまう。あのぬったりとした緑色の、カッパと呼べそうな妖しい生物が化け物と叫ぶこの彼氏は何なのだ、と。

寺田が湯呑みを置いた。

「ああ、いや、別に食事の誘いで来たんじゃないんだ。嫌味を言いに来たんでもない。三日前、X川の事故処理をしたのお前だろ」

「私だけではありませんが、それが？」

三日前、午後十時過ぎ、乗用車がガードレールを突き破って市の外れを流れるX川に転落するという事故があり、紗季も現場に行ったひとりだった。

話を聞けば大事故にも思えるが、ガードレールは老朽化しており、道路と川の落差は二メートル程度、それもなだらかな坂になっていて、乗用車も制限速度をギリギリ守っていたので、ハンドル操作を誤ってその坂を下り、川に突っ込んだだけ、というものだ。

川の水深も三十センチに満たなかったので、水死の危険もなかった。車自体は水に浸かったのもあって廃車は免《まぬが》れないようだったが、運転していた二十一歳の大学生は軽傷で済んでいた。

同乗者もなく、他に何を巻き込んだでもなく、大学生も非を認めていて、型通りの処理で片付いた事故だ。右側が山、左側が川の人気のない道路なので、交通渋滞を引き起こしもしなかった。

傷害や殺人を扱う強行犯係の刑事が興味を持つ事故ではないし、あったとしてもその調査の責任者でもない紗季に話を訊きに来るのも変な話だ。

「事故原因は、車の前に犬が見えた気がして、慌ててハンドルを切ったらガードレール壊して川に突っ込んだ、ってなってるが、最初違う話をしてたそうじゃないか」

寺田が声を潜めたのに対し、紗季は定食についている味噌汁の椀を持ち上げ、口をつけながら冷たく答えた。

「水に浸かった車から助け出され、興奮状態で話したことです。後で当人が思い違いだったと否定しています」

「じゃあ事実なんだな」

「何がです？」

「その大学生が最初、『二メートルくらいの細長い鉄骨を携《たずさ》え、フリルの目立つ赤と黒のミニスカートのドレスをまとい、頭に大きいリボンをつけた、顔のない女性が突然車の前に現れたので慌てて川の方にハンドルを切った』って言ったのは」

紗季は椀を置いた。寺田の視線から目を外さなかった。

「そこまで要領よくまとめた話し方はしていませんが、おおむねその通りです。あとその女性の特徴として『胸が大きい』とも付け加えています」

落ち着きを取り戻した大学生は途中から自分の証言が信じてもらえそうもなく、飲酒や薬物使用を疑われていっそう面倒になりかねないと自覚したのか、犬の出現へと話を変えた。それで問題がなかったので、紗季もそのように処理した。

ただ紗季は、運転手の話を頭から否定したものでもないと思っている。紗季はそういうものの実在を知っている。大学生の恐怖の仕方が、自分の時と似通っていると直感していた。だから深く質《ただ》さず、差し障《さわ》りのない形で証言をまとめたのだが。

それを寺田は、なぜ掘り起こそうとしているのか。

「寺田さん、『鋼人七瀬《こうじんななせ》』を探しているんですか？」

紗季はにこりともせず、最近この真倉坂市を中心に噂になっているその名を挙げた。

寺田もにこりともせず、湯呑みを持ち上げて答える。

「『都市伝説』の怪人を捕まえられたら、本部長から賞でももらえると思わないか？」

果たして『鋼人七瀬』が都市伝説の範囲でおさまるものなのか、紗季はわからない。その定義もあやふやであり、むしろそれは『怪談』の存在に近いとも言える。

今年の初め、ひとりのアイドルが真倉坂市で死んだ。名を七瀬かりんといい、本名を七瀬春子《はるこ》といった。当時十九歳。紗季は彼女が死ぬまでその名も姿も知らなかったが、グラビアやバラエティ番組によく出演していた人気のアイドルだったらしい。胸もたいそう大きかったらしい。

それがとある黒い噂をきっかけに悪い意味でメディアを騒がせ、その追及から逃れるために日本の主要都市からほどほどに離れたこの真倉坂市のホテルに隠れていたのだが、一月三十日の土曜日に、そのホテルのそばにある工事現場で、無数の鉄骨の下敷きになった死体として発見された。

市内とはいえ紗季の署の管轄外で、詳しい捜査の経緯は知らないものの、人口五十万程度の地方都市にそぐわない数の取材陣が押し寄せ、交通整理やにわかに増えた事故の処理に追われたのもあって、七瀬かりんの名は紗季の記憶に残っている。

結局彼女の死は、メディアの追及に始まる世間からの誹謗《ひぼう》や中傷を苦にしての自殺という可能性は高かったものの事故と結論づけられ、一週間も経たないうちに一般的な話題に上らなくなった。いくら事件が意外で派手であってもアイドルとはそういうもので、姿を見せなくなればおおかたの人間の興味からすっきり外れてしまう。紗季にとっても同じだった。

ところが二ヵ月くらい前からまた彼女に関する噂が主にこの市内でささやかれだした。七瀬かりんの亡霊が、彼女がアイドルだった頃の衣装を身につけ、自身を潰した鉄骨を片手に携えて、夜な夜な現れ人を襲うという。彼女を死に追いやったこの社会へ報復でもしているかのように。

ちなみに彼女の死体は鉄骨によって顔が無残に潰されていた。それゆえにか、亡霊も潰れたように顔がないという。

最初は中高生の間で噂が広まったそうだが、どこかで亡霊は『鋼人七瀬』と名付けられ、その違和感のある名がネットで紹介されるや全国的な話題になった。

鉄骨の下より這いだして生まれ、細い娘の体に似合わぬ鉄骨を、重力も構わず振り回す姿から『鋼人』の二つ名がついたとも言われる。

全国的な話題といってもネットの世界に限られ、雑誌やテレビはまだその名と姿を紹介しておらず、一般的な知名度となると低いようだ。物好きな若者が週末になると数人、彼女の死亡現場を見学に来たりもするそうだが、その程度のものである。市内でも年齢層が高くなれば知らない者の割合が多いだろう。

紗季も『鋼人七瀬』の名を耳にした覚えがある、くらいのもので、三日前の事故をきっかけに元となった事件をおぼろに思い出した具合だ。

黒い噂に追われ、逃げた地で変死したアイドルの亡霊。それも鉄骨を片手に襲い来る怨《おん》霊《りょう》というのは話として面白いかもしれない。誰がつけたか、『鋼人七瀬』という名もどこか耳につく。『鉄人』ではなく『鋼人』というわずかに非日常な響きが記憶に刺さるのだろう。七瀬かりんはその名を付けられたために、都市伝説めいた怪人となったとも言えるだろう。

とはいえあくまで噂話だ。口裂け女や人面犬、消えるタクシー乗客やトンネルの入り口で事故を誘う少女といった都市に生まれる伝説、怪談に過ぎない。話の元となった証言をたどっていけば、友達に聞いた、友達の友達が見た、先輩の恋人の友達が実際に経験した、親戚のおじさんの後輩が遭遇した、といったうすぼんやりとした、確証のないものにしか行き当たらない。それらが本当という証拠はひとつもない。

都市の闇に生まれた、その空間が持つひやりとした現実の危うさを間接的に伝えるおとぎ話。リアリティはあり、信じたい気にはさせるけれど、突き詰めれば嘘でしかないはずだった。

「亡霊や怪人を捕まえるのは警察の仕事ではありませんから、本部長賞はないのではないでしょうか」

紗季はカルビ肉を口に押し込み、冷淡に寺田に言ったが、ただでさえ乏しかった食欲がさらに減少しているのは否めなかった。

「お前はどう思う?」

「だから賞はないと」

「そこじゃない。『鋼人七瀬』っていう亡霊だか怪人だか知らないものがここらを歩き回ってると思うか?」

それこそどうもこうもない話だったが、紗季は居住まいを正して箸を置いた。

「三日前の事故で車を運転していた大学生は、『鋼人七瀬』の噂を知っていましたが、自分が見たのがそれと気づいたのは私に事故状況を説明している最中のようでした。気づいてからはその話を否定して、まともな事故原因を話し出しましたが」

「嘘をついている様子はなかったんだな？」

「前に飛び出して来たのが亡霊でも野良犬でも、結果は変わりませんから、詳しくは聞き取っていません。亡霊、怪人が存在しないという前提に立つなら、学生の話は掛け値なしに嘘です。文書に残すものではないと判断しました」

もともと学生から事故状況を聞いていたのは他の捜査員だったが、変な格好の女が、という切り口の話に面倒になりそうと思ったのか、途中から紗季に押しつけていった。なぜか知らないが『鋼人七瀬』に興味を持つ寺田はその捜査員から事故の話を伝えられ、紗季に詳細を聞きに来たのだろう。

「別にそこを責めようとかじゃなくてだな、お前の印象として、そいつは鉄骨を持った女を見たのか、見なかったのか？」

寺田は興味を持っているとはいえ、遊び半分で追っているのではないらしい。紗季は即答した。

「見ています。常識ではいるはずのないものを見て、ハンドル操作を誤っています」

大学生の怯えた瞳、急なハンドル操作とタイヤ痕《こん》、突き破られたガードレール、そして何より、その川辺に残る空気が、紗季の感覚を刺激していた。ここに異なる世界のものが一時、立っていたと。

鴨川でカッパと会ってから、紗季はどうもそれらの気配を強く感じるようになった。直接声を掛けられたり、生活を脅《おびや》かされたりはしないけれど、この世が以前と同じ色をしているとも思えなくなっていた。だからといって特殊能力に開花したわけでもなく、応用する方法もなく、変化といえばせいぜい性格が前より暗めになって物事を素直に見られなくなったくらいだ。

紗季の鬱屈《うっくつ》を察しているのかどうか、ひとつ静かに寺田がうなずく。

「まだ事件化していないし、被害届も正式には出されていないが、市内のいくつかの交番にその『鋼人七瀬』らしき不審者を見かけた、襲われそうになった、って相談が持ち込まれてるんだ」

「直接交番に、ですか」

噂話が肥大化すると実社会に影響を及ぼす場合も時にはある。子供や女性を襲う怪人が現れた、という話が広まれば、夜間の外出が控えられたり、学校では集団での登下校が行われたりもする。

しかし警察まで噂話が波及するのは珍しいのではないだろうか。それも友人知人が見た会ったというのではなく、自分が見た襲われたとなれば。

「現場では大抵、見間違いか思い込み、暇つぶしのからかいとして適当に聞き流してるんだが、先月の半《なか》ばくらいから市内での不審な傷害未遂、通り魔の被害がいくつも報告され始めてる。どれも逃げる時に転んだ、擦りむいた、といった軽傷でさしたる被害は出てないから、中には三日前の事故みたいに、鉄骨を持ったでかい胸の女に襲われそうになった、ってはっきり言えずにごまかした被害者もいるかもしれない」

場合によっては何に襲われたか、目では捉《とら》えながら脳が処理できなかったりもするのではないか。夜中にフリルの目立つドレスを着た女性に出くわし、あまつさえ鉄骨を振り回されたら冷静な思考などできないだろう。

「寺田さん、『鋼人七瀬』が本当にいて、人を襲っていると考えているんですか？」

この筋金入りの刑事がそう判断したのなら、恐るべきことではないか。紗季は冷や汗が背中を伝うのを感じる。また自分の人生にわけのわからぬ化け物が関わってくると思うと胃がいっそう縮まりそうになる。

寺田は不自然なほど強張った紗季の声にちょっと目を開き、次に苦笑した。

「おいおい、俺の頭がおかしくなったみたいな声を出すなよ。亡霊なんて信じちゃいないし、いたとしても刑事の出る幕じゃない」

ではなぜ情報を集めているのか。

「亡霊はいなくても、そういう姿のものが目撃され、襲われそうになってるってのは事実と見るべきだ。噂話で襲われた殺されたってだけなら問題ないが、警察レベルにまで話が上がってくるなんて異常だよ。そんなもの亡霊の仕業じゃない、生きた人間が起こしてるに決まっている」

紗季は話を聞いていて少し息を吐き出した。人に似て人でないものに人生を曲げられた経験のない者にとってはそう解釈するのが自然に決まっている。

今度は紗季が苦笑してみせた。

「つまりこういうことですか。どこかの誰かが夜な夜な死んだアイドルのふりをして、顔を隠し、ドレスを着て、鉄骨片手に市内を徘徊《はいかい》していると?」

「胸を大きく見せるのに、詰め物をしてるかもしれないな。死んだ七瀬かりんの胸のサイズは百センチを超えていたというぞ」

「大きいですね」

「大きいな。『鋼人七瀬』の姿になるのも大変だ。俺の好みじゃないが」

「それは暗に私のサイズが小さいと嫌味を」

「違う」

胸のサイズは置いておくとしても、『鋼人七瀬』の姿を模倣するとはありえない話だ。噂や目撃情報を信じるなら、『鋼人七瀬』の持つ鉄骨は身長より三十センチばかり長く、百八十センチから二メートル。本物の鉄骨なら二、三十キロはありそうなものだ。屈強な男性でも片手では取り回せないだろう。

　木や発泡スチロールを鉄骨らしい形状にして片手で扱えるものにしているとしても、そんなものをわざわざ造る手間は何ともバカバカしい。その上明らかにかさばるものを持って移動するのは、車であっても楽ではない。目立ち過ぎる。

　さらに赤と黒のミニのドレスに頭には大きなリボンという異様な衣装。この姿で限られた目撃情報しかない程度に市内を動き回ろうとすれば、よほど神経を遣わねばならないだろう。幽霊みたいに自由奔放に現れたり消えたりできなければ、とてもやっていられないはずだ。

「いたずら、愉快犯にしては手が込み過ぎていますね」

　だったら七瀬かりんの亡霊が現れていると考えた方が合理的な気もする。もしくは実体のない尾ひれのついた噂話か。それくらい、『鋼人七瀬』という存在は奇異なのだ。どちらにせよ、警察が真剣に取り上げるものではない。

　けれど寺田の見解は違うようだ。

「俺はそこが引っ掛かる。そこまで手間をかけて亡霊のふりをする必然性があるとしたら、よほどの理由、よほどの狙いが裏にあるんじゃないか。いたずらではすまない、犯罪か何かの」

　寺田は『鋼人七瀬』の出現を大きな犯罪の伏線と感じているのだ。相談を持ち込まれた交番の警官にも不穏な空気を読み、寺田に声を掛けた者がいるのかもしれない。

なるほどこれが刑事の勘というものか。伊達《だて》に署内で結婚相手の心配をされるほどの人望があるわけではない。

「『鋼人七瀬』の噂が広まったのは二ヵ月くらい前、どうやらその名で呼ばれ出したのも同じ時期だ。直接的な被害や証言が市内で出るようになったのは、ここ二週間。ネットのブログや関連サイトでもその辺りから急に情報が増えている。噂の発生からその時まで、準備をする間はあった。衣装と鉄骨っぽいものを揃える時間が。そして最近になって動き出した」

「巨乳亡霊を演じる理由は何か見当がついてるんですか？」

「さすがにまだだ。事が事だけに大っぴらに動けるものじゃないし、情報を集めるのにも気を遣う。噂話を真に受けてる刑事なんて格好のいいもんじゃない。だが、何かはある。最近では地方都市ほど組織的な犯罪の温床になりやすいんだ。こんな市でも未成年の薬物摘発件数が増えてるんだぞ？　子供の噂話だからこそ、何らかの真実を映し出しているとも言える。今の内に誰かがアンテナを張っておくべきだ」

言って寺田は湯呑みを空にした。

「お前も手を貸してくれたらありがたい。特別な働きをしてくれっていうんじゃない、それとなく町の噂やネット上の情報を集めてくれ。今、市内で『鋼人七瀬』が現れた場所を地図上にまとめてる。法則があるかもしれないと思ってな」

優秀であるということは、普通の人には見えないものが見え、普通の人が背負わないでいい労苦を背負ってしまうことでもある。刑事なぞ事件が起こってから動けばいいのだし、この件が所轄署の分におさまる問題とも知れないのに、寺田は警戒を怠《おこた》ろうとしない。

紗季としても手を貸すのを惜しむつもりはないが、一方で寺田にはわかっていない真実もわかっているつもりだ。

「寺田さん、一応心に留めて置いてください。この世には幽霊も妖怪も確かに存在する可能性があるのを。そういうものがうろつく時も、不吉で不穏な気配がして、何か起こりそうに感じるものです」

「うん？」

紗季は感じている。この『鋼人七瀬』は本物だ。犯罪、謀略といった他意のない本物の亡霊だ。この先何が起ころうと、警察が対処できる相手ではない。

「目撃され、人を驚かせているのが今年一月に死んだ七瀬かりんの幽霊なら、あとはお祓《はら》いでもするしかありません。あまり根を詰めて調べられても徒労に終わります」

生真面目《きまじめ》に紗季が言ったのがよほど意外だったのか、席から腰を上げかけていた寺田は動きを止めてまじまじと彼女を見つめた。

「なんだ、弓原。お前、そういうの信じるタイプだったのか？」

「幽霊は見ていませんが、妖怪なら見たことがありますので」

「何の話だ？　別に手を貸したくないならそう言えばいいぞ？　無理を言ってるのは俺だ。ただお前が事故処理の時、運転してたやつにえらく真剣に対応してたっていうから、話がわかるものと思ってだな」

「いえ、手はお貸ししますが、この世にはそういうこともあるという心構えはしておくべきだと」

言っても無理なのだろう。それまで信じていたこの世のルールがぐにゃりとたわむ経験をし、いつまたそれが起こるかもしれないと不安がりながら日々を生きていないと、そのもの達が存在する空気を感じないのだ。

紗季は一度目を閉じ、眉間《みけん》に指を当てて考え、それから再び寺田の武骨な顔に目を遣った。

「ともかく、気をつけてください。我々の理屈が通じない相手があると思っていないと、足をすくわれます」

多少なりと説得力を付与するために、紗季はこう続ける。

「私は思っていなかったせいで、前の彼と別れることになりました」

これは効果があったようだ。

「お前の彼氏は妖怪か幽霊だったのか？」

「それより質《たち》がいいと言いますか、悪いと言いますか」

化け物とも呼ばれるものを喰らったといい、妖怪とも呼ばれるカッパを恐れさせた九郎は、何と分類されるものなのだろう。

紗季は自身でも答えを出せないままにしている問題をどう説明したものかあれこれ考えてみたが、いい言葉は浮かばない。またそれより先に、胃が拒否反応を示した。

 紗季は寺田に非礼を詫びると口を押さえ、トイレに駆け込んだ。食べたばかりの牛カルビ定食の大半を吐き出してしまう。牛肉を食べながら九郎について思い出すのではなかった。九郎に罪はないのだが、まだ心理的に受け付けない部分があるようだ。

トイレから出ると、寺田が大柄な体を小さくして待っていた。気になって追ってみたものの、女子トイレの中には当然入れず、かといって食堂に戻るのも後ろ髪が引かれ、そこに留《とど》まった、という辺りだろう。さらに女子トイレの前で待つという状況が居心地が悪くて仕方ないのだろう。

「本当に肉を食うと気分が悪くなるんだな。飲み物をもらってこようか？」

「いえ、大丈夫です。寺田さんにそんな面倒かけられません。ちょっとした油断に過ぎませんから」

吐いた直後とあってまだ胸も胃も重かったが紗季は毅然《きぜん》と背筋を伸ばし、手を上げて寺田を制した。寺田の好意に甘えては、署内でどんな噂を立てられるとも知れない。おそらく、皆あたたかい目で見守ってくれるのだろうが。

「ともかく寺田さん、理外の何かは存在します。そんなのに関わってキャリアを汚すなんていけません。くれぐれも気をつけてください」

寺田はそう言い募《つの》る紗季にあきれたのか感服したのか不明だが、納得したように笑ってみせた。

「おう、わかった。お前がややこしい恋愛をしてたってのは十分に」

「ええと、結果的にややこしくなっただけでして」

相互理解というのは難しい。紗季にしても、五年以上恋愛関係にあった九郎を理解していなかったと痛感しているのだから。


結局その後、紗季は寺田に協力を約束して食堂で別れ、定食の肉以外のメニューを体の中に流し込み、交通課の仕事に戻った。

寺田が協力を求めてきたのは純粋に仕事上のためなのか、話す機会を増やして親密度を高めたいという希望の方が多めなのか不明ではあるが、放っておくのは後ろめたい。寺田と親密になるのも化け物と関わるのも正直気が休まらないとはいえ、身近な人間が深みにはまって世界への不信に囚《とら》われるのを見るのはもっときつい。ほどほどの所で手を引かせる道を考えないといけないだろう。

この日は大きな事故や事件もなく、紗季は午後九時半に勤務を終え、帰路についていた。さすがに勤務時間中に『鋼人七瀬』について調べるのは気が引けたので、早く帰って取りかかるつもりだ。三日前の事故後、少し気になって概要をざっと眺めはしたものの、下手《へた》に知識を得ると余計怪異と関わりやすくなってしまいかねないと、すぐに意識から遠ざけたのだ。

グレーのパンツスーツに同色のバッグを肩にかけ、署を出る。紗季が住んでいるのは署から徒歩十五分ほどの高台にある築十五年になるワンルームマンションで、一応オートロックもついていた。本来なら独身で家族などの同居人がいなければ署員は寮に入る決まりになっているのだが、その寮が老朽化やら定員オーバーやらで、紗季は独り暮らしになっている。普通に住め、家賃もそこそこだが、署から歩いてえんえん十分近くは登り坂になっているのが難点だった。

自転車で下るにはいいが、帰りは当然厳しくなる。登り切るまで民家らしい民家もなく、一方は壁で一方はガードレール越しに町を見下ろせる抜群の眺望《ちょうぼう》とはいえ、その景色も毎日のものになれば飽きてくる。夜になるとうらさびしく、警察署が近くにあっても女性には不安な一本道だ。

・紗季はその坂道をいつもと変わらず、一定間隔にある外灯が照らすアスファルトを踏みしめ、登っていた。紗季でも夜道が怖くないと言えば嘘になる。むしろこの世ならざるものの存在を知ってからは人より恐れているかもしれない。
かといって夜道を歩かずに生きるのは不可能だ。なら毎日十分足らずのこの坂をたゆまず登り続けていれば、少しは耐性がつくかもしれない。だから紗季は長い足をきびきび動かし、自動人形かサイボーグかというように暗い道を歩く。あまりに機械的にきびきび歩いているせいか、同じく登坂中のマンション住人にびっくりされたこともあったが。

いつまで自分は闇を、異なる世界を恐れ続けるのだろうか。九郎を忘れられれば、妖怪などというものもリアルに感じなくなるのだろうか。紗季は生暖かい九月の夜風に吹かれ、思う。

その時、坂の上の方から声がした。

「う、わっ」

間が抜けた響きではあったが悲鳴だったろう。次に弾むドッジボールのように何かが紗季の方に転がってきた。外灯の部分的な光でもわかる。人だ。それも小柄な、少女のようだ。

紗季は慌ててその体をつかんで止めてやる。坂道でうっかりつまずき、バランスを崩すとみっともないほど激しく転がり落ちるというのはありそうな話だが、その被害者を見たのは初めてだ。

「大丈夫？」

「ええ、破瓜《はか》の痛みに比べればこれくらい」

「こういう時になぜ変に生々しい例を持ち出す」

「だって一番痛い経験だったんだから仕方ないじゃありませんか」

そうだとしても若い娘が何を言っているのやら。ただそんな口を叩けるなら、心身ともに大丈夫ではあるらしい。

「どこのどなたか知りませんが、ひとまず助かりました」

転がる時も落ちないよう頭の上でしっかり押さえていたらしいクリーム色のベレー帽の位置を直しながら、少女は起こしてやろうとする紗季の手を冷静に制し、赤色のステッキをついて立ち上がる。左足の動作がぎこちないのは、転がる時に痛めたのか、それとももともとなのか。

立ち上がると少女の小柄さが際立つ。紗季とは三十センチ近い身長差がありそうだ。そばで顔を見れば、陶磁器製の人形のように端正で幼く、愛らしい深窓《しんそう》の令嬢然としている。けれど目に宿る力と動揺を浮かばせない口許は、経験に裏打ちされた風格を感じさせる。年齢が推察できなかった。中学生と言われても納得するし、紗季より年上と言われても受け入れてしまいそうな、不思議な存在感のある娘だった。

「どこのどなたか知りませんが」

娘は緑と白を基調とするふわりとしたカーディガンとスカートの埃《ほこり》を払い、前髪を右眼の上にかかる形にいじりながら紗季を見上げ繰り返す。

「悪いことは言いません、逃げてください」

「何から？」

娘は坂の上へ視線を動かす。そこにはまたひとつ、人影があった。紗季は思わず息を呑む。人影の頭部には大きなリボンがあった。その身は太もものラインもしっかり見せる、針金でも入れているのかというくらい形の崩れないミニスカートのドレスに包まれていた。ドレスは赤と黒の二色で織り込まれ、腰の細さを強調するデザインになっていた。

そしてその右手は体の横に一本、軽く先端を下げる格好で長い物体を携えていた。一見すれば薙刀《なぎなた》を構えているよう。しかしそれは紛れもない鉄骨。幅十センチ、長さ二メートルはあろうかというH形鋼《がたこう》。ひと振りで人の頭蓋骨《ずがいこつ》をトマトも同じに砕けそうな、重々しき鋼《はがね》の建築資材だった。

人影は鉄骨の先端をアスファルトにひとつ打ちつけ、鈍く尾を引くぐおんという音を鳴らしてゆっくり坂を下りてくる。谷間を強調する胸元の広がったドレスの下で、その豊かなふくらみが歩みに合わせてゆさりと揺れた。

「鋼人、七瀬っ」

世間の声に追われ、建築の鋼に無残に潰された、アイドルの亡霊。

紗季が乾いた喉《のど》でそう吐き出したのに、娘はちょっと眉を動かした。

「ご存じでしたか」

「存じていたくはなかったけど」

噂が語る姿と寸分の狂いのないその出で立ち。加えてそれにははっきり顔がなかった。夜のままならない光の下でも明らか。マスクで隠しているのでもメイクで塗り込めているのでもない、肉を潰してならしたように、鉄骨を手に坂を下る存在には黒く顔がなかったのだ。

人間ではない、異界から来た二本足の何かだった。まさか寺田より早く遭遇するとは。これも九郎と関わってしまった縁だろうか。

「逃げてください。あれは目の錯覚ではありませんし、どこかの物好きのいたずらでもありません。あれはああいう存在、亡霊、化け物、妖怪などと呼ばれるもの」

娘は淡々と、接近する都市伝説の怪人から視線を外さず言った。

「わかってる。あの空気感は本物だから」

「あの大きい胸も本物ですね」

「そこは問題じゃないでしょう」

鋼人七瀬はカッパよりも禍々《まがまが》しい。足がすくむし、心臓の鼓動も速くなる。こんなものがいきなりヘッドライトに照らされれば、ハンドル操作も誤って当然だ。
「冗談じゃない。もうたくさん」
紗季は呟いた。え、と娘が小さく振り返ったが、紗季は鋼人七瀬を網膜に焼き付けるほどに凝視していた。

夜も化け物も恐ろしく、逃げられるなら逃げてしまいたい。同時に、こんなものに人生を振り回されているのにもいい加減、憤りを感じていた。自分はカッパからも逃げ、九郎からも逃げたのだ。結果、鬱々《うつうつ》とした日々を送っている。

紗季は思考も半ばで肩のバッグを傍らに投げると前方へ、鋼人七瀬に向かって駆けだした。警察官として体は欠かさず鍛えている。服も靴も、とっさの対応ができるよう、運動に適したものにしている。凶器を持つ殺人犯が相手でも引けを取りはしない。

これはいい機会だ。そうとでも思わないとあまりに不条理だ。化け物に正面から立ち向かってやろう。この鋼人七瀬をぶん殴って、恐怖も迷いも、今宵限りで断ち切ってやるのだ。

眼前の鋼人七瀬はゆらりと足を止めるとほとんど予備動作なしに右腕だけで鉄骨を横に振るった。紗季はすかさず身を屈《かが》め、鈍器をやりすごす。不可視の冷気が頭上で回った。

紗季は半拍だけ息を吸い、鉄骨がバックハンドで戻って来る前に鋼人七瀬のひきしまった腹部に拳《こぶし》を叩き込む。相手が女だろうが亡霊だろうが、加減する意志は毛ほどもなかった。

しかし拳はすり抜ける。かわされたのではない、立体映像にでも手を突っ込んだように、紗季の手が鋼人七瀬の腹部を通り抜けているのだ。唐突に思い出す。鋼人七瀬は亡霊なのだ。霊は直接触《さわ》れない、壁も天井も通り抜けると昔から決まっている。

やり過ごした鉄骨が猛然と返ってくる。体を反らし、かろうじてかわすが、ジャケットにH形のくびれが引っ掛かり、さらに姿勢を崩されてアスファルトに転がる。傾斜も加わって足元が定まらず、いきなりは立てない。鋼人七瀬は軽々と鉄骨を振りかぶる。

理不尽だ。人は霊には触れないのに、霊は人に影響を及ぼせるなんて。

「だから逃げてくださいとっ」

鉄骨の追撃を紗季が覚悟した時、あの小柄な娘が鋼人七瀬に肩からぶつかり、そのドレス姿をはね飛ばした。鋼人七瀬は大げさに胸を揺らしてたたらを踏む。娘も姿勢の保持に失敗したのか膝を崩して前のめりに倒れた。慌ててステッキをついて身を起こそうとする。

鋼人七瀬はぬくりとゴム人形のごとく体勢を元に戻し、鉄骨をつかみ直したが、二人を襲っただけで満足したのか、ふっと姿を消した。走り去ったのでも飛び去ったのでもなく、霧か霞《かすみ》か幻かというように消え去ったのだ。まさしく本物の亡霊らしく。

「退《ひ》いたのか。でもあれは、力ずくで倒せるものじゃない？」

娘はぺたりと道路に座り込み、懸念を深める口ぶりで言う。紗季は立ち上がり、娘が体当たりした時に落としたベレー帽を拾い上げて彼女に近づいた。

「私は触《さわ》れなかったあれに、なぜあなたは触れたの？　あなたも妖怪変化の類？」

雰囲気は不思議だが、この娘に恐ろしさや禍々しさはない。謎めいてはいるが、人間らしくは見える。紗季は警戒する距離を取りつつもベレー帽を差し出した。娘は決まり悪そうに手を伸ばす。

「ああ、いや、それの中間に位置するといいますか」

するとステッキを支えに立ち上がろうとした娘の左足が、がこんというおよそ赤い血の流れている肉体から発しそうもない音とともに道路に落ちた。左足が、膝の少し上くらいから外れていたのだ。

いきなりというのもあって紗季は声も出せない。やはりこの娘も人ではないのか。

「ご安心を、義足です。負荷を掛け過ぎると外れる仕組みです。外れないとかえって体を痛めたりもしますから」

娘は一本足で立ったまま、唖然《あぜん》としている紗季から取ったベレー帽を、ゆるく波打つ肩に届くほどの髪の上に載せて明るく言った。それから屈んで義足をつかみ、片足で器用にガードレールの所まで行ってそこに腰掛けた。長い靴下を履《は》かされているのもあって遠目には生身の足と区別のつかないそれを装着し直す。

わけがわからなかった。年齢不詳で義足で霊に体当たりできる娘。佇《たたず》まいや服装からして育ちは良さそうだ。だが育ちのいい娘が夜中の長い坂道をひとり歩きするなぞ、ありそうにない。この娘も妖怪であった方が筋が通る。

「どこのどなたか知りませんが、勇気のある方、今日のことは忘れてください。鋼人七瀬は近日中に私が何とかします。そのためにここに来ましたから。くれぐれも警察沙汰にはされないよう、私についても秘密でお願いします」

娘は礼儀正しく頭を下げ、立ち去ろうとしたが、紗季は怖じ気を抑えて間合いを詰めるやその腕をつかみ、警察手帳を開いて身分証を提示した。

「詳しくは署で聞かせて。この坂の下だから」

「なんとっ」

今夜運がないのはこの娘か、それとも自分か。いきなり寺田に引き渡すわけにもいかないが、このままどこかに去らせてはならない。紗季自身、この怪異から逃げたくもなかった。逃げればまたあと何年、わだかまりと不信を抱えて生きねばならないか知れない。

「その足はいいけど、あちこち打撲や擦り傷はあるでしょう。手当てもしましょう。安心しなさい、調書まで取る気はないし、むやみに身内に連絡取ったりもしないから。警察にはすでに鋼人七瀬が原因と思われる事件が報告されていて無視するわけにも」

「交通課巡査の弓原紗季って、ひょっとしてサキさんですか?」

娘は最初、警察手帳に驚いていたが、今は警察手帳に記された紗季の階級所属氏名にひどく驚いているようだった。

「ええと、何言ってるかわからない」

そりゃあ弓原紗季は紗季さんである。娘は次に紗季の顔を口を開けて見つめた。

「髪が短くなって、少し痩《や》せましたか。ああ、だから気づかなかったんだ。あああ、紗季さんなら助けるんじゃなかった。ああ、いえ、見殺しにまではしませんが」

何やらむかついたので紗季は娘の頭を一発殴っておいた。冗談で済む程度の力でだったが。

「わかるように説明しなさい。あなた、私を知っているの？　私の方はまるで記憶にないんだけど」

娘は頭を痛そうに押さえていたが、すぐ勝ち誇った笑みで胸を張った。

「一度顔を合わせてはいますが、ご挨拶するのは初めてですね。岩永琴子といいます。桜川九郎先輩の現在の彼女です」

『現在の』という部分が強調されていた。ともかく紗季は、娘、岩永をもう一発殴ってしまった。これは冗談では済まない力加減だったかもしれない。

紗季は逡巡《しゅんじゅん》したものの、岩永琴子を署ではなくマンションの五階にある自宅に引っ張った。昔の恋人の名が署で口にされるのは避けたいし、個人的に質さねばならないことも山ほどありそうだった。

岩永も紗季のマンションに連れられるのにはあっさり賛成し、義足と思えぬ足取りで坂を上がった。年齢を訊くと十九歳で、紗季や九郎と同じ大学に在籍中という。紗季とは病院で会ったというが、やはり覚えていなかった。

「九郎君の彼女っていうの、嘘でしょう？」

「紗季さんと別れて二年半、今年で二十四歳になった人に新しい彼女がいたっていいでしょう」

「あなた九郎君のタイプじゃないもの」

「そのタイプの人に手ひどく振られたわけで、逆方向にどんでん返るのもあるかと」

岩永は紗季の入れたインスタントコーヒーをカップで飲みながら涼しい顔で返す。深窓の令嬢めいた外見ながら、この弁の立ち方はどうだろう。

そういえば九郎の従姉が亡くなったという話だ。九郎がそれを機にこれまで敬遠していた傾向の娘に声を掛けたら、粘着的につきまとわれて困窮している、といった場合はあるかもしれない。

物をなるべく置かない主義の紗季の部屋には最低限の家具と日用品しかない。またこの真倉坂署に配属されて一年と経っておらず、仕事以外の物を増やす暇もなかった。岩永は最初この部屋に上げられた時、なんと生活感のない、と目を見張っていたが、紗季自身が意識的に仮住まいの雰囲気を出そうともしていた。テレビはあるが主電源すら週に数時間も入れていない。冷蔵庫の稼働音のうなりがやけに耳につく部屋だ。

紗季は岩永を食事やパソコン作業の時に使っているテーブルの前の椅子に座らせ、自分はキッチンに腰を預ける格好でマグカップを手にしていた。

「ではこの私と先輩の仲むつまじい写真を見るがいい」

岩永は言いながら取り出した携帯電話を寄越す。画面には確かに九郎と岩永が密着して腕を組んでいる姿があった。誰かに撮ってもらったものだろう。

「思い切り九郎君、仏頂面《ぶっちょうづら》じゃない。嫌そうじゃない」

「先輩は照れ屋で」

「五年以上付き合った前の彼女にその嘘は通じないから」

二人の正しい関係は見えないが、写真からすると岩永と九郎は無関係ではないだろう。困窮しているという推測はやはり成り立つが。

岩永が携帯電話をテーブルに置いた後、紗季は尋ねる。

「それで九郎君、どうしてるの？」

「まだ大学に籍を置いていますよ。院に進みましたから。紗季さんと結婚しないなら急いで就職する必要もなくなったし、って。きっと私と一緒に大学に通う時間を長くしたかったのでしょう」

「彼は昔から院は考えてた。それ込みで結婚も計画してたし」

「でも結婚しませんでしたね。あなたは九郎先輩から逃げましたから」

ふふん、とやはり勝ち誇ったように言う。紗季はむっとしてマグカップを両手で握り直した。この娘はどれくらい事情を知っているのだ。

「仕方ないじゃない。まさか彼が人間じゃないなんて思ってなかったもの」

鎌《かま》をかけるつもりで口にしてみたら、言い訳がましい負け惜しみに聞こえたので、紗季は慌てて続ける。

「ごめん、言い過ぎた」

続けたものの、誰に謝っているのか疑問に思う。少なくとも岩永に謝った気はしない。

岩永はそれら全てを察しているのか小さな手で包んだカップの液面を静かに眺め、いたわりのある声で答えた。

「いえ、当たらずとも遠からず。九郎先輩は人間的ではありますが、人間の範疇《はんちゅう》にはないものでしょう。かといって妖怪や化け物にも恐れられてますから、そちらの仲間とするにも難はあります」

岩永は九郎の事情をほとんど知っている。むしろそこに価値を見出しているようだ。この娘はいったい何なのだ。

「ま、私も似たようなものです。なのでいい組み合わせじゃあないですか。よってあなたが私達の関係をとやかく言う立場にないというのに同意していただけるものと解釈しますが」

似たようなもの、とあっさり言ってのけるが、さっぱり把握できない。鋼人七瀬を何とかするために来たと言った。この世のものではない存在に触れることができた。

「あなたは何なの？」

「妖怪、あやかし、幽霊、魔、そう呼ばれるもの達の知恵の神。そのもの達のトラブルを仲裁、解決する巫女とでも思ってください」

「巫女が破瓜してちゃいけないでしょう」

「だってそれは九郎先輩が無理矢理」

「九郎君にそんな押しの強さはない」

彼は淡泊で受け身で、かと思えばいて欲しい時には万難を排して必ずいてくれる人なのだ。無理矢理ができる人なら別れ話もこじれたろう。

いったい何の話をしているのだ。そう、岩永琴子の話だ。化け物専門の調停員、交渉人というところか。それもまた常識外れの話だ。かといって常識以外に否定する材料はない。その常識が当てにならないのは、身をもって紗季は知っている。

「それより当面の問題は鋼人七瀬です。警察はすでに捜査を始めているんですか？」

岩永は打って変わった真剣な姿勢で尋ねてきた。これ以上九郎の話をしても、恋人関係にないとぼろが出るばかりと方向転換を図ったのかもしれない。

だが岩永が鋼人七瀬を目的にこの真倉坂市に来たのは間違いない。お嬢様のたしなみでH形鋼を振り回す亡霊に体当たりはできないはずだ。

彼女があれをどうにかできるなら、それに越したことはない。紗季とて寺田にどう手を引かせるか悩ましいところだったのだ。隠すほどの情報があるわけでもなかった。

マグカップをキッチンに置き、紗季は腹の上辺りで腕を組む。

「刑事のひとりが、市内で異変が起こってるのに気づいて調べ始めてる。当人は本物の亡霊とはこれっぽっちも信じてないから、放っておくと大事《おおごと》にするかも」

「被害届とかは？」

「正式にはまだ。けど時間の問題かもしれない。さっきの鋼人七瀬、噂以上に凶暴だった。あのままにしておいたら、疑いようのない殺人事件を起こしそう」

「はい、それを恐れています。早急な対処が必要です」

この煮ても焼いても食えそうにない義足の娘は憂慮する様子でうなずくが、紗季にはどうしても引っ掛かる点がある。

「けど妖怪にしろ都市伝説の怪人にしろ、こうあからさまに姿を現して警察が動くほどの事件を起こした例なんてあるの？　幽霊が誘発する魔のカーブでの事故とか人を溺死《できし》させるカッパとか呪いの七人みさきとか、そういうのって事故とも偶然とも取れる、個人の錯乱や錯覚でも片付く、こう、犯人の見えない、不確かで曖昧《あいまい》なものじゃない」

被害者は出ているし、祟《たた》りや怪異の存在は感じるが、白黒がつけ難い。頭のねじがどうかした人間の犯行とも思えるし、魔が降りたとも思える。だからいっそう謎めき、不気味な影を背負って言い伝えられ、長く広く残るのだ。おぼろげだからそれは霊であり、妖怪であると認識されている気がする。公《おおやけ》に語られず、日の下には出ないから、それらは恐ろしいものなのだ。

紗季が遭遇したカッパが関わったらしい水死は原因不明の、ごくたまにある事故で片付けられ、日常にあっさり紛れ込んだ。それでいて原因不明の点は身近な者の後ろ髪を今も引いているだろう。しかしそこでカッパの仕業と言われても確証など得られるわけもなく、警察も動きはしないし、誰に相談しても本気では取り合わないだろう。

よっていつまでも解けないわだかまりが、不吉な色合いを強めて心と語りに残っていくのだ。

ところが鋼人七瀬は違う。鉄骨による連続撲殺《ぼくさつ》事件となれば簡単には片付かない。警察がまともな捜査に動く出来事になり、たやすく人の記憶から薄れない。まだそこまでの惨事は起こっていないが、鋼人七瀬を直接見た、という証言が警察に持ち込まれている。事件に合わせて奇矯《ききょう》な姿までさらしているのだ。

こんな自己主張の強い魔があっていいものか。この現代において、そんなはっきりしたものを妖怪や亡霊だと信じる者がいるだろうか。

「いい着眼点をしていますね。まともな化け物はもっとつつましく、分をわきまえた行動をします。あれはまともではありません。だからこの地域に以前から住む、ごくまっとうな幽霊や化け物達はあれの出現に生活を脅かされ、困り果て、何百キロも離れた私の所までわざわざ何とかしてくれと頼みに来まして」

「化け物の問題は化け物の間で何とかできないの?」

「だから鋼人七瀬はまともではないんですよ。存在も、その力も」

ややこしい話だ。そしてややこしくなれば、そういうもの達の知恵の神が、抑え役に出馬を願われるのもありうるか。あくまでこの岩永琴子という娘が、人と妖の間に立つ者と認めた場合に限ってであるが。

岩永はさも迷惑そうに眉を寄せる。

「でなければ私がこんな半端な地方都市くんだりまで来はしませんよ」

「くんだりって、うちの大学があるのも地方都市でしょ」

「けど政令指定都市ですよ」

真倉坂市が半端な都市であるのは紗季も否定できない。かといってその政令指定都市だって赤字財政で苦しんでいるではないか。

紗季は息を吐き、もうひとつの疑問点を述べる。

「あとどうして九郎君は一緒じゃないの？　彼は化け物すら怯える、人に似て人にあらざるもの。化け物退治に連れて来るのが当然の存在じゃない。あなたが恋人なら断ってもついてくるでしょう」

九郎は恋人でなくとも、身近な人間の危険を見過ごす性格ではない。鉄骨より強靭《きょうじん》で図太い神経をしていそうなこの岩永琴子であっても、義足で常にステッキをついている大学の後輩をひとりで行かせはしないだろう。

「日帰りで終わらせるつもりでしたから別にお誘いしなくてもと」

「あなたの性格なら旅行気分で誘うでしょう。ついでに観光しましょうとか」

「九郎先輩はそう、法定伝染病に罹患《りかん》して」

「なぜ目を逸らして言う」

「コーヒーのおかわりを」

「ごまかすな」

傍若無人《ぼうじゃくぶじん》とも取れる態度だった岩永が換気扇の方へ眼を遣ったまま、唇をとがらせる。

「それが九郎先輩、先週から行方知れずの音信不通で。携帯電話の留守電にも無反応。で、私の所に最後にあったメールがこれです」

岩永は携帯電話を操作して、メールの履歴を呼び出すとひとつを選択して示す。その着信は八月二十四日の十七時十八分。発信相手は九郎先輩、件名はなく、本文はただ一行、

『事情ができた。探すな』。

「あなたやっぱり九郎君に嫌われてるって」

「だから九郎先輩は感情表現が不器用で」

「だからそういう嘘は通じない」

岩永も内心ではこの九郎のメール内容が応《こた》えているのか、うなだれてテーブルに額をつけた。言った紗季も落ち着かない。九郎は良くも悪くも温厚で、人を嫌ったり他人に厳しく当たったりしない気質なのだ。なのに岩永には情け容赦なく、感情を隠さず接しているらしい。心底嫌っているためかもしれないが、心底気を許しているからとも取れる。

落ち着かなかった。何年も前にこちらから別れた彼氏だというのに、自分と正反対の娘とうまくやっているのが許容しかねる。

「心配ね」

「何がです？」

「九郎君が音信不通って。失踪でもした様子じゃない」

「ええ、まあ、でも心当たりがなくもないと言いますか、ええ、もう無関係になった昔の彼女などに心配される筋合いもありませんし」

生返事でうやむやにしつつ、嫌味っぽい一言まで加えて岩永はテーブルに顔を伏せたままひらひら手を振った。それからむくりと頭を上げ、

「それに殺しても死なない人ですから。むしろ殺した側が面白くない目に遭う可能性の方が高い人です。よほどでない限り、生きて戻ってきますよ」

その発言で彼女が九郎の特異な、化け物さえ逃げ出すその能力まで知っていると察せられた。くだんと人魚にまつわる、九郎の能力を知っているのだ。その上で九郎と接している。心配などしていない風で、実は悩みも苦しみもひとりで飲み込んで人を頼ろうとしない九郎に腹を立ててもいるようだ。

この娘はちゃんと九郎を好きなのだろう。落ち着かなくとも紗季は感じる。岩永はかつて紗季にできなかったことを自然にしているのだ。岩永が抱える人外の理が何であれ、彼女は逃げなかったのだ。

紗季は腹の上で組んでいた腕をほどいた。

「そうね。もう九郎君については私が立ち入るべきじゃないし、仕事もあるし」

別れてから年賀状さえやり取りせず、どの面下げて顔を合わせていいかも考えられない。

「そして鋼人七瀬の件は、警察の仕事ではありません。これも紗季さんが立ち入るべきではないでしょう。人でないもの達に積極的に関わっても愉快な経験はできません。言わず

もがなではあるでしょうけれど」

携帯電話をポケットにしまい、椅子から立ち上がった岩永は膝に置いていたベレー帽を頭に載せ、右眼にかかる前髪を小さく上下させた。

「できるだけ早く解決しますが、もし鋼人七瀬に遭遇したとしても、今度は迷わず逃げてください。逃げる相手をどこまでも追って殺そうというほどまだ凶悪化はしていないはずですから」

紗季とて、触れもしない相手に再び無策で立ち向かうほど勇猛ではない。

ではそう言う岩永はどうなのだ。

「あなたこそ、その体であんな化け物をどうにかできるの？　左足だけでなく、その右眼も作り物でしょう？」

半ばはったりだったが、岩永はぽんと額に指を当てる。

「や、気づきましたか？」

ただ単に、紗季がよく見ていた海外ドラマの俳優の片目が義眼で、その仕草や体の動かし方と似ていたので言ってみただけだが、大当たりだったらしい。

「一眼一足。これが私が神にもあやかしにも近い理由です。これがあるから私は大丈夫なんです」

そう岩永は紗季の懸念を払拭《ふっしょく》する調子で言うが、まともに解釈すれば余計大丈夫ではなさそうなのだが。

いったいこの娘の過去に何があったのか。何がこの幼い外見にこの老練な風格をまとわせているのか。

岩永はそれ以上の問い掛けをためらわせる微笑みを浮かべ、小さく頭を下げた。

「ではコーヒーごちそうさまでした。よろしければ九郎先輩と私の結婚式の際には招待状を」

「いらないから」

きっぱり断る紗季に岩永は満足そうにうなずき、玄関に立てかけておいたステッキを手にしてドアから出て行った。

しばらく紗季は、部屋から岩永の体温と香りが消えるのを待つ気分でじっとそのままキッチンに腰を置いていたが、やがて身を起こし、テーブルのカップを取り上げる。

鋼人七瀬は亡霊、怪人、いわゆる化け物だ。警察官が捕まえるものではない。

「でも逃げないことにしたから」

捕まえられなくても、怪異を知る者として対応はすべきだ。さらに付け加えるなら、あの娘の言う通りに退場するのはきわめて癪《しゃく》に障った。

カップを流しで念入りに洗い、水切り台に置いてから、パソコンを立ち上げる。

まずは正しい情報を集めねばならない。以前眺めただけの情報は、信憑性《しんぴょうせい》すら確認していないのだ。

そもそも鋼人七瀬が生まれる原因となった、アイドル・七瀬かりんの死はどういう経緯で起こったのか。彼女はメディアから追われてこの真倉坂市に隠れている時、死亡した。そうして追われたりしなければ彼女は死なななかったかもしれない。

アイドルがメディアに追われる定番の噂は恋愛関係であるが、彼女の場合は違った。紗季がネット上の情報を見た限り、七瀬かりんはかなり特殊なケースだった。

七瀬かりん、本名七瀬春子には、実の父親を殺害した疑いがかけられていたのである。

第三章　アイドルは鉄骨に死す

弓原紗季は岩永琴子と遭遇した翌日の昼過ぎ、真倉坂署の食堂でひとり鳥の唐揚げ定食を食べていた。しばらく牛肉と魚への挑戦は休止し、体力をつけるのを優先するつもりだった。

鋼人七瀬への対応だけで頭が痛いのだ。胃酸が逆流するリスクまで管理してはいられない。睡眠時間も短くなっているし、岩永という娘の顔を思い出すだけでじわじわとむかっ腹が立ってくる。

そこにぷらりと寺田がやって来て、カレーライスを載せたトレイをテーブルに置いて紗季の正面に座った。

「待たせたか？」

「いえ」

紗季は朝のうちに用件と昼の食事時間を告げるメールを寺田に打っておいた。寺田の仕事の都合もあるので姿を見せないかとも考えていたが、紗季が箸を動かし出して五分ほどで、そのふた昔前の冷蔵庫ほどにがっちりとした体を律儀に現した。

「悪いな。いろいろ片付かなくて。この後もすぐ外に出なくちゃならない」

言いながら寺田は紗季の食べているものを覗き込む。

「今日は唐揚げか。鳥肉は大丈夫なんだな？」

「はい。鳥の妖怪とは縁がなかったもので」

紗季の淡々として意味を取りかねるだろう回答に寺田はしばし口を結んでいたが、ここは聞かなかったふりをするのに決めたようだ。

「頼まれてたものは夕方には届ける。管外の件だから資料をまるまる借り出すってわけにもいかなくてな」

「手間をおかけして申し訳ありません」

「いいさ、弓原が協力してくれりゃ、俺も心強い」

寺田は武骨な顔を不器用ににやけさせ、スプーンを手に取った。紗季は紗季でそう言われると心苦しいものがある。昨晩鋼人七瀬に襲われたことも、鋼人七瀬を退治するのに小柄な娘が市に現れたことも、当面、話すつもりはなかった。

「それより昨日も鋼人七瀬に襲われたって訴えがあったぞ」

寺田はライスとカレーをスプーンで絡ませながら、ことさら声を潜めるわけでもないが、周囲には雑談していると取れる調子でそう切り出した。

「どこでです？」

その昨日、派手に襲われたばかりの一人として心穏やかではない。

「午前一時過ぎ、西真倉坂にある交番に酒の入った中年の男が、『鉄骨持った変な女に近くで襲われそうになった』って血相変えて駆け込んで来た。もちろん、応対した警官が襲われそうになったって場所に行ってもそんな女はいないし、酔って幻でも見たんだろうって帰らせたが、泥酔していたわけでもないし、足取りもしっかりしてたから、本当にそれでよかったのか、って気になったそうだ」

西真倉坂は紗季の署の管外で、地理的に二十キロほど離れている。

「それでその警官が、このところ市内で広まってる噂を思い出して、いくつかかってがあって俺のところまで情報がやって来た。さっきネットのブログや掲示板を確認したら、真偽は不明だが昨晩襲われたって話が四件も出てる。場所も時間もバラバラ、全部本当だとすれば、鋼人七瀬の格好してる奴がひとりだと、とてもカバーできない範囲のものだ」

鋼人七瀬は本物の怪異であるから文字通り神出鬼没、どれほど離れた場所や範囲でも時間を無視して現れ、消え、移動できるのだろう。紗季も昨晩、鋼人七瀬がそんな風に消えるのを目の当たりにした。食欲の減退する話である。

寺田はそんな紗季の顔色を意に介さずスプーンを鳴らして上下させていた。

「ひとりじゃなければ、組織犯罪の可能性がますます濃厚になる。目撃証言も増えているし、ネットじゃ鋼人七瀬関連の書き込みを集めたまとめサイトまでできてる」

そのサイトは紗季も昨晩、目にしていた。複数の掲示板の書き込みを集約し、鋼人七瀬についていて触れているブログやホームページのリンクを張って、取り留めがなくなりそうな噂の広がりをまとめ、秩序を与えている。そのサイト自体にも書き込みができ、そこでの書き込みと議論、話題提供がネット内では一番盛んであった。

見方を変えればそのネット空間は、情報が散らばり過ぎて早期に消えるのを防ぎ、秩序を与えているようで、実は内包する渾沌《こんとん》をよりいっそう深く、黒いものに育てているとも取れる。

サイトの名は個性もひねりもなく、〈鋼人七瀬まとめサイト〉というものだった。

「情報を集める側からすれば便利だが、そんなもんができるくらい鋼人七瀬は存在感を強めてる証拠とも言える。亡霊の存在がはっきりしてくるなんて、いい兆候じゃない。何かを企《たくら》んでる奴の思い通りの展開だろうよ」

「かもしれません」

的は外しているが、良い兆候でないのは正しいだろう。紗季はキャベツの千切りを箸で整えながら相槌だけを打ち、昨日調べた七瀬かりんというアイドルの経歴を思い出す。

七瀬かりん、本名七瀬春子というアイドルは、それほど有名だったわけではない。死に方によって知名度は上がったであろうが、依然、知らない者の方が多い。

ネットに上がっている画像を見れば確かに顔立ちは可愛らしく、それでいて女っぽい柔らかな肉付きをしていて、男性から人気があったのもわかる。きわどい水着や裸に近い姿のグラビア写真で雑誌の表紙を飾り、写真集もそこそこに売れていたという。それでもその世界ではせいぜい「中の上」であり、同じくらいの位置にいる娘には事欠かないのだそうだ。

デビューは十七歳の六月、高校生の時であり、芸能プロダクション社長に直接スカウトされてとなっている。首都圏在住で、田舎に比べれば容姿ともに恵まれた者が多そうではあるが、その中でも中学生の頃から地域内では目立つ娘で、デビューは意外がられなかった。

スカウトした社長によると最初、

「その胸はいける。いけなくて何としようかっ」

とおよそ女子高校生にするには思慮のない声のかけ方をしたそうだ。そして七瀬春子は一瞬たじろいだ様子をするも、

「いけるのが胸だけなんて、見る目がない」

とすぐさま答えたというから、容姿が良いだけの娘でないのがわかるだろう。社長はこの受け答えで、ますますいけると踏んだ、と後に語っている。

けれどやはりその世界は競争が厳しく、デビュー当初はほとんど注目もされなければ人気も下の方だった。何でも、顔もスタイルもいいし華もあるけれど、いかにも頭が良さそうな目つきが嫌だ、計算高そう、という評がされていたらしい。

実際、スカウト時のエピソードを抜きにしても彼女の学業成績は進学校で上位にあり、芸能界入りも学校側から反対されたという。

しかし彼女自身が校長室に乗り込み、

「ええ、ならば目にもの見せましょう。学業と芸能、見事両立させ、この高校の名をさらに有名にしてご覧に入れましょう」

と、啖呵《たんか》を切ったという逸話が語られている。そして、

「では、どの大学に入れば納得してもらえます?」

と堂々と尋ねたというのだから、けだし、肝の据《す》わった娘である。

ただしそういった逸話は彼女のプラスになるより、可愛い顔をして性格が悪いのでは、きついのでは、というマイナス評価になってしまった。一般的なアイドルファンが求めるものと、彼女の容姿と知性と行動力が、うまく嚙み合わなかったのだ。

ともかく当初、七瀬かりんは人気がなかった。ところがデビューから一年後の十八歳の七月、チャンスをつかむ。低予算の連続深夜ドラマ『青春! 火吹き娘!』にレギュラー出演し、このドラマが一部で人気を博して、彼女の知名度が大きく上がったのである。

「あのドラマが人気になったのは、半分くらいは七瀬かりんのおかげかな」

とドラマ監督は後になってしみじみと証言したらしい。

「あれほど真面目で知的に、あれほどバカな役をやってもらえるなんて、思ってもみませんでしたよ。その上胸も出し惜しみしませんでしたし」

ドラマ内で七瀬かりんはそのまま『売れないグラビアアイドル七瀬かりん』という役で出演し、名前が覚えられやすかった。グラビアアイドルにしては演技もうまく、マイナス要因になっていた「頭の良さそうな目」もストーリーの中では個性的と映《は》え、役者としての評価も得られたのだという。

さらにドラマ内で七瀬かりんが場つなぎ、時間つなぎで冗談のように歌う『火炎放射器とわたし』という曲を、彼女が作詞作曲していたのも話題になった。

本来ならぽっと出のグラビアアイドルに作中曲を任せはしないのだが、低予算の少人数で制作していた、というのが大きかった。

作中曲をどうしようか、と監督達が打ち合わせしていた時、

「どうせなら、私が作詞作曲するっていうのはどうです？」

と七瀬かりんが強気で提案してきたのだ。

ものは試し、と作らせてみたら、

「おお、いい感じに日本語としてもあやしい、テンポだけの曲じゃないか」

「けどバカバカしいなりに、計算はされてるな。『七瀬かりん』らしい曲になってる」

「変に耳に残るな。ちょうどいいんじゃないか？」

とあっさり採用となった。

またこの曲を気に入った監督がオープニングや次回予告で何度も使い、ネットの動画投稿サイトなどでも話題となった。そこからさらにＣＤやネットの配信、カラオケ曲としても広がり、ドラマを知らない、観ていない者にも七瀬かりんは知られ始めた。

監督は後にこうも語る。

「今思うと、あれ、七瀬かりんは計算ずくだったんですよ。そんな曲、事務所も局も売れるなんて思ってないから、曲の権利は七瀬かりん個人のものになってたんです。でも当人は、時代の流れからしてこれはお金になると読んでたんじゃないかな」

そう、七瀬かりん自身が作詞作曲をしていたため発生した印税収入は多額に上り、彼女は経済的にも一足跳びに恵まれる。デビュー一年ばかりのグラビアアイドルとしては考えられない収入になったのだそうだ。

ちなみにこの曲を歌う時にドラマで着用し、ＣＤのジャケット写真でも身につけていた衣装が、鋼人七瀬のリボンと赤黒のドレス姿につながっている。七瀬かりんの一番印象に残っている姿でもあるのだろう。

こうして七瀬かりんはテレビやラジオへの出演が増え、頭の回転の速さや当意即妙の話術が評価される。写真集は大きくは売れないものの、固定ファンがついていたので書店にもよく並ぶようになった。大学入試も、学校に挙げさせた有名国立大学に一度で合格し、これも話題になった。

これらの軌跡を見ると紗季などには非常な成功者と思えるのだが、それでもやっぱりごく一部に人気のアイドルにとどまるのだ。もし彼女が真倉坂市で死ななければ、紗季はその名前を小耳にすら挟まなかったかもしれない。そこが「中の上」という評価になるのだろう。

されど中の上といえ、下の者や中の者にすれば、いきなりひとつ頭を抜け出されたのだから妬《ねた》む対象にもなる。ネット上の分析では、続く七瀬かりんの醜聞《しゅうぶん》は、その妬みによって始まったとされていた。

「寺田さん、鋼人七瀬が本物の亡霊という可能性はまるで考えられませんか？」

「うん？　またその話か？」

「ええ、彼女の経歴を見ていると、化けて出るのももっともと思えるものですから」

紗季は調べたことを思い出しながら、それとなく亡霊本物説を補強するためにそう話を振ってみる。寺田は頭の固い男ではあろうが、話のわからない男でもない。筋が通っていれば亡霊を認めるかもしれない。

「七瀬かりんなんてアイドル、近くで死ぬまで知らなかったが、俺もざっと見た限り、バカで考えなしの小娘じゃなかったのは確かだな。むしろ自分から貪欲に成功してやろう、登り詰めてやろうって気迫が感じられる。そういう娘が道半ばで死んだら、良くない念が残るってのもうなずける話ではある」

寺田は早くも八割方片付けたカレー皿を物足りなそうに眺めながら嘆息した。

紗季はそして七瀬かりんが死に至るまでの経過についてさらに思い出す。


七瀬かりんがアイドルとして上り調子にあった十九歳の六月の時、父親が亡くなっている。自宅マンションの階段から転落して頭を打っての事故死と見られ、当時は何ら事件性が認められなかった。変死ではあるが司法解剖もされていない。これは珍しい話ではない。状況から他殺が疑われなければ、手間と費用の関係で解剖まで行かないのがむしろ一般的である。

一部に人気のあるアイドルの父親が死んだ、という報道はあったが、誰が騒ぐでもなかった。七瀬かりんも変わらずテレビに出演していた。

「亡くなった父のためにもがんばります」

という、彼女にしては平凡なコメントを出しはしているが、それだけだった。

ところが同じ年の十一月末、唐突にその死の疑惑が語られるようになる。アイドルとして成功した後、娘を当てにして働かなくなった父を七瀬かりんが疎《うと》ましく思い、また保険金目当てもあり、事故に見せかけて殺した、というのだ。

その父親が、

『最近春子に蔑《さげす》まれているようだ。あいつは昔から頭の良さを鼻にかけて』

といった愚痴を死の一ヵ月くらい前から友人に漏らしていたという話が浮上し、さらには、

『春子から殺意を感じる。この文章が読まれる頃にはおれは春子に殺されているに違いない。違いないんだ』

といった内容の父親直筆の手記までが、死後五ヵ月近く経ってから発見されたというのである。

話が広まったのはネットで、後を追うように週刊誌やスポーツ紙が取り上げた。

現役アイドルの殺人疑惑。疑惑段階で大々的に取り上げられていいものではないが、「殺人」という言葉を直接使わずとも、七瀬かりんをとりまく黒いイメージは印象づけられた。それまで、

『自分達と大して変わらないのに運が良くて売れた』

と妬んでいた者達がネット上でさかんに誹謗中傷《ひぼうちゅうしょう》の書き込みを重ねたとも言われる。

これが十二月半ばの話で、年を越してもまだ話題は続いていた。噂によると話題性の高

い春からのドラマや映画で七瀬かりんにキャスティングされていた役を、有力事務所が自分達の抱える新人に回させるため、スキャンダルを画策したとも言われている。

七瀬かりんが所属する事務所は週刊誌やスポーツ紙を名誉毀損で訴えるといった主張はしたが、かえって問題を長引かせるので本当に訴えたりはせず、実際はひたすら沈静化を待つしかなかったそうだ。

そして七瀬かりんが実の父親とうまくいっていなかったことに加え、

「七瀬には二つ上の姉がいるんだけど、その姉ともうまくいっていないんだって」

といった事実や、

「なんでも七瀬かりんが生まれて数日後にお母さんが亡くなったのが原因らしい」

といった複雑な家庭事情までが尾ひれをつけつつ広まるばかりだった。

こうして七瀬かりんは仕事を休止し、

〈じき帰ってくるぜ、野郎ども〉

という自棄《やけ》になったような短いコメントを事務所のホームページに発表した後、地方のホテルを転々としながら潜伏してマスコミの追及をやり過ごそうとしていた。

そして一月の末に、まるで縁もゆかりもない真倉坂市のホテルに宿泊した。

数日後、そのホテルのそばで死ぬ運命とも知らず。

紗季はネットでなるべく信憑性が高い情報源のものを選んで彼女が死ぬまでの流れを調べ、まとめたつもりだったが、そもそもアイドルというもの自体に虚像の側面がある。彼女が売れたのも、彼女が追われたのも、不確かな噂と世評によるものだ。そこに真実を求めるなど、土台無理なのかもしれない。

寺田は残りのカレーを平らげると、水の入ったコップに手を伸ばした。

「結局、父親を殺害したって疑惑もうやむやになって、ネットで煽《あお》り立てた連中も、その記事を載せた週刊誌も新聞も何ひとつ責任を取ってない。七瀬かりんだって運だけじゃなく努力して名前を売ってたんだろうし、怨霊になって誰彼構わずただ世間ってやつに襲いかかりたくもなるだろうよ」

「はい、刑事として幽霊なんて信じられないとは思いますが、あながちない話でもないものかと」

食事中といえ、この奥歯にものが挟まったものの言い方はどうだろう。紗季は我ながら鬱陶《うっとう》しくなった。

それでも寺田は嫌な顔をせず、話を変えもしないで真っ向から返してくる。

「別に幽霊は否定しないし、俺も毎年墓参りをかかさないくらいには霊魂の存在は信じてるぞ。今回の件も、七瀬かりんの霊が死亡現場で潰れた顔から血を流して突っ立ってるってくらいならまだ信じたよ。けど鋼人七瀬は違うだろ」

しばらく言葉を選ぶように宙でスプーンを振っていたが、やがて寺田はひとつ皿を叩いて整然とこう語った。

「こいつはそう、作り物っぽいんだ。ミニスカートのドレス着てるとか、顔が潰れてるとか、鉄骨持って振り回すとか、それら全部が七瀬かりんを死に追いやった世間ってやつの無責任に喜びそうなものになってるんだ。世間を恨んで化けて出た娘が、そんな姿をしてるなんておかしいだろ？　ならその裏側か足元には、七瀬かりんの意思とは別のものが隠れてるに決まってる」

紗季は驚いた。なるほどその通りだ。

鋼人七瀬が怨霊とするなら大衆に迎合的過ぎておかしいというのはもっともな反論で、鋼人七瀬が霊的存在であるのを霊魂の存在を否定せずに否定している。論戦をしているなら、審判は寺田の勝利を宣言するところだ。

しかし事実は論理より奇なるもので、鋼人七瀬は霊的存在なのだ。なのにこうも見事に理論武装されては、寺田を説得するのはもはや不可能に近い。

「弓原、ひょっとしてお前の別れた彼氏っていうの、死んでから幽霊として現れたりしたのか？　それで昔の仕打ちを詫びてきたとか」

寺田は昨日の話を気に掛けているようだ。そんな経験のある相手に、下手に幽霊の存在を否定してはならないと思慮しているのだろう。肩幅にも身の丈にも似合わない繊細さだ。

「いえ、彼は死んでもいませんし、幽霊にもなっていません」

九郎はそう簡単には死なない。なぜなら彼は、人魚の肉を食べたというのだから。

古来人魚の肉を食べた者は不老不死になると言われる。そうやって不死となり、何百年も生きたという八百比丘尼《やおびくに》、千年比丘尼の伝説はつとに日本で有名だ。西洋ではなぜか人魚を食べることによる不老不死伝説は見られないが、おそらく生魚を食べる文化が乏しいせいだろう。日本の人魚食の伝承では、大抵が生のまま食べている。

高校生の時から九郎と付き合いのある紗季は、彼がそれなりに年を重ねて成長しているので不老でないのは知っている。それも九郎が言うには、きっと一緒に食べたくだんの肉が効果の一部を打ち消しているのだろう、ということだった。ただしある年齢に達したら、そこから老いないかもしれないと、寂しそうにも言っていた。

「彼には新しい彼女ができて、楽しくやっています。たとえ幽霊になっても、私のもとを訪れたりはしないでしょう」

つい非難する口調になってしまい、何だか胸がむかついた。せめて自分に似た彼女だったら、むかつかなかっただろうか。

「すまん、俺が余計なことを言った」

紗季が指に挟む箸を折りかねないほど思い詰めた顔でもしていたのか、寺田が身の置き場に困る様子で座り直す。

「こちらこそ感情的に」

柔道有段の猛者《もさ》をかしこまらせてどうする。紗季は箸を置いて頭を下げた。

「寺田さん、他に鋼人七瀬について疑惑を持っている警察関係者はどれくらいいるんですか？　市内の動向をずいぶん早く耳にされているようですが」

「実際に動いてるのは数人だが、疑惑程度ならもっといると思うけどな。こういう、何となくざわついて誰となく事件の気配を感じて自然に動き出すってのはたまにあるんだ。俺は何度かそういう件に関わってきて名前も知られてるから、とりあえず俺に報せとこうってなるみたいだ」

現場が長く、数字や階級に表れない功績を持つ結果か。

「それで七瀬かりんが死んだ時の捜査資料も回してもらえる。貸しも作ってあったしな。犯人グループが市内で騒ぎを起こせるなら亡霊にするのは誰でも良かった、ていうなら見る必要もないが、あの事故死が実は殺人でそれが最近の事件の原因になってる、って場合も考えないといけないからな」

寺田はコップの水を干すとトレイを手に席を立った。

「じゃあその資料、夕方には届ける。俺の代わりに目を通して、後で要点まとめて説明してくれたら助かる。俺は机に座ってるより足で稼ぐ質《たち》だから」

「はい、それくらいならいくらでも」

優秀な刑事は足だけでなくデスクワークも達者であるはずだから、これは謙遜だろう。

寺田は紗季の快い返事に笑い、通常職務に戻るべく慌ただしくテーブルを離れようとしたが、ふと足を止め、声を落とした。

「弓原。いい焼き鳥屋を知ってる。今度行かないか？」

これまで周囲にさりげなさを装っていたのに、私的な話題になるとよそよそしく調子を変えるのは、奥床しいのかただ単に不器用なのか。紗季はつい笑んでしまう。寺田はなぜそんな反応をされたかわけが読めないせいか、不安げに口をすぼめた。

紗季は笑みを収めて小さく礼をして答える。

「そうですね、是非行きましょう。鋼人七瀬についてもゆっくり話したいですし」

いつか、ではなく鋼人七瀬の話題があるうちに、という意が含められたから、ごく近いうちに誘ってください、という返事である。誘った当人はまさかそこまでの応答があるとは思っていなかったらしく、しばし入道みたいな姿のくせに豆粒を当てられた鳩のようにしていたが、

「じゃあ明後日の夜をあけておいてくれ」

と嬉しそうにうなずいてトレイに載せた皿とカップを返却しに行った。

選択をあやまったかと息をついてしまう紗季だったが、まだ半分も食べられていない定

食の有り様に、いい加減過去を振り切らねばと思い直す。

九郎も違うタイプの娘と付き合っているというのだ。こちらも食わず嫌いはやめて、新しい野に踏み出したって悪くはない。この鋼人七瀬事件をいいきっかけにするのだ。そうでも思わないとやっていられない。

そしてこの夕方、紗季が国道で起きた追突事故の処理から署に戻って来ると、デスクに七瀬かりん関連事件の資料が届いていた。携帯電話にも、届けたことを報せる簡潔なメールが送られていた。


どうしたものか。

岩永琴子はステッキの握りについている丸まった子猫の飾りを親指でなぞりながら、パソコンのディスプレイの前で考え込むばかりだった。

昨日部屋を取ったホテルの裏手にあるネットカフェに入り、小一時間ばかりそうしていた。時刻は午後七時になろうとしている。九月の初めとあってまだ空に明るさは残っているが、人ならぬものが現れやすい時は迫っている。

カフェの店員がちらちらと岩永に注意を向けてくるのは、未成年と疑っているせいかもしれない。まだ二十歳にはなっていないが、夜間の行動を規制される年齢でもないのだ。

大学の学生証があるので身分証明は簡単とはいえ、思考を中断されるのは面白くない。以前から岩永は妖怪、化け物つながりで遠出した時は、どうにも成長乏しい外見のせいでひとりで宿泊するのや、補導をやり過ごしたりするのに苦労させられていた。

九郎と付き合い始め、文句を言いながらもあやかしのトラブル解決に手を貸してくれるようになってからその心配をしなくてよくなったのだが、今回はその九郎がいない。それどころかあの弓原紗季に出会うとは、まるで計算外だった。

どこかの警察署に就職したとは聞いていたが、接点が生じるとは思ってもいなかった。たとえ接点が生じても、幸せに上々に暮らしていてくれればよかったのだが、当人の様子と部屋の空気感からして、新たな恋人もいなければ、九郎との過去にも整理がついていないらしい。

さらに困ったのは、紗季はいっそう九郎好みの雰囲気になっていたのだ。九郎は少し病んだ、不安定な感じの女性に引かれるのだ。

以前の紗季は細くともまだ肉感があって、強靱《きょうじん》な信念も中心に通っている姿をしていたが、今の紗季はずいぶん身が削れ、揺らぎもある。原因はきっと九郎だろう。それだけに、九郎が今の紗季と会う事態は岩永にとって何としても避けたいところだ。

そして本題である鋼人七瀬も困ったものであった。あやかし達から二日前に相談を受け、その話からおおむね予想はしていたが、ほぼそれが当たっていた。

本来妖怪であれ、幽霊であれ、知能の高い低いはあっても会話は成り立つものなのだ。口がなかろうが顔全部がなかろうが、意思の疎通はできるのである。特に力の強いもの、直接物を破壊し、人も殺せる力を持つほどのものともなれば、一定の知能を持っていて当然のはず。

なのにあれは、同類というべきものの言葉に耳を傾けず、岩永の声にも応えず、意志や思考力がないかのように現れ、動き、鉄骨を振るっていた。亡霊であるには違いないのに、あれには念がない。岩永が見た限り、怨念、執念、邪念、自らを不自然に成立させる内なる力を発していなかった。行為自体は反社会的で、怨みつらみをぶつけている風であるが、まるで虚《うつ》ろな操り人形のようだったのだ。

まともな化け物は普通、力ずくでも倒せる。交渉も話し合いも成り立つ。退治する方法に悩む必要はない。化け物とはいえ生命を持つなら、それを断つ方法には事欠かない。勘違いしてはいけない。いくら化け物でも古来から猟奇的に、思うままに人を殺しまくれる強力なものはほとんど存在しない。対処の仕方さえ知っていれば人間に倒せるものであり、だからそのもの達は必要以上に人の目を引きつけるのを恐れる。人間が退治しようと本腰を入れるぎりぎりの所で、そのもの達は時折人を害したり、益したりして存在を主張する。

鋼人七瀬はそれらのルールから逸脱し過ぎていた。この真倉坂市に住まう亡霊や化け物達が近づくのも嫌がるほどに、外れた存在になっているのだ。

どうしたものか。本当に力ずくで倒せないかどうか最終確認はするが、それで無理だった場合の準備も進めておかねばならない。

「そうすると正確な情報が欲しいところだけど」

岩永は呟きながらマウスをクリックする。

このネットカフェに来て彼女がずっと閲覧しているのは〈鋼人七瀬まとめサイト〉。鋼人七瀬のイメージイラストをトップページに掲げ、真偽を問わず情報を整理している。こうしている間にもサイトには書き込みが重ねられ、鋼人七瀬という噂が増幅していた。

トップにあげられているイラストは昨晩岩永が見た鋼人七瀬そのままだった。鉄骨の長さ、頭に飾られるリボンの角度、ひるがえるドレスの波打ち方、腰のライン、太ももの見え方、それらのバランスがそっくり同じだった。

山とある証言や七瀬かりんの生前の容姿を参考にすれば近いものは描けるだろうが、そっくりそのままという可能性はありうるだろうか。

鋼人七瀬が写真に撮られ、画像が出回ったという話はない。このまとめサイトにもない。イラスト類は多々あるが、特徴に共通点はあれど、印象にはばらつきがある。このトップのものが群を抜いて正確だった。鋼人七瀬を直視して描いたごとく。

「違う。むしろ、逆か」

岩永は呟き、またステッキの子猫の輪郭を指でたどる。

だとすれば、鋼人七瀬を倒すのは相当厄介になる。

岩永は考え込む。

まず必要なのは情報。七瀬かりん死亡事件の正確な情報が欲しい。ネット上にあるものは、どれが正しく、どれが間違っているかわからない。死亡時刻、第一発見者の証言、関係者の証言、それらすら統一されていないのだ。憶測を事実と思い込んで伝言ゲームと化しているものもあれば、まことしやかな現場の目撃証言まで並んでいる。

ネット上の情報を活用するにしても、これではどれを選べば矛盾や破綻のない全体像を構成できるかつかみづらい。そのためには信頼できる基礎資料があった方がいい。

「となると警察だけど」

紗季の顔が岩永の頭に浮かぶ。警察でも鋼人七瀬について調べている者がいるなら、紗季が事件の捜査資料を手に入れるのは困難ではないだろう。問題なのは、昨日捨てゼリフめいたものを投げた紗季に頼み事をするのは癪に障るのと、下手に紗季に近づくと、何かの拍子に九郎と彼女を再び結びつけてしまうおそれがあることだ。

特に今回の件は、九郎の能力が必要となるだろう。

「とは言っても背に腹は代えられないし」

岩永はまとめサイトからネットカフェのホームのページに戻り、ステッキを床について席を立った。被害者が出てからでは遅い。打てる手は全て打たねば後悔する。

紗季から資料を手に入れ、用が済んでから九郎を呼び出せば接触は避けられるだろう。うまくやれるはずだ。

岩永はさっそく紗季に『お使い』を出すのを決める。

現在九郎は岩永からの連絡に一切答えてはくれないが、携帯電話の着信拒否まではしていない。こちらからある情報を出せば、すぐにやって来てくれるだろう。その情報と交換でないと動いてくれそうにないのは彼女として物悲しい話ではあるが、やむを得まい。

ただ不安なのは、こちらから呼んでもいないのにいきなりやって来て、岩永の知らない所で紗季と九郎が会ってしまいはしないか、だったが。


七瀬かりんの死体が発見されたのは、一月三十日の土曜のことだった。場所は七瀬かりんが宿泊していたホテルの近くにあったマンション建設予定地。十五階建てのマンションが建設途中であったが、親会社の資金繰りの悪化等で基礎工事がようやく済んだ十二月末に中断され、重機は引き上げられたもののいくつかの資材は放置され、年を越していた空間だった。

予定地には立ち入りを防ぐフェンスや壁があったものの、半端に放り出されていたためどうしても隙間があり、近隣住民からは子供や若者が入り込んで危ないのではないか、と一月の半ばから問題視されていた。

死体の第一発見者はそんな近隣住民のひとりである七十歳の男性で、その土地から道路をひとつ挟んだ一軒家に住んでいた。

その老人は前夜遅く、予定地内に残された資材が崩れるような、倒れるような音がしたのを聞いた気がしたという。前夜は雨が降りしきり、強い降りの時もあったので、その勢いで何かあったのかも、と考えたらしい。

そして明けて午前八時過ぎ、朝の散歩がてらどうなっているか確かめるためフェンス越しに中を覗き込んだ。続いて倒れた無数の鉄骨と、そばにある人影に気づいて警察に通報した。

それら凶器となった鉄骨は三から五メートルくらいの長さで、以前から無造作に五本ばかりプレハブ小屋に立てかけられ、倒れると危ないのでは、とささやかれていたという。仰向けに倒れていた死体は、見事に顔と頭部をそれらに砕かれていた格好だった。死因は複数の鉄骨による脳挫滅《のうざめつ》。ほぼ即死で、顔の正面から鉄骨を受けていたのもあって、容貌や歯形の確認がまるでできないほどに首から上は潰れていた。

とはいえ死体はコートを身につけた外出着姿で、所持していた携帯電話と財布の中にあった大学の学生証から七瀬春子とまずは判断され、十メートルほど離れた場所にあるホテルに三日前から宿泊しているのもすぐに判明した。ホテルには偽名で宿泊していたものの、従業員は服装を覚えており、中には雲隠れしている七瀬かりんと疑っている者もあって、確認には手間取らなかった。

その後、ホテルの部屋や残されていた私物から検出された指紋も死体のものと一致し、その死体は七瀬かりん（本名七瀬春子）と断定される。死亡推定時刻は三十日の午前零時から一時。第一発見者の老人が現場からの物音を聞いた時刻は正確にはわからないが、それくらいであると証言している。

警察は事故、他殺、自殺の可能性を視野に捜査を始めた。

その結果、公式には事故ではあるが、限りなく自殺に近い、というのが非公式の見方、という線でメディアともども結論づけた。

「けっこう念入りに捜査してたんだ」

紗季は寺田が置いていった資料を閉じ、そう感想を漏らした。

この日は午後八時前に勤務を終えてマンションに帰宅し、コンビニエンスストアで買ったサンドイッチとキッチンで淹《い》れたコーヒーを夕食に、着替えもせず椅子に座って七瀬かりんの死亡とその捜査についてひと通り目を通したのである。

少々変則的とはいえ、七瀬かりんの死は最初から事故で決まったような状況だ。普通ならもっと早くに結論を出せたろう。マスコミに追われていたアイドルの変死とあって、後になって警察の見解と違う証言や証拠が出てきては面子《メンツ》に関わる醜聞に発展すると、事故死の結論を下すのに相当の捜査と時間をかけたに違いない。

計画的な殺人という可能性から始まり、放置された建築資材を盗みに来た者と出くわして偶発的な殺人が引き起こされたのではないか、遊び半分で入り込んでいた若者が何かの弾みで鉄骨を倒してしまい、七瀬かりんを巻き込んだのに驚いて逃げたのではないか、あらゆる仮説が検証され、否定されている。これでは事故死以外の結論は出せそうもなかった。

現場の状況から紗季が思いついた疑問点もきっちり潰してあり、『限りなく自殺に近い事故死』というのは妥当な解釈と言わざるをえなかった。

紗季はコーヒーカップを握り直し、もう一度資料をめくる。

ただ一点だけ、気になるところがあった。事件関係者でただひとり、この結論に疑問を呈している人物がいるのだ。

七瀬初実《はつみ》。七瀬かりんの実の姉だ。本来なら肉親が自殺を疑うのはそう不自然ではないのだが、彼女の立場からするとこれがおかしいのである。

結局彼女はその後、沈黙したようだが、やはりこの点はしっくりいかない。

「とすると七瀬かりんの死には解かれていない謎がある?」

紗季はコーヒーカップをテーブルに置き、椅子の背もたれに合わせて体を反らせた。

それは寺田が亡霊という真実の怪など一顧だにせず、また余計な詮索を深めそうな要素だ。鋼人七瀬の出現は、事故で片付けられた事件の真相を掘り出すために誰かが演出しているものだとか。ないわけではない可能性かもしれない。

キッチンに置いてあるデジタル時計は午後十時三分を表示している。寺田はどうしているだろう。資料を受け取ったむねを伝えるメールを返信しておいたのだから、一応目を通し終えたのも伝えておくべきかもしれない。

紗季がテーブルの脇に無造作に置いたバッグに入れっぱなしの携帯電話を出そうと身を屈めた時、窓に物音がした。

風で木の葉でも当たったにしては規則正しい、ノックめいた音。気のせいかとバッグに手を伸ばし直したところ、また鳴る。

紗季の部屋はマンションの五階。ベランダはなく、窓の向こうに人が立てるスペースもない。窓の方を向いてみる。緑色の遮光カーテンが掛かっているので夜の風景は見えない。しかし布を通して、遠慮がちではあるが、しつこく外から窓ガラスを叩く音がする。

正直、紗季はカーテンを開けるのが怖かった。でも開けないと、いつまでもその音が続きそうでもある。

無言で椅子を立ち、ためらいを振り切って剝《は》ぐようにカーテンを開ける。果たして窓の向こうには、人ではない何かが浮かんでいた。人の形をして着物をまとっているが、全長は五十センチほどで、半透明の焦げ茶色をしたものだった。顔は小鬼か、翁《おきな》みたいな、渋く皺の入った造作《ぞうさく》をしている。

まず、妖怪であった。

「ええ、夜分遅く済みません、はあ、驚かれるのももっともかとは思いますが、当方は木魂《こだま》の源一郎《げんいちろう》と申しまして、はあ、ひとつ目いっぽん足のおひいさまの使いで参りました次第で」

それはおどおどと低姿勢で紗季にそう告げた。

『こだま』とは何だったろうか。九郎との付き合いをどうするか悩んでいた頃、妖怪事典で見た覚えがある。年を経た樹木の精霊とかどうとか解説されていた。それくらいしか記憶にないが、特に害のあるものとの記載はなかったはずだ。

『ひとつ目いっぽん足のおひいさま』とは岩永だろう。人でないものを送り込んでくるひとつ目いっぽん足の知り合いは、あの娘しかいない。

「どうかどうか、手荒な真似はなさらないでくださいますよう、当方はか弱いか弱い木魂でして、その御手《おて》にて、きゅうとひねられましてはひとたまりも」

「やめて、化け物に恐れられる筋合いはないから」

窓ガラス一枚を隔てているが、その小柄な妖怪のかもしだす歪《いびつ》な空気に紗季はどうしても腹の底が冷える感覚を抑えられない。鋼人七瀬には勢いで立ち向かえたが、日常生活の基盤である私室においてまでそんなものに声を掛けられては、動揺するなという方が無理だ。平静を装うのがやっとだった。

「はあ、されどおひいさまはあなた様をとても、とおても粗暴ゆえ、くれぐれも礼を欠いてはいかんと」

源一郎と名乗った木魂は紗季の叱責《しっせき》に哀れなほど首を縮める。

あの小娘め。紗季は今度岩永に会ったら殴ると決めた。

「で、あの娘が私に何の用?」

紗季は高圧的にそう質す。自分の腕の長さほどのサイズしかないとはいえ、闇に浮かぶ物の怪《け》だ。こちらの怯えを見抜くと途端に襲いかかってこないとも限らない。

「用件と申しますのは、かの鋼人の件でして、ぜひぜひあなた様のご助力をたまわりたいと。できるなら今すぐお会いしたいと」

木魂はぺこぺこ頭を下げた。昨晩の岩永は紗季の助けどころか、紗季がこの件に関わるのさえ拒む様子であったが、あっさり考えを変えたらしい。

柔軟なのかいい加減なのか。ひょっとすると恥を忍んで頭を下げねばならないほど、鋼人七瀬の影響が深刻化しているとも考えられる。

「もしやご助力いただけないとなれば、これより毎夜毎夜、同じく木魂の源二郎や源三郎、源四郎等々らが入れ替わり立ち替わり、お願いに参る次第で」

「何人兄弟だ。猛烈な嫌がらせじゃないの」

「はあ、されどおひいさまがそうせよと」

やはりあの娘は殴らねばなるまい。

そうやっていつまでも人ならざるものと進展のない話をしていても始まらない。紗季は窓の向こうの妖怪に先を促した。

「会うのはいいけど、どこで？」

「はあ、当方がこれよりご案内いたします。ええ、おひいさまがおいでになるのはここより二里ほど離れたファミリーレストラン。そこでのお食事、お飲み物のお代はおひいさまがご負担されるとおっしゃられております、ですので何らご心配ありませぬゆえ」

妖怪から『ファミリーレストラン』という単語が出てくる違和感と、そんなものに案内されて夜の町に出なければならないのか、という気の重さで紗季はとっさにうなずきかねた。

半端な地方都市と岩永が言い、紗季も否定しなかった真倉坂市ではあるが、二十四時間営業のレンタルソフト店やコンビニエンスストア、ファミリーレストランは普通にあるし、深夜まで客が入る居酒屋チェーンの店も少なくない。中心となる駅の周辺や、大きな国道沿いは、夜中であっても明るく、人の気配が常にするものだ。

ただしそうでない所がずっと多いのも確かであり、駅前や車が二台以上通れる幅の国道から外れれば、神社を囲んでいる林、閉店してうっそりと建つスーパー、奥まって家が密集する住宅地など、夜のひとり歩きを避けたい空間が広がっている。肝心のファミリーレストランに着くまでには、必ずそういう所を通らねばならない。

署から緊急配備の連絡でもなければ満月の日さえ自宅から出るのはためらわれるというのに、別れた彼氏の今の彼女の求めに応じて外に出るというのはいかがなものか。それも妖怪に先導されて。

「おひいさまがおっしゃるには、鋼人七瀬をば退治するに当たり、そのものの元となる七瀬かりんという人間の死に様について、詳しい事情を知りたいと。なぜ知りたいかはお会いして説明されるとも」

こちらの逡巡を察してか、木魂が補足説明する。

紗季がちょうど疑問を抱き始めていたアイドルの死に様に岩永も着目しているというのは無視できない話ではあった。二里ほど離れた、といえば八キロくらい。その辺りにあるファミリーレストランは心当たりがあるし、道順もある程度頭に描ける。急ぎの際に署まで下るため、収納には折りたたみ自転車が入っているから、それを使えば三十分程度の道程だろう。

あれこれ秤《はかり》にかけ、紗季は木魂の要請に従うのに決めた。では下でお待ちしますゆえ、と言うと木魂はすうと窓の下に降りていく。

紗季はカーテンを閉め、その場に座り込んだ。

まったく冗談ではない。鋼人七瀬に関わって化け物との過去を断ち切ろうとしているのに、いっそうまとわりつかれている。

いくつも判断を誤っている予感はしたものの、折りたたみ自転車を出すべく立ち上がった。

どうしてこんなことになったのだろう。あまりに間が良過ぎる。良過ぎて悪過ぎる。

岩永は午後十時前に最終のバスが出て、辺りに民家すらないぽつねんとした標識だけが立つ、人気のないバス停留所の近くで頭を抱えたくなった。

紗季を呼び出したファミリーレストランで、つい先ほどまで彼女を待ちながら特選海鮮固焼きそばをつついていたら、交通事故で死んだ少年の浮遊霊がテーブルの下に顔を出し、近くに鋼人七瀬が現れました、と報告してきた。一応市内の妖怪や類するもの達には、岩永が駆けつけられそうな場所で鋼人七瀬を見かけたら報せに来るよう、命令を出してあったのである。

報せられてもどうしようもない場合はある。市内全域を彼女ひとりでカバーするのは不可能で、あやかし達もすっかり鋼人七瀬を恐れて直接的な手出しを避けている。だとしても岩永の近くに現れたなら力ずくで打倒するなり行動観察をするなり、もし襲われそうな人間がいれば安全に逃がしてやるなりしないわけにはいかない。そのためにも手軽に速く移動できる電動自転車をここに来てからわざわざ購入して乗り回していたりもする。だから浮遊霊に、紗季がファミリーレストランに来たら岩永が戻るまで店内で待っているか、もしくは鋼人七瀬が現れた所に後からでも来るよう伝えるのを命じ、電動自転車を飛ばしてこのバス停までやって来たのだ。

そうしたら、である。

鋼人七瀬は確かにいた。昨晩と変わらぬ衣装と鈍器を手に、人を襲っていた。それはいい。襲われているのは剣呑《けんのん》だけれど、この際いい。その襲われていた人物が問題だった。

それは桜川九郎だったのである。

鉄骨を振り回す怪人を相手に、ジーンズにアースグリーンカラーのシャツを身につけ、丸腰でせめぎあっていたのだ。

九郎はどちらかと言うまでもなく、荒事に向かないタイプだった。岩永が声を掛けた雨の日からまるで変わりなく、ぼそぼそと牧場の片隅で草を食《は》む背の高い山羊みたいな雰気で、殴り合いのケンカどころか、怒鳴り、罵《ののし》るといったことをした経験もほとんどないだろう。闘争本能に乏しい気質なのである。スポーツも学校の体育程度で、部活も運動系とは縁がなかったらしい。

そういう人間が、薄い月明かりと外灯だけが頼りの闇の中、たわわな胸を遠慮なく揺らす怪人の鉄骨をかわしつつ、逃げるのではなく、何とか一矢報いようと機をうかがっている。

アスファルト上の足さばきは心許《こころもと》なく、やっとどうにか直撃を避けている格好であったが、表情に苦しさはない。額に汗は浮かんでいても息は切らさず、鋼人七瀬の動きから視線を外していない。

とはいえこのままだと鉄骨に叩き潰されるか薙《な》ぎ飛ばされるかは時間の問題であったが、岩永は九郎の身の危険については心配していなかった。なので余計な手出しをせず、九郎にも見つからないよう、十メートルばかり離れた所にある、コーヒーばかりが何種類もディスプレイされた自動販売機の陰で身を隠していた。

それよりもだ。

なぜ九郎が真倉坂市にいて、鋼人七瀬と戦っているのか。心当たりはあったし、こうなる展開もあるとは考えていたが、どうしてこのタイミングなのだ。岩永はまだ九郎に手助けを求めるメールを打っていないし、電話もかけていなかった。紗季と九郎を鉢合わせさせないために、慎重に時機を測るつもりだったのだ。

「ちょっと、化け物に呼び出させといて席を外してるわ、幽霊に言伝《ことづて》を残してくわ、いったいどういうつもりなの？」

タイミングは最悪だった。紗季が岩永の後ろに、自転車のハンドルを手にしたまま、明らかにはらわたを煮え返らせて立っていたのである。夜中に立て続けで異界のものと接触した恐怖を怒りで紛らわせているのかもしれない。

岩永はあきらめて肩を落とした。ファミリーレストランでおとなしく待っていてくれればまだ対応しようはあったが、こうなれば切れない縁のいたずらと考えるしかない。

紗季は一瞬ためらいを見せたものの、自転車を脇に駐《と》めてそんな岩永の肩をつかんできた。

「鋼人七瀬が現れたなら仕方ないかもしれないけど、にしてもなんで幽霊に伝言する。ファミレスの植え込みからあんなものに呼ばれて、私にどうしろと」

そこまで言いかけ、ようやく紗季は気づいたらしかった。前方にいるのが鋼人七瀬だけでなく、現在進行形で誰かが襲われているのを。

「ちょっと、あれ、危ないじゃないっ、助けなさいよっ」

「放っておいても大丈夫です。どうせ当人も、一回くらいは頭を潰される覚悟はしてるでしょう」

言われ、紗季は怪訝《けげん》に目を細めて再度前方に目を遣る。明かりが乏しく、二年以上も会っていなくて遠目となればすぐには判別できないだろうが、それでも結婚寸前までいった相手がわからないわけがない。

「あれ、九郎君じゃないの」

「はい、九郎先輩ですね。やっと気づかれましたか。紗季さんと別れられた後も、容姿や雰囲気はさほど違っていないはずなのに」

岩永は無駄な抵抗はやめたが、せめてもの嫌味は含めた。

「だって九郎君、あんな好戦的じゃなかったもの」

紗季は弁明しつつ後退《あとずさ》りそうな顔色と仕草を見せたものの、岩永の肩をつかんだまま、かつての恋人を凝視する。

「近づくとうっかり巻き添えを食うかもしれません、しばらく様子を見ましょう」

岩永は自動販売機からはみ出す紗季の体をちょっと押し込む。

「でも、九郎君、今にもやられそうじゃないっ。ああっ、足がもつれてるしっ」

「そうは言っても大きな力の差があるわけでもないようです。なら簡単でしょう。鉄骨を食らう覚悟があるならなおさらです」

九郎は不死身という能力を持つ。かつて人魚の肉を食べたのだから。

「そうして臨死に至れば、九郎先輩は『自分が勝つ未来』をつかんで来ます」

紗季が筋肉を強張らせたのか、痛いほどに岩永の肩に指を食い込ませる。

それもまた九郎の能力。彼はかつて、予言獣『くだん』の肉も食べたのだから。

言っているそばから九郎がつまずいてバス停の標識辺りに転がった。鋼人七瀬は三歩で間合いを詰め、躊躇なく身の丈を越えるH形鋼を振り下ろす。

ゆで卵を殻ごと踏んだみたいな音がした。液体も噴いた。別れた彼氏の頭が眼の前で砕かれるのを見るのはどんな気分だろう。そう思う岩永は、現在付き合っている彼氏の頭が砕かれるのを見たわけだが。

岩永はため息をつく。これで鋼人七瀬が倒せればいいのだけれど、倒せなければいよいよ紗季の助けが重要になってくる。

とりあえず、あと二秒ほどで九郎は立ち上がるだろう。化け物の肉を食らい、今日まで平然と生きている彼なのだから。

なぜ人は他の生物を食べるのか。無論、腹を満たして栄養を摂るためであり、その味を楽しむためでもある。けれどそれだけにとどまらない場合もある。時には薬として、時には儀式的、呪術的な意味合いで、肉や臓物を食べたりもするのだ。

漢方薬や民間療法には、科学も医学も十分に進歩して効能が疑われているのになお続いているものがある。肝臓が悪ければ肝臓が丈夫な生き物の肝《きも》を食べればいい、目が悪ければ目の良い生き物の目を食べればいい、精力を強くしたいなら、精力の強い生き物の一部を食べればいい。それらそのものや、それらを粉末にしたものが普通に売られているし、効能も信じられている。

輸血などでも、血を提供した人間の性格や好みが伝わる、臓器移植でも臓器提供者の資質や記憶が反映されるといった噂が語られたりもする。他者の一部を取り入れる、という行為は、その相手の能力や資質を取り入れる、という発想とかなり近いところにあるのだ。

もう一段血なまぐさい話になると、古代では戦闘などで倒した敵の将や指導者の心臓を食らうといった儀式や手続きが行われ、カニバリズムの理由として数えられたりする。そうやって相手の力を取り込む、というわけだ。

だから、九郎の十何代か前の桜川家の者もこう考えたのだ。

「もし『くだん』の肉を食べれば、その予言の力を得られるのではないか?」

と。そしてこうも考えた。

「未来を自由に見られれば、どれほどの富と力を得られるだろう。ああ、是非とも欲しい。その異能が、その神力が」

そしてその者はくだんの肉を手に入れ、家の者数人に食べさせた。結果、ある者は体に合わなかったのか食べるとほどなく死に、ある者はひと月寝込んで死に、ある者は未来を予言して死んだという。どんな予言かは伝えられていないが、見事に当たったという。

犠牲者は出たものの、肉を食って予言の力を得られるのはわかったのだ。以来、桜川家は予言の力を我がものにし、独占すべく、くだんが現れたと聞いてはそこへ人をやり、その屍《しかばね》を買い取っては桜川家の血縁者に食べさせる、ということを繰り返した。

試みはおおむね成功した。ただ肉を食って未来視の力を得ても、予言をするとすぐに死ぬ、という現象だけはどうしても避けられなかった。思えばくだん自身が予言するとじきに死ぬのだ。どうやら、未来を見るには死ぬほどのエネルギーを必要とするらしい。あるいは命と引き換えに、未来を見るのが許されるのかもしれない。

そこで桜川家の者は考えた。

「うむ、ならば予言の力を持つ者が、不死身の肉体を持っていればよいのだ。それなら予言するとともに死んでも、また生き返るではないか。これは名案である。生き返ればまた予言ができる、永遠に未来が見られるぞ」

だからくだんの肉と一緒に、人魚の肉も食べさせるという試みを始めた。

二種類の化け物の肉なのだから、食い合わせのいいはずがない。食べて死ぬ犠牲者は格段に増えた。変死体が積み重なった。犠牲者が出るのを見込んで、桜川家の者は子だくさんになり、時には養子を取るのも厭《いと》わなかった。

やがて何十年か過ぎ、さすがにそんな悪夢めいた実験はたやすくできなくなっていたし、やるだけのこだわりを持ちづらくもなっていた。桜川家の人間自体が遠い親類縁者を入れても数少なくなっていた。

が、九郎の祖母がまだ夢を見ていたのだ。くだんと人魚の肉を密《ひそ》かに集めていたのだ。九郎が十一歳の時、その祖母によって化け物の肉をそうと知らず食べさせられた。普通に牛の肉と魚の刺身と思い、勧められるままに食べたという。

食べた後、何も起こらなかった。九郎少年は翌日も翌々日もひと月経っても健《すこ》やかで、病気ひとつ怪我ひとつしなかった。すなわち桜川家の宿願が叶ったのである。

ただしその能力が、願ったほどに自由度のあるものではなかった、という誤算はあったが。

これが岩永が聞いた、九郎と彼の家の秘密だった。

鋼人七瀬が右手一本で鉄骨を持ち上げる。血を払うためか、そのまま宙でひとつ振ってから、仰向けになって轢《ひ》き殺されたカエルみたいな九郎に背を向けた。鉄骨から液体は散らなかったが、頭の上で大きなリボンは上下した。

「初めてですか?」

岩永はベレー帽をかぶり直し、息を詰めている紗季に尋ねる。

「九郎先輩が死ぬところを見るのは?」

「当たり前じゃない」

「なら、なぜ別れたんです？」

明らかに肉塊《にくかい》になって死んでいる状態から甦《よみがえ》るのを目撃すれば、百年の恋も千年の愛も冷めてしまいそうだが、そうでもなければ九郎はごく普通のおとなしい青年だ。

紗季は青ざめた顔つきで訴える目をした。

「腕につけた切り傷があっという間に消えるのを見た。ちぎれた指がくっつくのを見た」

「そりゃあ不死身ですからそれくらい」

丈夫な恋人、傷病保険の心配をしなくていい素敵な旦那様、と受け入れられないものかなあ、と岩永は思うのだが、そうもいかなかったから別れたのだろう。

「それだけじゃない。九郎君、全然痛みを感じないのよ？　指がちぎれてるのに、いつもと変わらない顔してるのよ？」

九郎はくだんと人魚の肉を食べて無事だった後、狂喜した祖母にあれこれ試されたらしい。不死身かどうか、予言できるかどうか、体を切り刻まれ、繰り返し致命傷を負わされたと。その結果、ほとんどの痛みを感じなくなってしまったそうだ。

化け物の力を得た影響か、あるいは人間の適応能力か。感覚自体がなくなったわけではないので日常生活に不便はないというが、痛みや危険に対する距離の取り方がどうしても無意識で周囲と違ってしまい、時折変に取られたりもするという。

痛みを感じないため、肉体への害にまるで恐怖を覚えないのだ。肉体にとって危険な事象は知識としてあるため、車に轢かれそうになったらかわすし、熱湯とおぼしき液体は不用意に触らないし、刃物の扱いに注意を払ったりするが、いったん頭で考えてからそうするので、普通の感覚の者からすれば何とも落ち着かないテンポに見える。

ただそれだけのことだけれど、何とも言い難い違和感が積み重なれば、長い付き合いの恋人であっても、人間の姿をした違う生き物に見え出しても仕方ないだろう。

「不気味に思うな、って方が無理じゃない。そんな人の子供を産めるかって考えたら、急に怖くなるのはおかしい？　結婚を考え直すのはダメなわけ？　それと桜川家の家系図見たことある？　親類縁者、何十人と兄弟姉妹がいるのに、ほとんどが幼いうちに変死や病死してるのよ？　まともに生きてるの、九郎君くらいなのよ？　いったいあの家系は何をやって、何を生みだしたのよ？　これを怖がるのもおかしい？」

紗季は岩永に非難される筋合いはない、どうして自分が責められねばならないのか、と言いたげだった。

「おかしくはありませんが。あ、九郎先輩が復活しましたね」

九郎はジーンズの腿《もも》を二度叩き、シャツの襟元を正しながら立ち上がった。体のどこも裂けていなかった。血の染みも服についていない。体から流れ出たものは元に戻り、砕けた骨肉もつながり合っている。シャツのボタンがいくつかなくなり、破れも生じているのだけが、鋼人七瀬の一撃があった痕跡《こんせき》だった。

九郎は何事もなかった様子で鋼人七瀬の背中へ近づく。

鋼人七瀬が立ち止まり、振り返った。意思なき亡霊であっても、感じるものはあったのかもしれない。九郎はそのまま歩幅を変えず、相手が再び鉄骨を振りかぶっても焦りを浮かべなかった。

細い手の握る、血を吸った鉄骨が荒々しく九郎の側頭部へ走る。九郎は唐突に足を止めた。その軌道があらかじめ見えていたごとく、鼻先を鉄骨がかすめる。まばたきすらせず、かすめた鉄骨の行方も確認せず、九郎は再び足を前に進めた。鉄骨が跳ね戻ってくるより速く、九郎は鋼人七瀬の後ろに回り、その腕を首に回してしっかりと固める。

一連の動きには一切ぶれがない。そうなるのが当然という確信しか感じられなかった。用意された台本通り、決められた通りに動いた印象さえある。鋼人七瀬までが台本に沿った動きをして、わざと捕まったのではないか、というほど滑《なめ》らかだった。滑らか過ぎて不自然だった。

「あんな簡単に鋼人七瀬を捕まえられるなんて」

紗季もその不自然さを感じてか、若干震えた声を出す。

岩永は今さら驚くほどでもない。

「鋼人七瀬はほとんど考えなしに鉄骨を振り回すだけですから、こういうことが起こる確率はきわめて高いでしょう。必要なのは最初の一撃をかわし、踏み込む勇気だけ」

昨晩の紗季も似た行動ができている。違うのは、普通の人間の紗季が鋼人七瀬に触れず、九郎は触れる側に属していた、という点のみ。

「そして十分に起こりうることならば、九郎先輩がその未来をあらかじめ決定するのは難しくない。それが先輩の、『未来決定能力』」

紗季がどれくらい九郎の能力を理解しているかは知らないが、岩永は一応そう補足しておいた。

問題はこれからだ。果たしてこれで鋼人七瀬は終わるのか。

九郎は鋼人七瀬がもがき出す前に迷いなく、その首を九十度に曲げ、へし折った。相手が顔のない亡霊といえ、人間の形をしたものの首をあっさり折った。車のエンジン音ひとつ聞こえてこない夜のバス停前だけに、岩永の耳にまで骨らしきものの破壊音が届く。紗季の耳にも入ったのか、息を呑む気配がした。

いつもは虫も殺せそうにない、影の薄い青年なのに、必要となれば顔に皺ひとつ刻まず九郎はこういうことをやれてしまう。

「九郎先輩、ああいう意外にきっぱりしたところも魅力ですよね」

「亡霊の首を折れる彼氏なんかいらないわよ」

「頼もしいことこの上ないのに？」

「頼もしさは他のところで発揮してよ」

岩永と紗季がそんな遣り取りをした直後、頭がほぼ真横に曲がり、リボンの上部がべったり肩についていた鋼人七瀬がそのままの姿で九郎の腕をふりほどいた。二メートルに達する鉄骨を振り回す腕力を持つ相手をいつまでも捕まえておけはしないのだから、驚くには値しないだろう。

それより、鋼人七瀬は頭がほとんどひっくり返っていてもまるで意に介していなかった。九郎から離れ、鉄骨を腰に付けて構え直すと、片手で頭を持ち上げ、柱時計の針でも調整するごとく、正常の位置に戻す。

岩永はステッキを握る手に力が入ってしまった。

「やはり無理か」

これで今後の対策はひとつに絞られる。

たとえ幽霊、妖怪、物の怪であろうと、その形状が基本から崩れれば何らかの反応があってしかるべきである。形とは己が己であるための基礎であり、形の安定をいきなり奪われれば同じ自己を維持するのはたやすくない。

だから九郎や岩永といった、異界の理《ことわり》に干渉できるものが外から力を加え、首を折ったりしたなら、幽霊であっても無事で済まないのが理屈であり、それで退治できても不思議はないはずなのだ。

なのに鋼人七瀬は止まらなかった。これは、通常の方法では退治できない、明らかな証拠だった。

鋼人七瀬に合わせ、九郎も構え直す。首を折ったのが無駄になっていても、うろたえてはいない。ひらりひらりとミニスカートをひるがえす怪人を前に、ひと晩中同じせめぎあいを繰り返す意思を示していた。

岩永はステッキをつき、自動販売機の陰から出る。ここまでだ。

「九郎先輩、それくらいで。鋼人七瀬を倒すには、別の方法が必要です」

バス停の標識を挟んで次の一歩を踏み出そうとしていた不死身の両者は、同時に彼女の方へ顔を向けた。自動販売機内の商品を照らし出すライトは、岩永の姿を夜の中にもくっきりと切り取っていたろう。

九郎は岩永の姿を認めてか、戸惑った顔をする。鋼人七瀬の顔は潰れているので変化は見えない。だいたい目のない顔を声のした方に向ける意味があるのやら。

鋼人七瀬は数歩後ろに退がり、昨晩と同じく、溶けるようにそこから消えた。大抵の亡霊や都市伝説の怪人がそうであるように、複数の目撃者や複数の人間を相手にする、そうなる雰囲気を嫌うようだ。

九郎は一度、標的の消えた空間へ目だけ動かしたが、どっと疲れに襲われたごとく肩を落として自動販売機目指して歩いて来る。

岩永は快く手を広げて九郎を迎えたが、彼の第一声は次のものだった。

「紗季さん、どうしてこんなところにいるんです？」

岩永に一瞥《いちべつ》もくれず、それどころか存在さえ無視して、彼女の後ろに立つ女性へ気後れを感じさせながら尋ねたのである。

岩永のベレー帽の上の方で、紗季のため息がした。

「この市の警察署に勤めてるの。九郎君こそ、どうしてここに？」

「それは」

「それは愛しい彼女に呼び出されれば、怪人と戦うことになっても駆けつけますよね」

岩永はステッキの中ほどを取り、子猫の彫り物のついた握りの部分で九郎の腹を突きながらすかさずそう言葉を挟んだ。

もちろん、岩永はまだ九郎を呼び出していなかった。けれど九郎は同意するだろう。

九郎は一瞬だけ岩永へ厳しい視線を落としたが、すぐ紗季へ返す。

「そんなところです。紗季さんが一緒とは聞いていませんでしたが」

「私も九郎君が来るとは聞いてなかった」

「そりゃあ会わせるつもりもなかったので」

二人とも会いたかったわけでもないだろうに。岩永は頭の上でかわされるそらぞらしい会話に水を差すべく、さも当然そうに言ってみせる。

今度は紗季が岩永に視線を落とし、やんぬるかな、といった顔をした。

「本当にこの娘が今の彼女なのね」

「ええ、本当に今の彼女なんです」

「九郎先輩、なぜそう心底嫌そうに言う」

「心底嫌だからだよ」

九郎は冷たく答えてベレー帽の上から岩永の頭をつかんで紗季に無理矢理下げさせた。

「すみません、紗季さん。岩永が迷惑をかけたと思います」

「九郎先輩。むしろ私は紗季さんを助けたくらいです。こんな仕打ちをされる覚えは」

「いいからあやまれ。お前が迷惑をかけないわけがないんだ。助けたといっても偶然だろう」

ひどい彼氏だ。自分を化け物扱いして捨てていった昔の彼女に今の彼女の頭を下げさせるとは。いや、洞察自体は正しくて、まったくもって偶然助けたのだけれど。

「いいわよ、迷惑なのはたぶんお互い様だろうから」

紗季は首を横に振って苦笑した。

「今、気にすべきは鋼人七瀬についてでしょう？」

次にポケットから財布を取り出し、自動販売機にコインを入れて一番甘いミルクコーヒーのボタンを押した。ガタンと鳴った後、取り口から缶を取って九郎に差し出す。

「あらためて、久しぶり、九郎君」

「はい、ご無沙汰していました、紗季さん」

九郎は冷えた缶を受け取り、小さく申し訳なさそうに目を伏せる。紗季も紗季でそんな反応に申し訳なさそうに、何か言い足すべきか迷う風に口を開きかけたが、岩永が遮る。

「場所を変えましょう。蛾《が》でもないのに、いつまでも自動販売機の明かりの前に群がっているのは冴えません」

やはりこの二人を会わせるのではなかった。

岩永は九郎の腕をつかんで引っ張りながら、ままならない現実に唇を曲げてしまった。

第四章　想像力の怪物

どうしてこんなことになったのだろう。紗季は午後十一時半を過ぎたマンションの自室で冷蔵庫を開けながら考えた。

結局、紗季は自動販売機前から九郎と岩永を家に連れて来てしまった。最初の約束通りファミリーレストランに移動するという選択肢もあったのだが、鋼人七瀬について突っ込んだ話をするとなれば不特定多数の目がある所は避けた方が良さそうだったし、この地域で警官として働く身としては、知った者に目撃されるのも避けたい。回り回って寺田の耳に入ったりすると、釈明が面倒そうでもある。

そして一番の理由として、木魂と浮遊霊と鋼人七瀬、ついでに別れた恋人の不死身の復活を見た後、マンションまでの真っ暗な坂を、ひとり自転車で登るのに耐えられそうにないと感じたというのがある。九郎と岩永も化け物に近い人種だろうが、連れとしてはまだ害がないはずだ。ないと信じられないでもない。

冷蔵庫からミネラルウォーターのペットボトルを出してマグカップに注ぐ。

「だから九郎先輩、どうして今の彼女がいるそばで、昔の彼女の後ろ姿をじっと見ているんですか」

「気のせいだ」

「いいや、見てたね。ああ、前より痩せたな、ちゃんと食事してるのかな、僕のせいであんな骨っぽくなったのかなあ、おお、でも腰のラインがきれいだなあ、って考えている目をしていました」

「よくわかるな。その通りのこと考えてたよ。紗季さんはきれいだ」

「認めんな、あっさり認めんな」

椅子についている岩永が、左の義足で九郎の背中を蹴っている。床に敷いた座布団に腰を下ろしている九郎は、緑茶のペットボトルのキャップをひねり開けながら、適当にその足をいなしていた。

紗季の部屋には来客をもてなす食器もコップもないので、飲み物はコンビニエンスストアでいくつか購入して各自持ち込んでいる。

「仲が良いのね」

紗季はマグカップを手に二人を眺めながらベッドに座った。その位置で、二人とほぼ均等な距離が保てる。

「仲が良いのは事実ですが、私はもっと甘い感じの仲の良さを望んでいます」

岩永は不満ありげに九郎を指さした。九郎は取り合わず、気遣わしげに紗季へ首をかしげる。

「紗季さん、ひょっとしてまだ牛肉と魚が食べられないとか？」

「最近は食べられるようになってる。痩せたのは仕事のせい」

「すみません」

嘘と察してか九郎は目を伏せた。

「だから九郎君のせいじゃない」

まったく九郎のせいでないとも言い切れないが、謝られるものでもない。九郎だって求めてその肉体を得たわけでもないし、紗季に自分を受け入れて欲しかったろう。受け入れられなかった平凡な彼女の方にだって責めはある。

卒業を間近に控えていなければ、就職先が離れた場所でなければ、結婚まで考えていなければ、とりあえず問題を棚上げしてしばらく付き合い、九郎の異常に慣れたかもしれない。逆にいっそう無理とわかって、未練を残さなかったかもしれない。

久しぶりに会い、同じ空間にいても、紗季は想像したより落ち着いていた。会えばもっと心がざわつくとか、切ない感情を抱くのでは、といった不安を覚えていたのだが、意外に穏やかだ。

この一時間に限ってもいろいろあり過ぎて、いろいろ麻痺しているだけかもしれない。

また岩永がいなければ、もう少し、過去のやり直しを欲した可能性もある。この岩永琴子という娘は許容しかねる存在ではあるけれど、押しのけてまで九郎とやり直す、という発想には現実感を持てなかった。

「本題に入りましょうか」

私的な関係の行方について考えても仕方がない。ここは職務と割り切ろう。紗季はマグカップから水を一口飲み、聴取の姿勢になった。

「九郎君、さっき鋼人七瀬と戦ってたのは、岩永さんに指示されて？」

「こちらに来たのは岩永の電話でですけど、鋼人七瀬に遭遇したのはたまたまです」

九郎の説明によると、夜になってから市内の駅に着き、岩永が部屋を取っているホテルに行こうとしたところ、年経てあやかしの力を得た化け猫にすがられたという。

「以前はその類のものからは気配だけで避けられてたんですが、岩永に連れ回されて化け物関連のトラブル解決に手を貸していたら」

九郎は気苦労多そうに額をかいた。

「『ひとつ目いっぽん足のおひいさま』がしっかり手綱《たづな》を握っているからあいつはそんなに無茶はしない、おひいさまの代わりに頼みも聞いてくれる、という評判が伝わりだして、助けを求められたりもするようになったんです」

それで鋼人七瀬に追われたその化け猫が、たまたま行き会った九郎に何とかしてくれるよう頼み込んできたのだそうだ。もともと鋼人七瀬のためにこの市に来たわけであり、岩永に連絡する間もなかったので単独で現れた場所に走った、という流れだという。

そして別口で浮遊霊も同じ時に鋼人七瀬に追われ、こちらは岩永がいる所を知っていたのでそちらに助けを求めたとも説明される。

紗季は一応納得してみせた。

「良かったわね、その評判がもっと広がれば今度はカッパも逃げないじゃない」

「親しく頼られても困りますよ」

九郎はやはり顔をしかめる。

「それにしても、鋼人七瀬は僕を見ても、僕が触れても、まるで恐れなかった。妖怪や幽霊から見れば、僕は相当恐ろしい姿をしているはずなんだけど、まるで反応がないというのは逆に怖いな」

「そうですね。九郎先輩は人以外のものの目には、人間と人魚とくだんが混ざり合った、それはそれは醜くて禍々しい、うにゃうにゃとしたものに映るそうですから。化け物の規格からしても化け物だそうです。魚臭くて獣臭い、ありえない混合物って怯えているのもいましたよ」

岩永がなんとはなし、という風に挟んだ言葉に、九郎はいたく傷ついた様子だった。

人魚もくだんも人間の部分があるのだから、うまく混ざったら普通の人間に見えそうなものだけれど、という擁護意見を紗季は考えたものの、あまり擁護にもなっていなそうで口には出さなかった。

「じゃあ岩永さん、そんな九郎君に反応しない鋼人七瀬は何なの？」

「怪物ですね」

「それは何となくわかってる。言い換えましょう。あれは退治できるものなの？」

まともな人間は触れず、まともでない人間が首を折ってもふらつきさえしない。他に対策として思いつくのはお祓いや封印といった、さらにあやしげな呪術的方法だが、通常の亡霊、あやかしとも一線を画しているらしき鋼人を、そんな伝統作法で倒せるのだろうか。

九郎も同じ疑問を持っているのか、問い掛ける目を岩永へ上げる。

岩永はうなずいた。

「できます。ただし紗季さんの協力も必要です。そのご相談があって、今夜お呼びしたのですが」

あらたまった調子になり、岩永は続けた。

「紗季さん、鋼人七瀬は怪物です。それも現代に生きる人間の妄想と願望が作り上げた、『想像力の怪物』です」

岩永は当初、紗季にそこまで語るつもりはなかった。適当にごまかしつつ必要な情報を引き出し、後腐れなく別れるのがお互いにとって一番だったはずである。けれど九郎と遭遇した上に、どうやら紗季はこの件から容易に退かない決意をしてもいるらしい。

こうなればできる限り真実を教え、紗季と自分達がいかに違う世界にいるかを理解してもらった方が、後々のためにもやりやすいだろう。

今のところ九郎も紗季も甘い感傷に流される気配はないが、油断してはいけない。そうなる前に壁の存在を今一度しらしめて、そんな気にもさせないのが上策だ。

「私達が知る妖怪、化け物、亡霊、物の怪、都市伝説の怪人にも少なからずそういうものが入りこんでいます。最初はそんなものはいませんでした。似た生き物も、似た現象も昨日まで存在しませんでした。なのにある時、不意に生まれてしまうもの。最初はささいなことで構いません。例えば誰かが『マスクをした顔色の悪い女性に声をかけられ、何だか怖くて逃げた』という話をしたとします。そこまではただの日常の出来事を語ったに過ぎません」

岩永の語りを紗季は神妙な顔で聞いている。どこまで信じていいのか、どこへ話を導こうとしているのか、把握しかねている様子だった。

「しかしそれだけでは話として面白くないので、『マスクの下の口が裂けていた』、『ものすごい勢いで追いかけられた』といった嘘を付け足したとします。これでもまだ、ただの作り話です」

この世は思ったほど安らかなものではなく、ほんのささいなきっかけで、得体の知れぬものが紛れ込んでくる。人間にとっても、妖怪にとっても。

「やがて話は人づてに広まり出します。噂話として地域の枠を越え、全国に伝わります。それでもこれは『お話』に止《とど》まります。何ら力も実体ももたない、長々しい言葉の集まりです。問題なのは、それに名が与えられることなんです」

名前がなければ存在しないも同じ。対して名があれば多くの説明を必要とせず、ただそれだけでその特徴を、設定を、物語を漠然とでも頭に思い浮かべさせられる。

「『口裂け女』。そのお話を一言で表し、姿と形をおおまかにでも決定する名前。これによってひとつのキャラクターが生まれます。漠然としてとりとめのない噂話をたったひとつの名前が集約させ、一個に固めてしまうんです。個々の人間のイメージを固定してしまうのが名前なんです」

まだ紗季は半信半疑の態度だ。当然だろう。場合によって妖怪や幽霊は人間が作り出すと言っているのだ。あっさり信じる方がどうかしている。しかしながら真実であるのには変わりない。

「最初は何もありませんでした。ただの作り話でした。けれど名前と形を得た虚構は、何千、何万、何十万という人間の頭の中に根付き、回ることによって少しずつ血肉が与えられ、実体を得てしまうこともあるんです。人の想像力が怪物を生み出すんです」

岩永がここまで言い終えた後、紗季はしばらく口許に手を当て、考えるように黙っていた。いきなり全部を消化できないだろうから、岩永も急がせはしない。

口許に手を当てたまま、紗季が呟く。

「怪奇小説、ホラーとかであるわね。登場人物がでたらめに作って話してみせただけの、いもしないお化けや怪物がいつの間にか実体化していて作った当人が追われる、襲われるって話。似たのでは『イドの怪物』っていうのもあったわね。ある種、悪夢の定型ともいえる現象か」

紗季は手を下ろし、ミネラルウォーターの入ったマグカップを両手に取った。

「そんなことが日常、頻繁に起こってるなんて信じられると思う？」

「カッパも幽霊も見た人が今さら日常の不変性を口にされても」

「そこはぎりぎり受け入れても、もうちょっと日常は信頼できて不変であってほしいのよ。あなたの言うことが真実なら、新しい妖怪や化け物がいつでもどこでも生まれうるじゃない。『名と形を持つ虚構の存在』なんて、いくらでもいるでしょう。映画やゲームのキャラクター、ネット上のヒーローやヒロイン、それらも何かの拍子で実体化するとでも？」

「それらは実体化しません。それらは最初から『作り物』として受け取られ、『作り物』として広まっています。人の想像力が『本当にいそう』と感じない限り、虚構は血肉を得ません」

紗季もある程度は理解しているだろうが、丁寧に説明する。

「逆に言うなら、多くの人が存在を疑えば、どれほどの名と形があろうと、そのものは実体化できません。実体化していても、じき消滅します。たとえ実体を維持できても、さしたる力を持ち続けられません。人の想像力が生みだしたものだけに、人の想像力が足りなかったり人の想像力が弱まれば、それらは簡単に実体を失います。滅多なことでは新しい妖怪や化け物なんて定着しないんです」

ここで九郎が小さく手を上げ、割って入った。

「紗季さん、多少のリアリティのある噂話や物語が何十万という頭の中に根付いて意識され続けるなんて、そうそうありませんよ。また多くの頭の中で思考されながら、真偽を疑われずに済んだりもしません。繰り返し語られ、繰り返し疑われ、それでようやくどうにか実体として安定できる」

九郎が同意することで、岩永が適当な与太話をしているのではない、と示そうとしたのだろう。

「先輩の言う通りです。さらに実体化できても知能や思考能力を持ち、物理的な力まで持つにはもっと時間がかかります。百年やそこらの単位で語られ、信じられたものだけが、新たな妖怪や化け物になる資格を得ます。『想像力の怪物』なんて本来、恐れるものではありません。一時的に流行《はや》り、実体化できたとしても、か弱く、かすかで、じき消え去る程度のものです。『口裂け女』も『人面犬』も、風評被害は起こせたものの、結局は直接的な害は出せずに消えてしまいました」

この世は思ったほど安定しておらず、理屈が歪《ゆが》み、壊れ、渾沌として何にでもなれ、何にでも変われるエネルギーみたいなものがどこかに溜まっている。そこにさらに歪《いびつ》な人間の妄想が流れ込み、『名前』という核をもとに集合すれば、エネルギーは実体を生み出す。あるいは『異界』と呼ばれるものは、そのエネルギーの中から生まれるのではないか。あらゆる妖怪や怪異は、千年、二千年、さらに昔にさかのぼれば、人の想像力に残らず還元されてしまうのでは。

岩永はそんなイメージを抱いている。

一方紗季は、まだ納得のいかない眉の形をしていた。

「妖怪も見たし、幽霊も見たから、人間の想像力が怪物を生むっていうのもありえないとばかりは言えないけど、だったら鋼人七瀬は、その『想像力の怪物』と違い過ぎるんじゃない？」

まったくその通り。紗季は続けた。

「あれには『鋼人七瀬』という特別な名と、『ドレスに鉄骨に巨乳』という特徴的な姿が与えられてはいるけど、七瀬かりんが死んだのは今年の初め、まだ一年も経ってない。ネット上では話題になっていても、何十万の頭にしっかり根付くほど一般的にはなっていない。なのにあれは実体と人を殺せるほどの力を持ってる。ものすごく危険じゃない」

「だから『本来』は恐れるものじゃあないんですよ」

本来ならば実体化していても力は弱く、この市に土着の幽霊や化け物に害を及ぼしたりはしなかったろう。岩永に体当たりされ、九郎に首を折られた段階で消滅していたろう。岩永とても、あんなものに存在されるのはたまったものではない。

「鋼人七瀬があれほどの実体と力を持った理由は、まさしくそのネットです。ネットは普通なら広がるのに時間のかかる情報をあっという間に世界の裏側まで伝え、多くの人間にアクセスさせることが可能です。またとりとめもなく拡散する話題を、一ヵ所に集約することも可能です」

この説明に、紗季も思い当たるところがあったらしい。

「ああ、あの〈鋼人七瀬まとめサイト〉のように？」

紗季もあれを知っているのなら話は早かった。

「はい。あれによって『鋼人七瀬』の名と設定が急速に固められ、広まりました。さらにそのトップページに掲げられたイラストが、噂話ではなかなかはっきりと伝わらず、共有されるのに時間のかかる姿形をあっという間に固定させてしまいました。明確な名と形が急速に広まり、全国の人間による想像力が日々一ヵ所で蓄積されれば、本来なら何年とかかる実体化を数ヵ月で成すのもありえます」

岩永は決定的な証拠を語ることにする。

「紗季さん、〈鋼人七瀬まとめサイト〉のトップにあるイラスト、覚えていますか？　そのイラストとさっき見た鋼人七瀬、細部まで同じ姿をしていたと思いませんか？」

紗季はしばし天井を見るようにしていたが、じき同意した。

「そう言われればそうね。それが？」

何かとんでもない指摘をされているのに気づけない自分に不安を抱いているような顔の紗季へ、岩永は重ねる。

「まともな目撃証言もなく、噂だけで特徴を語られる亡霊を、そっくり同じにイラスト化できると思いますか？　できるわけがありません。これは逆なんです。亡霊を元にイラストが描かれたのではなく、多くの者があのイラストを元に鋼人七瀬をイメージするから、その姿で実体化しているんです」

紗季が理解を示す見開いた目をした。

岩永はそれで正しい、とうなずく。

「無念のうちに死んだアイドルが亡霊になって現れる。ありがちな話です。大して気を引く物語ではありません。なのにひとつのサイトが情報を収集し、全国からの書き込みを活性化させることで、怪物を生みだしたんです」

〈鋼人七瀬まとめサイト〉が元凶。情報をまとめただけの場所が始まり。

「全て逆です。亡霊がいたからまとめサイトが生まれたのではなく、まとめサイトができたから亡霊が生まれたのです」

信じ難くとも、因果関係はそうなっているのだ。

「あのサイトこそが鋼人七瀬の正体と言っても構いません」

紗季はまだ目を見開いていたが、聞く耳は持ってくれているようだ。

「さっきも言った通り、『想像力の怪物』は人の想像力によって存在を保っています。すなわち、人の想像力によってその存在が常に妄想され、常に存在を望まれる限り、鋼人七瀬は不死身です。足をちぎられようと、首を折られようと、何度でも甦ります。あれの生命はその体になく、外部からの願望で形と性質が成り立っているのですから、首をはね、胸に穴をうがとうと、崩れません」

ゆえに自立した知能も思考能力もない。想像する者達の願う通りに動き続ける自動人形なのだ。まともな妖怪や幽霊とは一線を画する怪異なのだ。

ただ岩永は紗季に全てを語るつもりはない。まだ鋼人七瀬には奥がある。まとめサイトひとつであそこまでの実体を得られるわけがない。人の想像力の集約をもう一段押し上げる力が働いている。

「じゃあ、どうやって倒す?」

紗季は黙り込んでいたが、九郎の方がそう言いながら岩永を見上げた。ボタンがちぎれ、破れたシャツはそのまま。細い鎖骨と薄い肩が見える。背は高いが軟弱そうな体格だ。よくこれで鉄骨を振り回す顔のない怪物と戦おうとしたものだ、と我が恋人ながらあらためて岩永は感心した。

「岩永、話聞いてるか?」

「ああ、いえ、先輩の鎖骨に見とれていました。思えばずいぶんと長い間触らせてもらっていません」

「そういう場合じゃないだろう」

九郎はため息をつき、怖い目になる。

「鋼人七瀬、あれは確実に人を殺す。噂が下火になれば力も弱まり、不死性も失うだろうが、それを待ってる時間はない。放っておいたら今夜にでも犠牲者を出しかねない。ここまで成長した凶暴な『想像力の怪物』なんて想定外だ。まとめサイトは僕も見たが、あれは鋼人七瀬を凶暴化させるよう誘導してるとも思える」

「ええ、私も同感です。だから鋼人七瀬を倒すには、あのサイトを利用するしかありません」

いくら鋼人七瀬を叩いても無駄だ。生命源を絶たねば、問題は解決しない。

「人の想像力によってその身が不死となるのなら、その想像力を攻略するのみ」

ずっと事情を知っている九郎も、岩永の目算を読めていないようだった。岩永はまだ考え込んでいる紗季に目を移す。

「そこで警察官としての紗季さんのお力が必要となります」

紗季は急に自分へ話を戻され、まばたきしてしまった。当面は『想像力の怪物』というのは受け入れられなくもない。岩永だけでなく九郎も認めているのだからいい加減なごまかしではないだろう。

ならなぜ警察官という公的な職業が化け物退治に重要になってくるのか、つながりはさっぱり理解できない。

「ひょっとして警察の権限でそのサイトを閉鎖させてほしいとか？」

サイトが元凶なら一番の処置かもしれないが、交通課勤務の警官には手に余る要請だ。顔の広い寺田に頼んでも断られるに違いない。

すると岩永は苦笑で首を横に振った。

「まさか。さしたる理由もなく個人のサイトを規制するのは現実的ではないでしょう。たとえ閉鎖できても、新たに形を変えて開設されればいたちごっこになります。おそらく開設している人間を特定するのも難しいはず」

都市伝説を収集し、書き込みを奨励しているだけのサイトに警察が介入するのはいかにも無理があるのは紗季もわかる。それに曖昧な理由で下手に閉鎖を促したりすれば、鋼人七瀬という亡霊を信じる者、信じたがっている者の想像力を助長しかねない。

警察が介入するほどなのだから鋼人七瀬の件には裏がある、亡霊が事件を起こしているから警察は隠蔽《いんぺい》したがっている、といった想像は、いっそう鋼人七瀬に生命力を与えるだろう。

「では私に何を？」

「情報です。七瀬かりんの死にまつわる正確な情報を提供してほしいんです。それをもとに、『鋼人七瀬』の噂を超える物語を構築します」

やはり理解できない。紗季はまたまばたきした。九郎はどうだろうかとうかがったが、彼も岩永の思考に追いついていないようにペットボトルを握ったまま。

すぐに理解してもらえないのは織り込み済みか、岩永は右眼にかかる前髪をつまみ、静かに続ける。

「鋼人七瀬は亡霊であり、都市伝説の怪人であり、その物語から生まれた想像力の怪物です。その根を絶つには『亡霊がいる』という物語に対し、『亡霊がいない』という物語を上書きするしかありません。その物語を鋼人七瀬の存在を信じ、願っていた人達が受け入れれば、鋼人七瀬の生命力は尽きて消滅するでしょう」

亡霊がいないという物語。どういうことだろう。

「ひょっとして都市伝説に合理的解釈をぶつけ、それを嘘と証明しようというの？」

紗季は思い出した。いわゆる噂話、怪人ではないが、これもある種の都市伝説だ。

あるファーストフード店のハンバーガーの肉は牛肉ではなく、ミミズの肉を使っている。

バリエーションとしてネズミや猫の肉というのもあり、キッチンで猫の死体を見た、アルバイトから聞いた、現金を渡され口止めされた、といったディテールが加えられ、まことしやかに語られる。多くのファーストフード店のハンバーガーが安価で、そういう素性の悪い肉でも使っていないと利益が出ない、というイメージから広まる都市伝説だ。

しかしよく考えればわかるが、猫やネズミやミミズの肉を毎日、大量に、滞りなく仕入れるのは、牛肉を仕入れるより大変である。牛肉一キロとネズミの肉一キロ、どちらが安く簡単に手に入れられるか、試してみてもいい。どうしたって牛肉の方が手に入りやすく、妙な肉を使っているのを世間に隠し通す手間とリスクとコストを秤にかけても牛肉の方が楽で安いに決まっている。

合理的に考えれば、ミミズバーガーも猫バーガーもネズミバーガーもありえない。この都市伝説は完全に嘘である。

なのにこれで合理的思考による真実の勝利とならないところが複雑なのだ。実際には、この都市伝説はいまだに信憑性がある風に語られている。ディテールやバリエーションは変化するものの、何十年となく消えずにたびたび語られているのだ。

合理的解釈よりも『得体の知れない肉を使っていそう』というイメージが先行し、何となく不安をかきたて、『ひょっとすると』という感情を起こさせる。全てを信じるわけではないが、心のどこかが引っ掛かってしまう。嘘が人の心を揺らしてしまう。

人の心を揺らす嘘は、真実よりもより真実らしく見えるのだ。

「無理ね。一度広まった噂は合理的な解釈、たとえそれが真実であったとしてもなかなか受け入れられない。噂の方にインパクトがあり、多少なりともっともらしければ、少しくらい矛盾があっても嘘が真実に取って代わる。真実だからといって物語を書き換えられるものじゃないでしょう」

紗季はそこまで言って大きな錯誤に気づいた。確かに最初、七瀬かりんの亡霊などいなかった。無念のうちに死んだアイドルなら幽霊になって現れそう、というイメージだけから無責任に誰かが呟いた作り話だったろう。

だが今は、鋼人七瀬は本当にいるのだ。嘘が文字通り真実になってしまったのだ。合理的解釈も何も、鋼人七瀬は揺るぎない真実ではないか。

岩永は全てを見透かしたように微笑んだ。

「はい、真実がいつも強いとはかぎりません。また鋼人七瀬は真実です。だから私は合理的な虚構で立ち向かいます。『鋼人七瀬は亡霊である』という現実よりも魅力的な、『鋼人七瀬は虚構である』という物語をまとめサイトに直接挿入します」

「合理的な虚構？」

すさまじい矛盾をはらんだ言葉に思えるが、椅子に座っているとまた一段と西洋人形の雰囲気を漂わす一眼一足の娘は、動じずにうなずいた。

「紗季さん、『かまいたち』という妖怪を知っていますか？」

唐突な話題の転換に思えたが、紗季は戸惑いつつも答える。

「ええ、名前とだいたいの雰囲気くらいは。風とともに現れて、人の体を痛みもなく斬り裂いて去っていく、いたちの姿をした妖怪、というところだったと思うけど」

「はい、三体一組で行動し、ひとつが転ばせ、ふたつが斬って、みっつが薬を塗って去っていく、という解説がされる場合もあります。比較的有名な妖怪ですね」

似た解説はどこかで読んだ覚えが紗季にもある。木魂を知った事典だったかもしれないし、漫画等でそう描かれているのを読んだかもしれない。旋風《つむじかぜ》の中心にいたちのような獣がいる絵図や、いたちの前足が鎌そのものになっているイラストも見た気がする。

岩永がしみじみと続けた。

「昔は山間や寒冷地によくいたのだけど、このところすっかり見かけなくなったなあ、ってこの前会った妖狐《ようこ》の若旦那が言っていました。まだどこかに生き残っているのかもしれませんが、生命力が弱くなってこっそり暮らすようになったのでしょうね」

妖狐の若旦那の証言を信頼できるものとして扱うのはどうだろう。

紗季はそう感じつつも、もっと根本的な問題を指摘する。

「見かけなくなったなあって、そもそもかまいたちって、とっくにその現象が真空による裂傷って科学的に説明されている、もともと存在しない妖怪でしょう？」

これも有名な説明だったと思う。旋風や強風といった急激な空気の流れによって気圧が変化し、局地的に発生した真空が人の体を裂く、いわゆるカマイタチ現象として広く知られているだろう。空気の刃のためにいつ斬られたかわからず、一瞬のことなので痛みも感じない。風とともに現れる、という伝承とも合致した過不足のない説明だ。

紗季が妖怪などに興味もなかった頃からこれくらいは知っていた。どちらかというとかまいたちと言えば、カマイタチ現象としてこの科学的説明の方が知られているかもしれない。

そこで紗季は気づく。そうか、『かまいたち』も『想像力の怪物』の一種だったのだろう。それが科学的説明の方が有名になって、消え去ってしまった。ならば岩永の鋼人七瀬へのアプローチは、あながち無力と言い切れない。

その紗季の思考を読んだらしい岩永がわずかに笑んだ。

「『かまいたち』は存在しました。ただこの妖怪が人間の想像力によって生まれたかどうか、起源が大昔なので確認は取れません。人間に関係なく存在していたのだけれど、名前を付けられ、人間の想像力によっていっそう力をつけて形を変え、存在感を増していた、ということもありますから」

そういうパターンもあるのか。なら本物の怪異でも科学的説明が広まれば生命力や存在感が弱くなり、姿が見かけられなくなるのもありうるだろう。

ここでそれまで黙っていた九郎が、ふっと苦笑して口を挟んだ。

「でも紗季さん、あの真空で肌が裂けるって説明、嘘ですよ。そんな現象、物理的には起こらないんです。現在では疑似科学《ぎじかがく》とされてます」

紗季は思わずマグカップを落としそうになる。中のミネラルウォーターが暴れ、手に滴《しずく》がかかった。疑似科学。科学の雰囲気はするが実はまるで科学でないもの。それはつまり、岩永の言う合理的な虚構か。

岩永が九郎に小さく瞳で礼をし、次に紗季に向き直って説明を補足する。

「真空仮説は明治の頃からあって広く知られていたみたいですが、昭和初期にはすでにその説に疑問が出されています。そんな簡単に自然界に真空は発生しない、発生しても人の肌を裂く力はない、人間の肌以外のものを傷つけた例がまったく知られていない、科学的にはありえない現象と結論づけられています。いわゆるカマイタチ現象の説明として、真空説はまともな場所で語られるものではありません」

「でも、事典なんかでそう書かれてたりも」

「虚構が真実とされていたんです。確たる証明もされていないのに皆がそうと信じて、その説明が一番になっていたのです。ひとえにそれが妖怪よりも魅力的であり、わかりやすかったから。ありえそうだったから。たとえ『真空』が嘘であっても、『かまいたち』という妖怪の物語よりも優れた物語であれば、嘘でありながら妖怪を消してしまえるんです」

しばし言葉が出ない。別にかまいたちを信じていたわけでも、真空仮説を信奉していたわけでもないが紗季には衝撃的だった。

気づかないうちに自分も、虚構による化け物殺しに荷担していたのだ。

真実と虚構はたやすく入れ替わり、生半可な知識ではどちらがどうと判別がつけられない。嘘が人の心を揺らし、真実となったなら、その真実をさらに嘘で揺らし、嘘に戻すこともできるということか。

「ちなみに現在ではこのカマイタチ現象、寒さや乾燥で弾力を失った皮膚が、ちょっとした刺激でぴりっと裂ける現象と新たに科学的説明がなされています。現象が寒冷地でよく見られ、強風といった外からの刺激があると発生し、裂けた自覚がない、という妖怪現象とも合います。日常でもそう、水仕事とかで肌の脂分がなくなったりするといつの間にか関節の辺りとか裂けていたりしませんか？　あれと同じですよ」

紗季は少し考えた。

「それってあかぎれとかひび割れって言わない？」

「はい。現象としては同じです」

真空仮説よりは日常的で、整合性もある。しかし紗季は懐疑的になっていた。この説明も岩永が適当に辻褄《つじつま》を合わせたもっともらしい嘘かもしれない。

「でもそんな説明、聞いたことないわよ？」

「怪現象の説明として地味で魅力的ではないので、話しても盛り上がらないでしょう？　だからそもそも話題にならず、広まりません。かまいたちが旋風による真空刃、って格好良くて魅力的ですけど、かまいたちがあかぎれ、って面白そうですか？」

角度を変えて見れば面白いかもしれないが、積極的に話したくなる説明ではないだろう。説明された方も、感心するよりは凡庸《ぼんよう》さにがっかりしそうだ。

そこには魅力もロマンもない。直感的な説得力も乏《とぼ》しい。

「とは言っても妖怪かまいたちは実在したのですから、この仮説も『真空説は信じないけど妖怪も信じない人』がでっち上げた、嘘の仮説かもしれません。証明されたという話も聞きません」

岩永は紗季が疑っていたことをたやすく認め、次に声をあらためた。

「ここで鋼人七瀬の話に戻ります」

ここまで来れば紗季にも理解できていた。だから彼女は合理的な虚構を武器にすると言ったのだ。

「この世に幽霊はいない、だから鋼人七瀬もいない、というだけの話を誰も望みません。いる方が面白い、いた方が夢がある、いてもおかしくない、という願いと恐れを駆逐《くちく》できないでしょう。鋼人七瀬はいるけれど『想像力の怪物』に過ぎず、皆が妄想しなければいなくなる、と真実を語っても同じです。ネット上ではむしろ出現を願う書き込みが増えるだけ。その方が面白いのですから」

岩永は己の試みの効果に確信を持っているのだろう。

「けれど『かまいたち』と同じように、たとえ嘘であっても、本物の怪異よりも魅力的な物語、解決が提示されれば、人はそちらに流れます。人は亡霊の存在を信じる反面、またそんな恐ろしいものがいないことを日常で願いもします。このベクトルは矛盾しながら同時に存在し、進む方向は容易に反転されます」

ベクトルが違えば亡霊の住処《すみか》はなくなる。想像力は亡霊がいない世界を望むようになる。

紗季は啞然とするしかない。理屈は認める。しかしここにもすさまじい矛盾を感じてしまい、つい言ってしまった。

「本物の怪異を、怪異の側にいるあなたが、そんなものは存在しないと説明しようなんて、とんでもない欺瞞《ぎまん》じゃない」

「はい、欺瞞です。でっち上げです。けれどこれ以外、あれを退治する方法はありません」

岩永は何ら抵抗なく認めてみせた。

「では現実的な話をしましょう。『鋼人七瀬は亡霊ではない』と思わせるために解決すべき問題は二つです」

言って蠟細工《ろうざいく》のように整った指を一本立てる。

「ひとつ。現在真倉坂市で頻発している傷害未遂事件を誰が起こしているか」

続いて二本目の指が伸びる。

「ふたつ。何のためにそんなことを起こしているか、です。この二点を説明する現実的で、魅力的な解決が提示できれば、鋼人七瀬を合理の虚構で捕らえられます」

すでに噂は広まり、ネット上で鋼人七瀬に襲われた、という証言が飛び交っているのだ。亡霊の仕業でないなら、それを起こした説得力のある犯人と動機が提示されない限り、並大抵のことでは支持を得られまい。

「そのためにはやはり正確な情報が必要です。ネット上の情報を信用して解決をでっち上げて書き込んでも、後でそれが間違いだったと指摘されれば、その解決は説得力を失います。それを避けるために、警察の情報が欲しいんです。特に七瀬かりんの死に関して」

岩永はにこりと口許だけ笑ませた。

「紗季さん、協力していただけますか？」

協力も何も、なんということを考えついて実行しようとしているのだ。

紗季は今さらながら途方もない厄介事に首を突っ込んだと痛感した。

岩永の提案に、ベッドに座る紗季はいっそう眉間に皺を寄せ、両手でマグカップを握りしめ、じっと床の一点を凝視している。どう応じるべきか大人として、警察官として迷っているのだろう。

岩永に急《せ》かすつもりはない。昔の彼氏の今の彼女が怪物退治に警察のデータを寄越せ、とかなり無理な論理で要求しているのだから悩むのが当然だ。

「岩永、お前、どこまで見えてる？」

座布団の上で片膝を立てて腰を下ろしている九郎が猜疑《さいぎ》の顔を岩永に向けていた。まるで彼女が悪巧みでもしているみたいな扱いだ。だいたい彼女を放って一週間もどこへなりと消えていた彼氏に追及されるいわれはない。

「先輩がここに来たので全てつながりましたよ」

鋼人七瀬がなぜ短期間であれほどの存在となったのか、岩永が呼ぶ前に九郎が来ていたおかげで欠けていたパーツがはまった。同時に攻略の道筋も決定した。

「悪いようにはしませんし、余計な話もしたりしません。当面、鋼人七瀬を倒すのに異論はないでしょう?」

九郎は鋼人七瀬の向こう側にあるものを求めてここに来たのだろうが、他に取れる手もないだろう。

異論というより言い返したいことが山ほどあるのだけれど紗季の手前、抑えねばならないのが業腹《ごうはら》だ、といった表情の九郎は最終的に肩を落とした。

「あんまり、無茶はするな」

「させたくないなら私を放っておかないでください」

「事情があったんだ」

「事情は知っています。私に相談しても良かったでしょう」

「お前に弱味を握られたくない」

「結果もっと弱味を握られていやあ、しませんか」

事情は紗季に知られたくないだろう。なのに紗季と岩永がすでに接触していたのだから、余計な話をしていないか気が気ではなかったと察せられる。岩永としても昔の彼女にこれ以上自分達の現在に関わって欲しくないので事情はしゃべれないが、九郎が弱味に思うならそう扱うにしくはない。

九郎はもはや言い返す術《すべ》もないとあきらめてか息を吐く。岩永は左手を伸ばした。

「ともかく、一週間ぶりに会ったんですから手くらい握ってください」

「ああ、お前にはかなわないよ」

ぞんざいに言って岩永の小さな掌を握り返す九郎。今ひとつ握り方に色気や愛が感じられなかったが、彼の手は温かく、その感触は以前と変わらない。なら良しとしよう。

「人の家の真ん中でむつみ合うな」

勘案を終えたらしい紗季が、手を握り合っている岩永と九郎にあまり穏当でない目を向けていた。岩永は手を握ったまま答える。

「ご希望なら端っこでまぐわってもいいですが」

「九郎君、どうしてこの娘は良家のお嬢様みたいな外見でこう時々品のないことをさらっと言うのよ」

「僕も常々疑問です。岩永は本当に良家のお嬢様で、ご両親も立派な人なんだけど」

岩永はなるべく品のある表現を選んでいるつもりなのだが。きっと二人はお嬢様や女の子を過大に美化しているのだろう。

「無駄話はおくとして、紗季さん、ご協力いただけますか？」

紗季はマグカップをベッドサイドに置いた。

「昨日も言ったと思うけど、うちの署の刑事が鋼人七瀬の件を大きな組織犯罪の予兆と考えて個人で捜査してる。私もわけがあってそれに手を貸してるから、七瀬かりんの死にまつわる資料はだいたい手元にあるのよ」

それは都合が良かった。警察勤めといえ課や管轄が違えば手間取るかとも岩永は思っていたが、これで時間が節約できる。

「情報提供には協力しても構わない。でも犯人はどうするの？」

紗季は背筋を伸ばし警察官らしい厳しい調子で言った。

「『現実的な解決』をでっち上げるとして、でっち上げた解決なんだから逮捕すべき犯人は存在しないし、実在する人物を犯人に仕立て上げるのもあまりいい印象がしない。もしあなたが創作した解決が広く信じられ、無実の人が責められたり警察に捕まえられたりしたらどうするの？」

その懸念はもっともだった。

「そこはうまく避ける解決を用意します。私達の最終目標は犯人が逮捕されることや警察が捜査を行うことではなく、『鋼人七瀬が亡霊である』という物語より魅力的な物語を提示することです。なら解決は犯人が特定できなくても構いません。鋼人七瀬はある人間が意図をもって作り上げたものであると説明できていれば説得力を持ちます。警察が動かなくとも、その解決が信じられさえすればいいんです」

七瀬かりんの熱狂的ファン、真倉坂市に潜伏する犯罪者グループ、そういったものを設定して犯人の役割を振れば、実在の個人や団体に害を及ぼしはしないだろう。またはこれという犯人のいない解決、責められない犯人像を仕立て上げるという手もある。

紗季がまだ探るように尋ねてくる。

「事件は現実に警察が動いて解決できなくていい、鋼人七瀬を信じる人達の頭の中で、亡霊がいなくても辻褄が合うものに変換されさえすれば勝ちなのね？」

「はい。むしろ警察が動いて、その解決が辻褄が合っただけの嘘と暴かれる方がまずくもあります。個人が責められ、ネット上でその当人に反論されたりして解決が崩されるのもよくありません。紗季さんの心配される状況は、私達が勝つ上でも避けねばならないものなんですよ」

「厳しい条件ね」

「警察の捜査や裁判に耐えうる偽の解決を作るのに比べればそう難しくはないでしょう。少々無理やご都合があっても、多くの人が『そうあってほしい』という内容であれば真実として受け入れられるものです」

人は望んだものを信じ、無数の嘘を受け入れて生きている。勝算は十二分にある。

紗季はまだしばらく迷っていたが、きっちり三分後にはマグカップを置き、七瀬かりん死亡事故に関する資料らしいファイルを取り出してきた。

岩永は資料を直接見せてもらいたいところだったが、事情が事情とはいえ、警察の資料を直接民間人に見せるのは紗季に抵抗があるらしい。資料を岩永から覗けない格好で開きつつ、紗季は始めた。

「とりあえず、話してもいい範囲で話しましょう。概要確認と、疑問点の整理からいきましょうか」

そうして資料をめくりつつ口頭で必要と思われる部分を説明していく。

「実父殺害の疑惑をかけられていた七瀬かりんの死体が発見されたのは今年の一月三十日の午前八時過ぎ、この辺りは報道やネットの情報に間違いはないけど、いいわね？」

岩永はうなずく。報道等で記述された内容はだいたい頭に入っていた。

そして紗季は雨に濡れた死体が発見されたのは放置されたマンション建設予定地で、それが七瀬かりんと身許確認される経緯までまとめて語り、岩永に視線を向け直す。

「捜査段階でまず最初に疑問とされたのは、七瀬かりんがなぜそんな場所にいたか。放置されたマンション建設予定地自体は、ホテルがそばにあるせいもあって付近には外灯や照明があり、フェンスや壁で囲われてても夜中、ある程度の視界を得られる状況にあった。

夜間に誰かが入り込む危険性が近隣で唱えられていたくらいだしね」

紗季は続ける。

「でも十九歳の潜伏中のアイドルがふらりと立ち寄るにしては不自然な場所だし、さらにその地域は前日の二十九日の午後九時過ぎから小雨が降り出し、午前零時過ぎには本降りになって周辺には人がほとんどいなかった。彼女が外出しているのすら不自然な天気と時間帯だった」

「状況からすれば、誰かに呼び出されて雨の中わざわざそこに行った、くらいしか考えられないけど、だったら殺人が一番に疑われてるか？」

事件に関しての情報を十分には仕入れていないらしい九郎が口を挟んだ。呼び出されて来たなら、そこに少なくとももうひとり誰かいたと考えられる。殺人の線が濃厚にもなるだろう。

岩永はこの疑問に対する一般的な解決を答えた。

「報道によると、七瀬かりんの死体のそばには煙草が落ちていたんです」

九郎に目を遣っていた紗季が再び岩永に向く。

「ええ、その報道の通り。詳しく言うと、死体の近くには七瀬かりんが使っていたであろう傘が開いたまま転がっていたのに加えて、煙草の吸い殻が五本落ちていたの。死体のコートのポケットにもライターと、封を開けられた煙草の箱が入ってた。七瀬かりんはまだ未成年で、喫煙は法的に禁止される年齢ね。このことから警察は、七瀬かりんが人目につかないところで煙草を吸うために現場に立ち入ったのでは、と推測してる」

紗季は資料のページをひとつめくった。

「ホテルは全室禁煙だし、外で吸おうにも名と顔を知られたアイドルだから、公共の場所では誰にどう見とがめられるとも限らない。殺人の疑惑がある上に、未成年での喫煙をマスコミに知られれば、事務所も見限るでしょうね。なら彼女が煙草を落ち着いて吸おうとすれば、夜中誰も近寄りそうになく、周囲の視線もほとんど気にせずに済む、壁に囲われた建設予定地は最適だったでしょう。雨が降っているとなればなおさら人もいなくて、煙も目立たない」

岩永もこの解釈には納得できていた。

「それなら誰に呼び出されなくとも、そこにいた理由は十分説明できますね。でも七瀬かりんの所属事務所は彼女に喫煙の習慣があったのを否定していませんでした？」

「してるわね。とはいえ悪い噂に追われだしてからストレスで始めたってケースも考えられる。ホテルの部屋にあった私物からも二箱の煙草が発見されてるし、解剖結果からも、彼女に喫煙の習慣があったのは間違いないとされてる」

だがこれだけの情報では誰かに呼び出されていた、という可能性がなくなったわけではない。これは九郎が指摘した。

「七瀬かりんは誰かに呼び出されて待っている間にそこで煙草を吸っていただけ、というケースは？　もしくは呼び出した相手が先に現場に来ていて、その煙草は呼び出した相手が吸っていたものという可能性は？」

「完全否定はできてないわね。現場に他に誰かいた形跡、争った形跡はなかったけど、ほぼひと晩中雨が降って死体も鉄骨も周辺の地面も雨ざらしになっていたから、仮に誰かがいたとしても足跡から何から洗い流されてしまってる。発見された煙草を一本一本、付着した唾液を検出して誰が吸ったか確認もしていないし」

そうは言いつつも、紗季は肩をすくめる。

「でも七瀬かりんがどしゃぶりの中、煙草五本を吸うほどの間、携帯電話を操作もせず待っている相手の存在は捜査線上に浮かんできてない。待ち合わせ相手が先にそこにいて煙草を吸っていたとしても、七瀬かりんの携帯電話に連絡を取ろうとした何らかの形跡がありそうなものでしょう」

紗季の続けた説明によると、警察は他殺をにらんでの捜査はしていたものの、かなり早い段階で事故死との見方を強めていた。

死体が所持していた携帯電話の履歴にはマネージャーとの遣り取りしかなく、他の誰かと連絡を取ったり、取ろうとした様子はなかった。潜伏先のホテルもそのマネージャーしか知らず、七瀬かりんも用心深く三日から五日で宿泊先を変えている。その状況で、誰か面識のある人物との接触も考えにくいということだった。

「鉄骨が以前から倒れそうだったって証言もあるし、煙草を吸っていたところにいきなり、立て続けにそれらが倒れてきて即死した、とした方が単純で筋も通ってる。ただそうするとまた別に疑問視される点も出てくるのは確かだけど」

九郎が首をかしげた。

「どこがです?」

勘が悪いなあ、と岩永は一瞬あきれかけたが、これは九郎には気づきにくいかもしれない。

「倒れてくる鉄骨を七瀬かりんがまともに顔の正面から受け、逃げようと姿勢を崩したり、反射的に手で防御しようとした形跡がないことですね?」

岩永が言って、九郎も察したらしい。それが人間として当然の反応だと。

紗季が昔の彼氏をちらと見て、静かに補足する。

「後ろから鉄骨が倒れかかってきたならともかく、前から来たなら無駄とわかっていても、身をよじるなり、腕を前にかざすなり、何らかの防衛反応を本能的にしそうなものでしょう? それがまったくなく、まともに潰されるというのは不審といえば不審になる」

不死身の肉体で痛みに鈍く、危機感の乏しい九郎なら、まともに正面から受けて潰されそうだ。

「死体から睡眠薬など薬物は検出されていないけど、他殺とするなら気を失わせる程度に撲《なぐ》るといった方法で自由を奪って地面に寝かせ、そこに鉄骨を故意に倒した、という仮説が唱えられてる。頭部に昏倒させる程度の打撲が加えられていても、その跡は鉄骨によって一緒に潰されてしまったとも考えられるから」

警察の捜査は岩永が想像していたより綿密になされていた。いちいちそんな仮説まで捜査会議で出されているらしい。

「一方で、七瀬かりんはマスコミに追われ、実の父を殺した疑いまでかけられ、一月の冷たい雨の中ひとり傘を差して夜に煙草を吸っていたくらいでしょう？　精神的に追い詰められ、自暴自棄になっていたとも取れる状況だし、そこに鉄骨が倒れかかってきたら、防衛本能も働かず、ぼんやりと潰されるままになってもおかしくないって解釈の方が優勢で、その仮説は棄却されてる」

そちらの方が説得力があるのは否めない。その捜査員の仮説はどうしても状況を他殺にしたいという願望から生まれたようでもある。頭部を撲って寝かせた形跡が見つからねば、警察では採用できない仮説だ。

「他にも七瀬かりんはマスコミから逃げる中で疲れ、自殺も時には考えるようになっており、そのさなかに鉄骨が倒れかかってきたので、これも天の配剤とばかり『もういいや』と無抵抗に潰されたって解釈でもいけますか」

「そういう意見も捜査員から出されてるわね。『もういいや』って感覚、妙に生々しくて説得力あるし」

九郎がそこで苦笑した。

「まあ、本当に『もういいや』って死んだのなら、亡霊になって出てこないだろうけど。亡霊って、死んでも死にきれないとか、志《こころざし》半ばで死んだ場合になるものだろう？」

「鋼人七瀬は人の妄想によって出現した、亡霊であって亡霊でないものなので当人の意志はもともと無関係ですけどね。あと普通の亡霊であっても、死んでからやっぱり死ぬんじゃなかった、おのれ世間め、と思い直したって説明はできます」

「どうとでも理屈がつくな」

「理屈なんて、つけようと思えばどこにでもつきます。警察の結論も真実かどうかより、世間が納得する理屈がつけられるかどうかで出されているでしょう。世の中理屈通りに動いてりゃあ、苦労はないというのに」

そうまとめてしまうと、昨日から鬱屈をあれこれためていそうな目の前の現職警官さんが怒り出しそうだが、その細身の交通課巡査はため息ひとつで話を元に戻した。

「警察はその後、最も動機があると思われた七瀬かりんの実の姉である初実にアリバイがあったこと、他に有力な容疑者もいなかったことから死体発見の一ヵ月後、最終的にその死を事故と結論づけてる」

また知らなかったらしい九郎が驚きの声を上げた。

「実の姉に動機があったんですか？」

大きくは報道されておらず、週刊誌で軽く触れられてネットにその記事の引用が残っているくらいだが、岩永は知っていた。

紗季がまた資料をめくる。

「七瀬かりんが他殺であった場合、最有力容疑者はその姉の初実だった。初実とかりん、この場合本名の『春子』と呼ぶべきかしらね、二人の関係は早くからうまくいっていなかった」

七瀬かりんの家族関係が悪かったこと自体は彼女の死亡以後、大きく報道されておらずともよく知られるものにはなっていた。

「他にも初実が『父親の死の原因は妹にある』と噂が一般的に広まる前から周囲に漏らしていたこと、妹が死んだ場合、彼女がアイドルとして稼いだ金銭が唯一の肉親である彼女にそっくり相続されることなど、感情、実利両面から妹の死は初実にとって都合の良いものだった。容疑者として最有力にもなるわね」

「なのに一ヵ月そこらで結論を出した、ってことは、姉のアリバイは完璧でしたか？」

この辺りはネットでも出所のはっきりした記述は岩永に発見できなかった。関係者のアリバイの状況まで書く新聞や雑誌はさすがになかったのだろう。

「七瀬初実は恋人を含む大学の友人五人とともに北海道へ温泉旅行に出かけていて、事件当夜はその北海道のホテルに宿泊してる。そのホテルと五百キロ以上離れた真倉坂市の間を往復する時間的余裕は初実には完全になかった。妹がマスコミに追われるのに合わせて彼女の自宅にも取材陣が押しかけるようになっていたので、十二月頃から自宅には寄りつかず、恋人や友人の家に泊まり、そういった迷惑を償うためにも皆を温泉に誘ったそうよ」

「アリバイとしては申し分がないな」

九郎がそう即断するのはどうかと岩永は右眼の前にかかる前髪をつまんだが、警察も移動手段は調べ尽くしたに違いない。

昼間ならまだしも、七瀬かりんの死亡推定時刻である午前零時から一時の間に殺人を犯し、五百キロの距離を飛ぶと仮定するのは現実的ではない。恋人や友人の証言だけでなく、宿泊先などからもアリバイの裏は取っていよう。

「それで、七瀬かりんの死にまつわる疑問で最大のものが、この七瀬初実なの。警察の捜査の中でひとりだけ、七瀬かりんの自殺、もしくは自殺を考えるような精神状態にあったとすることに懐疑的な主張を繰り返したのが、他でもない、七瀬初実」

「ああ、週刊誌でも姉がそういうコメント出してましたね」

これは岩永も記憶に留めていた点だ。

「資料によるとこの二歳上の姉は、あの妹がこれくらいの逆境でやけになるとは思えない、死ぬにしても鉄骨に潰されるなんて見苦しいものを選ぶとは思えない、と証言してる。警察が事故死の結論を伝えた後も、誰かに殺された可能性はまるでないのか、と捜査員に繰り返し尋ねているほど」

紗季の口調から、その証言に強く引っ掛かっているのが察せられた。九郎も気になったようだ。

「姉は早い段階でアリバイが成立して、他殺説に傾いても困らなかった、という面はあるにしても、事故死で固まりつつある警察の見解に異を唱え続けた、というのは変だな。早く片がつくのに越したことはないのに、不仲の妹の死を不審に思い続けるなんて」

ただし、これも理屈がつかないわけではない。岩永は紗季に尋ねる。

「警察は姉の異論をどう判断しました?」

「いくら不仲とはいえ、妹が大変な時に何の助けもせず、むしろつらく当たったりした罪悪感から、『自殺に近い事故死』という状況を受け入れたくなかった、と判断したみたい。鉄骨をかわす気もなくなるくらいの状況にした遠因は姉にあるとも言えるし、そうと思ったら妹が誰かに殺されてた方が気は楽になるでしょう」

岩永も説明するとなったらまず第一にその説を取るだろう。真実もそんなくらいのものと思われる。

紗季が資料をぱらぱら繰りながら呟いた。

「でも肉親がその死の状況を『死ぬにしてもこんな風には死なない』と言い切るのは気になるのよね。不仲の方が相手についてよくわかってたりするし」

それはそれでもっともな意見だ。

そこで九郎が岩永の膝に手を置いた。

「岩永、それで実際のところどうだったんだ？」

「何がです？」

「現場は人気のない場所だ、七瀬かりんが死ぬ瞬間を目撃した浮遊霊なり物の怪なりがいたんじゃないか？」

さすが一緒にこの手のトラブルに関わってきた九郎だけに、岩永が踏んでいる手順をわかっている。

岩永は真っ先に、そういう人外の目撃者がいないかを確かめておいた。これまでの経験だと大抵いるのである。死亡現場や殺人現場になる場所は、自然とそういったあやしいもの達を引き寄せる傾向にあるらしい。

「目撃者ならいましたよ。あの建設予定地、工事中に作業員が一人死んで、地縛霊になっていましたから。その霊が一部始終を見ていて、今日の昼、私に教えてくれました」

紗季がベッドの上で目を丸くしていた。その彼女に岩永はうなずく。

「日本の警察は優秀です。七瀬かりんは雨の中現場にひとりやってきて煙草を吸い、そのさなか不意に倒れてきた鉄骨をかわそうともせずぼんやりと正面から体に受けたんです。警察の結論通り、限りなく自殺に近い事故死ですね。作業員の霊はとっさに『危ないっ』て声をかけたんだけど、物や人間に影響を及ぼせるほどの力はまだなくて、無駄に終わったと悔しそうに言ってました」

地縛霊となって日が浅いとそんな程度の力しかない。この悔しさをバネに、ここに建物ができた時、その守護霊ともなれる力をつけるよう精進すると、その霊は志を語っていた。

報われない地縛霊に将来の目標を立てさせたのだから、七瀬かりんの死も無駄ではなかったのだろう。

「作業員の霊は、思えば現場に来る時からあの娘はひどく落ち込んだ顔で、そのうち自殺でもするんじゃないか、あんな大きな胸してもったいないよ、とも言ってました。対外的には強気でいた七瀬かりんも、実のところ普通に傷つく普通の女性だったのでしょう」

事務所のホームページに載せた、〈じき帰ってくるぜ、野郎ども〉というコメントも、精一杯の虚勢だったに違いない。

紗季が資料を取り落とし、突然岩永の方に身を乗り出して来た。

「そ、そんな真相の知り方ありなの？　推理も仮説もないじゃないっ」

「推理も何も、無関係の第三者の目撃証言で事実がはっきりするのが一番じゃあないですか。ちょっと動いて調べればわかることを、わざわざ理屈をひねって導き出すなんて徒労です、徒労」

そして理屈はしばしば間違う。理屈では合っていても、事実と違うことなんて日常茶飯事だ。

紗季はがっくりと膝をついて頭を押さえた。

「だったらあなた、いちいち警察の捜査情報を確認しなくたってよかったじゃない。七瀬かりんの死には謎も何もない、霊とか妖怪に話聞けば全部知れたでしょう」

「真実は重要です。しかし一般的に真実とされ、そこから導かれている結論が何か、というのも重要なんです。ネットの向こうで鋼人七瀬を妄想する者達は、それによって思考し、動いてるんですから、こちらもそれ以上のものは表向き使えません」

たとえ真実と違っていても、一般的に真実とされているなら、岩永はそれを合理的な虚構を築くのにためらわず使用する。説得力を増すためなら、どんなものでも利用しよう。

よろよろと紗季は立ち上がり、ベッドに座り直して頭を抱えた。

「何だか何もかも無謀に思えてきた。あなたの提示する解決がたとえよくできていて人を引きつけるものだったとしても、ネット上で受け入れられるかどうかは結局、運次第になるんじゃないの？　不特定多数の人間が集まり、好き勝手に書き込みをする空間を思い通りに制御できる？」

紗季は正しい。どんなに証拠を並べても、どんなに言葉を尽くしても、幽霊はいる、UFOはいる、アポロは月に到達していない、地球は回っていない、秘密結社の陰謀でこの世は動いている、という意見を変えない人はいる。理屈がしばしば間違うために、理屈をまるで受けつけなくなった人もいる。

紗季は疲れた顔を上げた。

「人は常にロジカルでありたいとは思わない。不可思議な出来事が現実的に解決されて感心する人もいれば、興醒めしていっそう亡霊を信じたがる人もいる。そのバランスがわからない中で、あなたの嘘は力を持ちうるの？」

『想像力の怪物』が簡単に生まれないのも、裏を返せばそれゆえだ。そう簡単に人間の思考がひとつの方向に流されたりはしない。信じる者もいれば信じない者もいる。せめぎあっているうちにあきられ、形を成す前に消え去ってしまう。形を成しても、その頃には力を失っている。

とかく人の世は、何かの拍子でありえないことが支持され、何かの拍子で正しい志に背が向けられることがある。多くの人が信じるかどうかは、やってみないとわからない。

ただし、支持される可能性だけは、どんな与太話にもあるのだ。

「ただ単に解決を打ち込むだけなら、嘘と真実、どちらが好まれるか、それが支持されるかどうかはただの賭けになります。すでに広まった鋼人七瀬の噂に対し、分は良くないでしょう。しかしこちらには九郎先輩がいます」

岩永は椅子から降り、九郎の首にしがみつくように腕を回した。

「望まれる可能性が少しでも高い嘘を私が用意すれば、九郎先輩がそれの支持される確率を百パーセントにしてくれます」

急に紗季が機嫌を悪くした気配をかもしたが、岩永は構わず九郎に同意を求める。

「伊達《だて》にくだんの肉を食べて生きながらえてるわけじゃあ、ありませんよね？」

合理的な虚構だけでは勝てない。怪異を確実に退治するには、怪異の力も必要だ。


午前二時半を過ぎていた。紗季はひとりきりになったマンションの自室でベッドに倒れ込み、疲れ切った体をうつぶせにしていた。つい先ほど九郎と岩永は揃って部屋を出たところで、今頃坂を下っているだろう。

時間も遅く、紗季もこの部屋にひとり残されてしまうのは肌が粟立つ思いがするので二人に泊まってもらってもよかったが、岩永を泊めるとろくなことになりそうになかったので、口に出さず二人が帰るに任せた。紗季が泊まるよう口にしてもあの娘なら、『こんな殺風景な部屋では眠れませんよ。さあ九郎先輩、ホテルのスイートルームの柔らかいベッドで一緒に愛を育《はぐく》みましょう、けけけけ』とでも言って断ったかもしれない。そして九郎に殴られるところまでなぜか想像できた。

少し羨《うらや》ましかった。

紗季が九郎と付き合っていた時は要領の悪い弟と優秀な姉といった関係で、九郎が冗談でも紗季をないがしろにしてふざけたりはしなかった。言葉遣いも目上への気遣いを常に含ませていて、これはこれで風情があっていいか、と思っていたが、今になって他人行儀過ぎたのでは、とも感じてしまう。

別にべたべた甘えたり、可愛らしく扱って欲しかったわけでもなく、性格的にそんな扱いをされたら怒って二度としないでとケンカになっていたに違いないだろうが、自分達は本当に恋人同士だったのだろうか、というどうしようもない想像までしてしまう。

九郎は変わっていなかった。ひょっとすると人魚の肉を食べたせいで、五十年後もリクルートスーツがしっくりくる容姿をしているかもしれない。そのおそれもあるのなら、結婚をやめ、別れて正解だったはずだ。

やはりもう一度彼とやり直すという選択には抵抗があった。人魚だけではない。鋼人七瀬攻略の切り札となる九郎の能力をもたらす予言獣くだんも重い枷《かせ》だ。

未来を見、決定できる能力を持つ人を、どこまで信用できるというのだろう。

岩永と九郎は紗季のマンションを出て、暗く長い急な坂を下っていた。岩永は電動自転車の荷台にちょいと腰掛け、九郎は前でハンドルを握って地に足をつき、押して歩いている。さすがに二人乗りで視界の悪い坂道を走るのは危険なので、からりからりと車輪を鳴らしながらとぼとぼとした帰り道になっていた。

「先輩、どこかホテルを取っていますか？」

「いや、そこまで気が回らなかった」

「そんなこともあろうかと、私はダブルの部屋に泊まっているのですが」

「駅前にビジネスホテルがあったな。空きがなければ二十四時間営業のファミリーレストランで時間を潰して」

「なぜ私との同衾《どうきん》を拒絶する」

「そんな場合じゃないだろう」

荷台に座る岩永には九郎の背中しか見えない。今日は相当恩に着てもらっていいはずなのに、なぜこの彼氏はもっとしっとりとした対応ができないのだ。

九郎が生真面目な声で続けた。

「岩永、必要な事件の情報は全部紗季さんに教えてもらったんだ、でっち上げる解決の大枠でもできてるのか?」

坂道にぽつぽつと並ぶ外灯に虫が飛んでいる。生暖かい風が吹いている。高所から眺める街の灯りはまばらで、車のヘッドライトらしきものがゆっくり行き交っている。

あの後も岩永は紗季に質問を重ね、紗季も不承不承ながら午前二時過ぎまで情報を答え続けてくれた。個人的にまとめられたらしい資料とはいえ、警察の捜査情報のほとんどを教えてくれたようだから、感謝しなければならない。資料にない最近の動きも教えてくれた節があった。

九郎の問い掛けに、岩永は頭の上のベレー帽の位置を正す。クリーム色の帽子は夜の中でも格別目立つ。ステッキは前のカゴに差してあった。

「なぜ犯人は七瀬かりんの姿をし、夜な夜な無関係の人を襲うのか。作ろうと思えばいくらでもその動機は作れます。愉快犯やマスコミの話題作り、七瀬かりんの写真集やCDの権利を持つ会社が在庫一掃の再ヒットを狙って事件を仕掛けたとか。ただそれが人の目を引き、信じたくなる、インパクトのあるものかというと難しいでしょう。うまく過去の事件とリンクさせ、ほどほどに技巧的で泣ける感じにすると引きが強いかもしれません」

「真実ではなく、あくまで物語的な真実か」

「はい。世知辛い真実なんて、ありふれていて誰が望むというのでしょう」

本物の亡霊が鉄骨片手に駆け回っている、という真実が世知辛くてありふれているかどうかは一考の余地があるかもしれないけれど。

「そしてその次は、九郎先輩の役目です」

「ああ、お前の解決が支持される未来をつかんでくるよ。お前のために、何度でも死んできてやる」

　自転車を押しながら、さしたる気負いも感じさせず九郎は請け負った。お前のためという響きはロマンティックではあるけれど、不死身で痛みに鈍い人に言われると岩永もあまりときめかない。

　九郎のくだんを由来とする能力を知った時は岩永も驚いた。それまでただの予言としか認識していなかったくだんの能力とはかほどのものかと恐ろしくなったほどである。

　くだんの予言とは未来を見て語るものではない。未来がそうなると決定するものというのだ。

　九郎が言うには、いつも未来はひとつに決まっていないという。現在の時点から未来を見渡した時、それは分岐し、変化し、ひたすら何通りにも広がっている。起こりうる事象全てが無限に分岐し、樹のように伸びているという。

　どのような未来へも道はつながっている。どのような未来も起こる可能性がある。そしてひとつの道を選んで前に進んだ時、後ろに下がった分岐は全てなくなり、過去が一本道になる。後ろは一本、前は無限。未来はいつも未知で未定になっている。

ならば『予言』は不可能なはずだ。未来が無限に分岐しているなら、ひとつの到達点を告げることはできない。そうなる可能性があると告げるのが限界だ。しかしくだんはあやまたず未来を告げる。

だからくだんの能力は、未来を見るだけの力ではない。

くだんはその未来にある無限の分岐を、一本にしてしまえるというのだ。どんな未来になるか、到達点を決定できる力を持っているというのだ。

その代償としてくだんは己の生命を奪われる。起こりうるあらゆる未来を見、そのひとつを選んで集束させるとなれば、命も燃焼し尽くされるだろう。また生まれると同時に未来を見、そのひとつを決定して死すべき宿命を背負ったくだんは、己の生まれを呪い、己を生んだ世界を呪うように、不吉な未来を決定する傾向にあるのでは、と九郎は言っていた。

九郎はその未来決定能力を持っている。ただしどんな未来でも決定できるわけではなく、好きなように使えるものでもないという。

まず九郎は、死に臨《のぞ》まないと未来の分岐を見て選ぶことができない。いくら痛みに鈍い体とはいえ、死をもたらす未来視の力は本能が抑制してしまっているのだろう。よって瀕死の状態になってようやく抑制が外れ、つかの間、未来を見て選べる。

あるいはくだんも、予言するから死ぬのではなく、死が迫るから予言できる仕組みかもしれない。未来を見るとは、死に際だけに許される特権とも考えられる。

そして九郎は、起こる可能性の高い、ごく近い未来しか決定できない。一年後や半年後となればそこまでに発生する分岐が多過ぎて見ることができず、選べない。起こる可能性の低い事象となると、その分岐が遠過ぎてつかむのが難しい。一週間後くらいの未来なら決定できなくもないが、それも起こりやすい未来に限られ、別に能力で選ばずともそうなる程度の、ごく普通の事象くらいしか選べないそうだ。夏の日本に雪が降る可能性はなくもないだろうが、九郎の力ではそんな未来をあっさりとは選べないのである。

九郎が鋼人七瀬と戦った時を例に取るとこうだ。

あの時、九郎は一度死んだ際、鉄骨をかわし、鋼人の首に腕を回してへし折るという未来を決定して戻って来た。そしてそれは現実になった。鉄骨はかわせる速度であったし、首を折る腕力が九郎にあったから、これは十分に起こる可能性の高い事象で決定できた。

けれど九郎があのまま鋼人を倒し続けて勝つ、という未来はつかめなかった。手足を切断する、首を拳で打ち抜くといった未来は選択できなかった。あの時点では起こる可能性がきわめて低く、いくつかの奇跡が重複すれば起こるかもしれなかったが、九郎の手には届かない未来だったのだ。

だから岩永は、それを届くものにしようとしている。未来は常に変化している。分岐はあらかじめ存在しているが、起こりやすい分岐がどれになるかは、個人の意思や行動で常に変化するのだ。日本の夏に雪は降らない。しかし降雪機を大量に用意すれば、限られた範囲にではあるが雪を降らせられる。用意するという行動を取れば、それは十分起こりうるものに変化する。

岩永がネット上に解決を提示し、支持されるかどうかは賭けだ。しかし支持される可能性に、九郎によって選びつかみとれる程度の高さがあれば、それは絶対に支持されるものと決定できる。賭けではない。

鋼人七瀬という物語を終わらせるにふさわしい解決を用意できれば、『想像力の怪物』を意図的に倒せるのだ。

「九郎先輩、さっき鋼人七瀬に殺された時、あれが消滅している未来は見えなかったんですか？」

一応岩永は確認してみる。

「消滅している未来はあったと思うが、僕に届くものじゃなかったし、分岐が多過ぎてどうなっているのか処理が間に合うものじゃなかった。一番確実にあれを倒せる未来を決定して生き返るので精一杯だったよ」

「倒せませんでしたけどね。何でもひとりでできると思っているから」

「それはお前の方だろう」

岩永の嫌味を含めた言葉に九郎が珍しく、叱る調子で返してきた。

「僕は死んでも生き返るが、お前は死ねばそこまでだ。好きに動いて大丈夫じゃないのは、常にお前だ」

この一週間ばかり音信不通だったくせに、今さら保護者ぶるとはどういう了見やら。

岩永は気に食わなかったので黙ったまま何とも答えなかったが、やがて九郎がわずかに彼女の方に向いて尋ねる。

「六花《りっか》さんのこと、紗季さんには話してないんだな？」

「そりゃあ、これっぱかしも」

まだ黙っていてやろうとも考えたが、正直に応じた。九郎はその人物が原因でこの一週間、岩永を無視して行動し、その人物のせいで真倉坂市に来た。鋼人七瀬の件を知った時、こうなるのではという予感もあった。

「そんなの、説明もややこしいですから」

「そうだな。まだ六花さんがこの件に関係あるとは限らないし」

無関係ではないと岩永は踏んでいるが、敢《あ》えて言いはしない。九郎だってそこまでおめでたいことを本心では信じていないだろう。

長い坂が終わる。坂の下もまだ暗くて、深夜も真昼も活動する警察署だけが少し離れた所に浮かび上がって建っているのばかり目立つ。

「先輩、未来を決定する能力で、紗季さんと別れないで済む未来を選ぼうとしたりはしなかったんですか？」

「そんなことにこの能力は使えないよ。あまりにずるいから。それをやっていいなら、僕は真っ先にお前と別れる未来をつかんでくるぞ」

「そ、それは卑劣だっ。外道の所業だっ」

九郎が笑う。手放したおもちゃの小舟がどこまでもどこまでも川を下っていくのを見送るように。

「たとえ紗季さんと別れない未来をつかもうとしても、たぶん僕の届く範囲にそんな未来は存在しなかったよ。未来の変化は無限で複雑で、つかめると言っても努力なしで望みの場所には至れない。決定的に離れてしまったものを取り戻すには、どうにもならない奇跡が必要だ。この力はただ、いくらかの不運とすれ違いを避けられるってくらいのものなんだよ」

「まあ、心の離れた恋人を取り戻すのに繰り返し自殺する男性って格好悪いですしね」

「格好だけの問題じゃなくてだな」

道の傾斜がなくなったので、九郎はサドルにまたがってハンドルを握り直した。

「岩永、心配しなくても、今さら紗季さんとやり直せるとは思ってないよ。たぶん紗季さん《も》同じだ」

「そういう二年以上会っていないのにお互いわかりあってる風なのも気障りです」

「お前はどう言ってほしいんだ」

九郎は九郎なりに、岩永の心中を慮《おもんぱか》って優しい言葉をかけるべきという義務は感じていたらしい。

この人は自分に好意を持ってくれているのだろうが、何かふとしたきっかけがあれば、間違った優しさと潔さで、自分から離れていってしまいそうな、そんな不安にかられなくもない。

何が何でもお前から離れない、必ず幸せにしてみせる、といった情熱を一度くらい口にしてほしいものだけれど、どうもこの男は人への情自体が薄い気配がある。

あるいは、不死かもしれない身のために、誰かに情が移るのが怖くなったのか。それで紗季とは痛い目に遭ってしまったみたいだから。

気持ちはわかるが、しかし、面倒くさい。

岩永とて普通の身ではないが、感情くらいは普通に、真正直に生きているのだ。いい大人なのだから、いい加減乗り越えてみせろというものだ。

ぎゅうと、岩永はサドルにまたがった九郎の腰に手を回した。

「とりあえずホテルへ。真っ直ぐ走ってひとつ目の信号を右で」

「わかった」

九郎がペダルを踏む。電動アシストの付いた自転車は、重量感なく加速する。岩永は目を閉じた。義眼の上にもまぶたは下りる。

今は考えねばならない。犠牲者が出る前に、鋼人七瀬を退治できる仮説を。犠牲者が出てしまうと解決をでっち上げる条件がいっそう厳しく、きわどいものになる。岩永にしてもごめんこうむりたい事態だ。

紗季や九郎のように自分から倒そうと立ち向かわなければ、まだ鋼人七瀬は人を殺せないだろう。鉄骨を振るうのは速いが全体の動きは緩《ゆる》やかであり、逃げる者を執拗《しつよう》に追うという特性もまだネット上の書き込みには見られない。

姿を見てすぐ逃げれば危害を加えられないはずだ。ミニスカートのドレスをまとった鉄骨片手の顔のない美少女に夜中ひとりで出くわしてすぐに逃げない者はまずいない。泥酔していても目を醒《さ》ますだろう。一瞬雰囲気に呑まれて体を凍り付かせても、近づいてくるまでに正気になって走り出すくらいはできよう。

今晩くらいは何事もなく明けるはずだ。鋼人七瀬を怖がらず、敢えて捕まえようと考える者でもいなければ。

翌朝、紗季はいつもより十分早く起こされた。横になったのが午前三時を過ぎてからでもうしばし眠っていたかったが、携帯電話が鳴り続けるのを無視するわけにもいかない。初期設定のままの呼び出し音を止めて耳に当てる。

その電話は、寺田の他殺死体が発見されたのを報せるものだった。

第五章　鋼人攻略戦準備

九月四日土曜日。紗季が我に返ったのは午後二時を指す時計を見た時だった。それまで意識ははっきりしていたし、自分が何をしていたかも覚えており、通常業務において適切な行動と受け答えをできていたと思うが、全てが他人事《ひとごと》に感じられていた。

午後二時になって、朝から何も食べていないな、その割には空腹じゃないな、と思った時、やっと心と体が現実感を取り戻した。

現職の刑事の他殺死体が市内で発見されたのは大事件である。朝からマスコミの取材も激しく、昼には全国ニュースで流されていた。

死体が発見されたのは、郊外の国道沿いにあるガソリンスタンド跡地。先月半ばに廃業したばかりでまだ更地になっておらず、看板や機材の多くは取り払われていたが、スタンド独特の四角い弁当箱のふたのような高い屋根はそのままで、雨宿りくらいには地域の役に立つ状態で放置されていた。

周囲の民家や商店は三百メートル以上離れた所にしかなく、夜ともなれば時折車が横を走るくらいのひっそりとした場所だ。地方のさびれた国道沿いらしい風景でもあった。

その跡地に、寺田の死体は仰向けで倒れていた。発見したのは出勤のため自家用車でその国道を走っていた営業マン。通りかかった時、跡地に車が駐車されており、その車から数メートル離れて人とおぼしきものが倒れているのに気づいたという。

最初は変に思ったものの通り過ぎたが、どうしても気になってUターンし、それが死体であるのを確認してしまった。慌てて携帯電話で警察に通報したのが午前六時前のことだった。

営業マンは第一発見者になったのをずっと悔いていたという。Uターンしたのは、病や発作で倒れた人かもしれず、自分が報せれば助かるかも、との善意からだったが、死体とまでは覚悟できていなかった。さらにその死体の顔面が、判別がつかないほどに叩き潰されているとまでは思ってもみなかったとも証言している。

死体の顔面、頭部は鈍器状のもので撲られたためか、潰されていた。通報を受けて駆けつけた所轄署の刑事もここまでの他殺死体には慣れておらず、胃の辺りを押さえたそうだ。身許の確認が難航するかとも思われたが、死体は携帯電話と免許証、さらに警察手帳までを所持しており、捜査員は色めき立つことになる。

ガソリンスタンド跡地は紗季や寺田が勤める真倉坂署の管外であったが、現場に来た捜査員の中には寺田を知っている者がいた。顔は潰れていても柔道で鍛えた体つきは特徴的で、言われるとなるほど寺田だとすぐつながったという。死体が寺田と確定したわけではないが、現職刑事が惨殺されたかもしれないとなれば穏やかでいる警察関係者はいない。すぐに真倉坂署に連絡が飛び、身許の確定が急がれた。体格、指紋、捜査現場で負ったいくつかの傷痕からすぐ寺田に間違いないと判断される。紗季の所にもこの段階で連絡が来たのだ。携帯電話には私用と思われる彼女とのメールの遣り取りが残っていたので、個人的に親しいと見られたのだろう。

死亡推定時刻は四日の午前二時から三時。紗季が九郎達と自宅マンションにいた頃だ。周囲に散った血痕などと合わせて死体には移動された形跡がなく、そのガソリンスタンド跡地で殺害され、そのままにされたものと見られた。

だとすれば現場はよく車が通る国道沿い、死体の発見はもう少し早くても良さそうであった。営業マンが発見するまでにも横を通った車はあったろうし、跡地に車が駐車され、人らしきものがあるのを不審に感じた者はいただろう。

しかし朝早く車を運転しながらとなればわざわざ停車して確認しようという気にはなれなかったかもしれない。厄介事に巻き込まれたくないという心理が働いたとも考えられる。

すぐに所轄署に捜査本部が設置され、県警捜査一課から人がやって来ていた。現場の状況から単純な事件でないと即断されたのだ。現職の刑事が被害者であり、顔面を潰されている。車はそのままで財布や換金できそうな物にも手つかず。これだけでも単純ではない。さらに寺田や現場に抵抗した様子、もみ合った痕跡、争った気配が一切なかった。頭部を真正面から撲られているようであるのに、まるでないのである。

詳しい死因は解剖の結果を待たねばならず、体内から薬物が検出される可能性はあったが、頭部以外に外傷はなく、それが致命傷であるのは間違いなさそうだった。

寺田は県内では知られた柔道五段の猛者で、見るからに隙のない強面《こわもて》の男だ。そんな男が真正面からおとなしく撲られるだろうか。相手につかみかかるなり、腕で防御するなりしそうなものである。それらが一切ないというのは奇異だった。

警戒など考えもしないよほど親しい間柄の者に襲われたか、よほど予想外のタイミングで予想外の相手に襲われ呆然としたか、どちらにせよ普通の事件で済みそうにない。

そのため紗季も、朝から繰り返し事情聴取を受けていた。被害者との関係、最近の会話内容、恨んでいた者等心当たりはないか、紗季の昨夜のアリバイ、関係者にされる質問はひと通り行われた。容疑者にまではされていないが、万が一は考えている、という様子だったのはやむを得まい。

現場や事件の概要は、さすがに同じ警察とあってか相当部分が紗季の耳にも漏れ聞こえ、そこに報道も合わせればほぼ明確になった。死体のそばに駐められていたのは寺田の車で、深夜ひとりで乗っていたものと見られている。理由はわからないものの夜中に運転していた寺田は何もないはずのガソリンスタンド跡地で停車し、外に出、何者かに撲殺された。今言えるのはそれくらいに留まっている。

「大丈夫かい？」

事情聴取から戻った後、通常業務の書類を整理していたら、夕方五時頃になって紗季は係長から声を掛けられた。

「ああ、はい。しっかりしています」

先輩であり、今度焼き鳥を食べに行く約束をしていた相手が突然殺され、しっかりしているのもまずいのではなかろうか、という考えも頭をよぎったが、他に表現がない。

「あまり無理をしなくていいから。寺田も最近、きみとうまくいってるって喜んでたんだよ」

係長からすると、署に帰ってからの紗季はしっかりしていなかったらしい。無理に平静を装って淡々と職務をこなそうと努力していると映ったのか。当たらずとも遠からずではある。

係長はいつものおっとりとした口調を若干湿らせて続けた。

「解剖の結果が出たよ。死因は顔面への打撲による脳挫滅。ほぼ即死だそうだ。凶器はブロックや木材みたいな平らな面を持つ鈍器と見られてるけど、特定はされてない。死亡時刻は最初の推定通り。刑事課の連中も落ち着いてられないみたいだ」

刑事が惨殺されれば職業柄、まず怨恨《えんこん》の線が考えられる。寺田は優秀だっただけに、多くの犯罪者を捕まえ、当人や家族に逆恨みされていたというのは十分ありうる。刑事課の同僚はその辺りについて詳しく聴取されたようだ。

慕われていた寺田だ。仲間の手で犯人を挙げよう、捜査本部に加わりたいという声は朝から上がっていた。死体が管外で発見されたことや、事件の動機が日頃の職務に関係するおそれから、真倉坂署は現段階では本部から距離を置かれている。捜査する側よりされる側、という位置づけだ。

また市内で起こった事件は寺田のものだけではない。いつもと変わらず、窃盗や万引き、傷害や交通事故は管内にあふれている。寺田の件でマスコミが集まるとなれば、一段とトラブルは起こりやすい。いくら身内が殺されても、警察の通常業務を怠るわけにはいかなかった。

だから紗季も、逸《はや》る気持ちがあったとしても、変わらぬ業務をこなしているのだ。

「ところで弓原君、寺田があの、『鋼人七瀬』について調べてたって本当かい?」

「はい。事情聴取でも話しました。私が話す前に、その情報は入っていたみたいですが」

紗季以外にも寺田は声を掛けており、市内で不可解な傷害、傷害未遂事件があれば報せるよう頼んでいたのだから、捜査本部の開かれた署にだって知る者はいただろう。

だから紗季も『鋼人七瀬』についてほとんど隠さなかった。寺田がどういう疑問を持ち、どういう捜査を個人でしていたか、自分がどう協力していたか、全て話した。

話さなかったのは、九郎と岩永という二人の人物の暗躍と、鋼人七瀬が本物の怪異という真実だけだ。昨晩のアリバイもひとりで自宅にいた、と答えている。アリバイがないという主張なので詳細な裏付け捜査はされないと思うが、マンションの他の住人に二人の訪問者がいたのを証言されればその時はその時と腹を決めている。

「まさか寺田さんが調べていたというのがもう報道で？」

刑事が亡霊、都市伝説について本気で調べていた、という報道がされるのは体裁のいいものではない。寺田の問題意識は正しく、不審な傷害事件が頻発していたのに危機感を持ってだったが、世間がどう捉《とら》えるかはまた別だ。

係長は慌てて首を横に振った。

「いや、それは出てない。ただあのアイドルの事故死から生まれた都市伝説と寺田の事件をつなげて語っている向きがあったんだ。顔が潰されてるとか、犯行が深夜とか、連想させるものがあるからって。悪ふざけが過ぎると思うけど」

そうか。寺田の死因や死亡状況は七瀬かりんのものと似ている。正確な情報が出れば、いっそうの類似に気づく者も出る。真倉坂市を中心に発生した『鋼人七瀬』の噂と重ねれば、テレビの話題に上るのもわかる。

この分では、ネット上ではすでに寺田が鋼人七瀬に殺された、という書き込みが無責任にあふれているかもしれない。

ただし無責任であっても正しくないとは限らない。紗季はわかっている。

寺田は鋼人七瀬に殺されたのだ。


もっとちゃんと注意しておくべきだったと紗季は悔やむ。まともな人間なら鋼人七瀬と出くわせば絶対に逃げ出すと思っていた。あのおぞましき異界の存在感に対面し、鉄骨を振り上げられて前に進めるなど、ありえないとどこか考えていた。紗季みたいに半ば自棄になっているか思い詰めてでもいなければ。

おそらく寺田は夜中、鋼人七瀬に出くわさないかとひとり車で走っていたのだろう。寺田の認識ではあくまで『鋼人七瀬と呼ばれるものの格好をして騒ぎを起こそうと画策している生きた人間』だが、あわよくば自分の手で捕まえられないかと考え、現れそうな場所を回っていたのだ。

そして国道を走っている時、目の前に探していたものが現れた。かつて紗季が聴取した自動車事故の時のように、鋼人七瀬は車の前にいきなり現れ、立っていたのかもしれない。寺田は驚くもののこれ幸いと、ちょうどそばにあったガソリンスタンド跡に車を乗り入れて駐め、外に出た。

寺田はひらひらとしたドレスに大きな胸を突き出す、鉄骨を片手に提げる顔のない相手にも怯《ひる》まなかったはずだ。暗いのでメイクでごまかしている、構える鉄骨も本物ではないと思った。だから捕まえようと、数多の想像力が生んだ亡霊である鋼人七瀬にすぐさま迫った。

結果は紗季と同じだったに決まっている。普通の人間は亡霊に触れない。鉄骨をかわすも相手の体は霞とすり抜け、たたらを踏んで呆然と立ち尽くしたに違いない。そこを真正面から撲り殺された。

争った跡も、抵抗した跡も、犯人の毛髪や衣類の痕跡もなくて当然だ。触れぬ相手とは争えず、亡霊は繊維も髪も落としはしない。寺田は熟練の刑事であるが、亡霊という真実をとっさに受け入れられはしなかったろう。意外過ぎる現実を前に混乱し、体が動かなくなったのだ。

鉄骨が眼前にやって来た時、寺田は死を予感できたろうか。こんなことはありえないとまだ自失していたかもしれない。

「あの寺田が正面から撲殺されるなんて、いったい何があったんだろうね」

係長の口調は、いまだに寺田の死を信じられない風に聞こえた。

「私がもう少ししっかりしていれば、と思います」

たまらず紗季は吐露していた。事実を知っていながら犠牲者を出してしまったのを誰かに責めて欲しかった。

「弓原君のせいじゃない」

「けれど私は、寺田さんに冷たかったとは思います」

真実を語るわけにもいかないので、紗季はもうひとつの悔いを語る。

「寺田さんの下の名前が『徳之助《とくのすけ》』というのを、さっき知ったくらいですから」

周囲も『寺田』という姓か役職でしか呼んでおらず、紗季もそれで事足りていたのでずっと知らずじまいでいた。事情聴取でフルネームを知らされ、馴染みのない響きにまた現実感が遠のいた。下の名前を知らなかったなど、親しくなろうとしていた男性に興味がないのもはなはだしい。

係長は苦笑した。

「仕方ないよ。寺田はその名前嫌ってたから。古臭くて締まりがないって。名乗るのも呼ばれるのも嫌がってて、知らない者の方が多いよ」

紗季の背中を軽く叩き、係長はデスクに戻る。ちょっとだけ力が入った。交通課勤務の若い警察官が寺田の事件の捜査に加われるわけもなく、意見を聞かれることもないが、しっかりしなければならない。

警察に真犯人は捕まえられない。鋼人七瀬も、それを生んだ何十万の妄想も。事件は起こったと同時、迷宮入りが確定していた。あの怪物を裁けるのは、真実を知り、しかるべき力を持つものだけだ。

さきほど午後二時の時計を見た後、紗季は携帯電話のメール着信を確認していた。やはり一件、岩永琴子から送られて来ている。昨晩、今後のために岩永とだけ現在の連絡先を交換しておいたのだ。

あの一眼一足の自称妖怪達の知恵の神はこの事態にどうするのだろう。彼女のプランは大幅に狂ったはずだ。

昨晩までは、誰が、なぜ、鋼人七瀬のふりをして市内で騒ぎを起こしているのかを説明できれば良かった。警察も傷害未遂程度では本格的に動かず、適当な『真相』をでっち上げてネット上に書き込んでも問題にはならなかったろう。岩永の提示する解決と警察の動きは無関係であっても問題はなかった。

だが鋼人七瀬とつながる殺人が起こった。警察が本格的に動いている。この状況で、無責任な妄想を合理に導ける、虚構でかつ現実的な解決を作れるのか。

下手な解決は警察の捜査と齟齬《そご》をきたし、想像力をしかるべく導けない可能性が高い。殺人が起こるほどなのだから、『鋼人七瀬』を必要とする動機も愉快犯的なものでは済まないだろう。被害者が屈強な刑事となれば、これを簡単に殺せる犯人像というのも難しい。また犯人像を明確にできても、その人物が警察に捕まらなかったり警察が取り合わなかったりすれば、提示した解決の信頼性は失われる。

九郎の能力で期待する未来を決められるといっても、まるきり受け入れられない解決では、その未来まで届かないと聞いている。

岩永からのメールは気遣ってか、短く端的だった。〈事件の詳細求む〉。後に宿泊しているホテルの名前と部屋番号があった。紗季は勤務が終わり次第行くと返信し、携帯電話をしまった。

あの娘に、果たして策はあるのだろうか。


この前雨が降ったのはいつだったろう。大学内にはひっそりとしてなおかつ開放的で、座り心地の良いベンチがいくつもある。講義を抜けだし、雨音を耳にしながらそこで眠るのはたまらなく快い。誰にも邪魔されぬよう、襲われたりさらわれたりしないよう、隣に九郎がいるとなお快い。

そんな雨の中の眠りに最後にひたれたのはいつだったろう。

岩永はダブルベッドの上にスカートのままあぐらをかく格好で右足だけ曲げて座り込み、九郎が持ち歩いていたノートパソコンを操作していた。左の義足は取り外し、二つ並んだ枕のそばにハイソックスを履かせたまま大根みたいに転がしてある。

朝からずっと岩永はその体勢でディスプレイをにらんでいた。義眼も外し、くぼんだまぶたは前髪で隠して左眼だけでネットの情報を追う。

彼女の周囲にはあれこれメモを書きなぐったB5サイズのルーズリーフが散乱し、ベッドの上だけでなく床にも落ちていた。紗季から得た情報をまとめ、ネット上の情報と照合し、使えそうなものをピックアップもしている。

心地よい眠りの時を追想したくなるくらい、岩永は現状に焦《じ》れていた。

鋼人七瀬に関する書き込みを朝からチェックし、メモをまとめていると、ネット配信のニュースで寺田という刑事の死を知った。鋼人七瀬の仕業と直感したのもつかの間、ネット内ではかのアイドルの亡霊がついに殺人を犯したとの熱が発した。

テレビのワイドショーでも七瀬かりんの死と関連づけて語り出すものがあり、話題は半日経たず一気に一般のもの、全国区になった。昨晩に比べ書き込みは十倍にも増えている。

「岩永、少し休め」

パソコンの下部に表示されている時間は十八時三十一分。九郎の声に顔を上げ、そちらに首を回す。九郎は黒地に金のラインとリボンを施した平たい箱を手に、ベッドに近づいてきた。

岩永が宿泊している部屋はダブルルームで、浴室とトイレ、冷蔵庫とテレビとデスク、二脚の椅子を備え、ゆったり休むにも、ビジネスに利用するにも向いている落ち着いた部屋だった。ひとりで泊まるのにダブルの部屋を取ったのは、後から九郎が来てもいいように、というより、シングルのベッドだと寝苦しいので、料金二人分払ってもダブルにしたかっただけだ。

昨晩、九郎は同じホテルのシングルルームに部屋を取って宿泊している。お互い四時間ばかり眠った後に朝食を摂り、情報整理に入ったのだが、新たな事件は情報の取捨選択をいっそう複雑にしてしまっていた。

状況は切羽詰まっている。刻一刻と、怪物の跳梁《ちょうりょう》する夜が迫っている。

「ほら、糖分を補給しろ」

九郎はリボンをほどくとチョコレートが整然と格子状に配置された箱を開け、ブロック状のものをひとつつまんで岩永の口許に差し出す。岩永はそのまま指ごと口にして、とろけるクリームを舌で転がした。

「ぬったりしてます。小腹のすく甘さですよ」

「高級チョコを食べてその感想はどうなんだ」

散乱するルーズリーフを避け、岩永の膝そばに開いたままの箱を置いて九郎もベッドの縁に腰掛ける。

「まとめサイトの流れは変わらずか?」

「はい。今回の殺人を鋼人七瀬によるものとし、その実在を肯定する意見が優勢になっています」

岩永は今度は自分で箱からチョコをひとつつまんで口に入れ、九郎が覗き込んだパソコンの画面をスクロールする。複数の掲示板で鋼人七瀬の話題は上がっていたが、やはり〈鋼人七瀬まとめサイト〉に一番書き込みが集中している。

寺田刑事の死が報道されて一時間後には鋼人七瀬の仕業か、という憶測が飛び、追加情報が入るに従ってその憶測は事実という声が増え始める。

反対にこれまで亡霊の鋼人七瀬を肯定していた者でも、実際の事件の発生に怖くなって否定的になったり、現実の死者を亡霊や超常現象といきなりつなげるのは不謹慎といさめたり、そもそも殺人と鋼人七瀬を結びつけるのは短絡的と冷静な意見を述べたりもしているので一方的な声ばかりではなかった。

しかし大勢《たいせい》は、鋼人七瀬という亡霊をいっそう支持する声になっている。

「真倉坂市で鋼人七瀬を見た、襲われそうになった、という書き込みが頻繁に上がっていた所にこの殺人事件です。状況はおあつらえ向きです。被害者の名前をネット検索すれば、柔道でオリンピック候補になった過去まで出てきます。そんな人がほとんど争った形跡もなく、顔を潰されて撲殺されるなんて不自然過ぎて鉄骨持った亡霊の仕業と思いやすいでしょう」

事実鋼人七瀬の犯行だから、思いやすいもやすくないもあったものではないが。

「とうとう死人が出た、現れるのは真倉坂市だけか、お祓いしろよ、警官が最初に殺されるなんて七瀬かりんは捜査に不満があったんだよ、事故じゃないのに事故にされた恨みか、鋼人七瀬と顔を合わせたらどこまででも追いかけてくるらしいぞ、七瀬かりんのＣＤか写真集持ってれば助かるって聞いた、オークションで高値がついてる、幽霊でもいいから七瀬の胸を握らせろ、握る前に鉄骨で撲殺されるぞ、ああ望むところさ。そんな書き込みが続いていますね」

「確かにあの胸はすごい弾み具合だったな」

「触ったんですか。組み付いた時、ぐっと握ったんですか」

「そんな余裕なかっただろ」

「触れる未来も決定しておけば簡単じゃあないですか。余裕じゃねえか」

「胸を重視するならお前や紗季さんと付き合ってない」

「たまには違う感触を、一生に一度くらいあの選ばれた女子特有の脂肪のかたまりを、という邪悪な欲望を抱かなかったと、アマテラス様に誓えるとでも」

「お前は何にこだわっているんだ」

書き込みの一部が連続して胸に関する執着を語るのと七瀬かりんのグラビア画像を上げるのに費やされていたので、つい熱くなってしまった。

「失礼しました。七瀬かりん死亡事故の詳細、その後しばらくの反応があらためてアップされて分析されたりしていますが、鋼人七瀬をただの噂と片付ける流れはなかなかできません。亡霊支持派、霊魂のディテールを深める声が増えるばかりです。その声もどこまで本気かは知れませんが、『本当にいたら面白い』という願望の方が強いだけでも怪物を生む効果がありますからね」

だとしても、優勢過ぎる。殺人事件の発生で噂が冷める可能性もあったはずなのだ。現代においてひとつの噂が持続し、ぶれが少ないままこうして発展するなど、そうそうありはしない。ぶれや冷めがないまでも、頭がどうかした模倣犯や愉快犯の可能性を主張する者がもっと出てもいいはずなのに。

噂がこうして発展する確率は低くなく、偶然の範疇《はんちゅう》と十分捉えられるとしても、天秤が一方に傾き過ぎだ。鋼人七瀬の噂が広まり出した時から、亡霊の存在を支持し、発展させる流れが優遇されている。それを望む誰かに、そうなる未来が決定されているように。

岩永は新たにチョコレートひとつを口に入れ親指を唇に当てた。

「先輩、はっきり言います」

「何をだ」

「この件、六花さんが積極的に関与しています。いえ、あの人が中心です」

突き放す岩永の口調を、九郎は責めなかった。反論もなかった。

「わかってる。人が死んでるのに、かばったりはしない」

九郎のそう言う表情は硬い。いざとなったらかばわないでいられるか、自信がないせいだろう。

岩永としては気分が良くない態度だが、人の心がままならないのを憎んでも益はない。そこも含んでの桜川九郎という人格だ。

何か言いかけようと岩永がした時、ノックの音がした。慎《つつ》ましく事務的で、等間隔にドアが叩かれる音は、ホテル従業員が訪れてきたかと思わせるものだったが、時間的に紗季だろう。

九郎がドアを開けるために腰を上げ、岩永は慌てて義眼と義足を装着する。九郎も心得たもので、彼女の身だしなみが整えられた頃を見計らって紗季を部屋に通した。

「遅くなってごめんなさい」

紗季は昨日と同じグレーのパンツスーツ姿で、出で立ちといい、声の張りといい、親族の葬儀帰りに立ち寄ったと錯覚しそうな風だ。

「お忙しい中、こちらこそ時間を取らせます」

岩永はベッドの縁に座り直して周りに散るルーズリーフを集めながら小さく頭を下げた。九郎が紗季に椅子を勧め、眉を寄せる。

「大丈夫ですか、紗季さん？　殺された寺田っていう刑事、昨日言ってた鋼人七瀬を個人で調べていた人ですよね。親しい人だったんじゃ？」

別れていた期間が長くても、元彼女の変化には敏感らしい。付き合っていた頃ならば、手を伸ばして頰に触れたり肩を抱いたりしそうな九郎の調子だ。紗季は口の端だけで笑んだ。

「大丈夫。親しかった割にあんまりショックを受けていないのがショックっていう感じだから」

やはり大丈夫とは言い難いが、紗季の言い種《ぐさ》からしてここは踏み込むべきではなさそうだ。紗季もすぐに本題に入る。

「それより寺田さんの事件、鋼人七瀬が犯人で間違いないのね？」

「これも目撃したあやかしがいました。寺田という刑事を殺したのは鋼人七瀬です」

朝からこの部屋に籠《こ》もっている岩永だったが、霊やあやかし達が訪れて、警察とは別の情報を運んでくれていた。鋼人七瀬が現れるのは人目の乏しい場所なので、人ではないものの根城《ねじろ》ともよく重なっている。また岩永が鋼人七瀬の情報を集めているのは周知されており、協力的なものは市内の現れそうな場所を動き回って探していたりする。

そんなひとつが凶行を終えて現場を立ち去る鋼人七瀬を目撃していた。そのものがもう少し早く現場を訪れていれば、寺田を逃がすなり警告を発するなりできたかもしれないが、寺田が怪異の声を聞き分けられたかはわからない。

紗季も十中八九犯人は鋼人七瀬と推察していただろうが、苦々しそうに一方の手首をもう片方の手で握る。

「バカな質問かもしれないけど、寺田さんは幽霊になってその辺りを漂ってたりはしないの？」

「死んだ人が誰でも化けて出てくるわけではありません。それに霊になって迷い出てこない方が、その人には幸せでしょう」

死んだ後もこの世に執着し、この世を眺め、ちょっかいを出しながら幽明《ゆうめい》を漂うのは、まともに生きて来た人が選ぶ道ではない。

しかしあやしいものとの関係を断ち切り、線を引きたがっていた紗季がそんなことを言い出すとは、霊であっても寺田という人物に言っておきたいこと、謝罪でもしたい事情があるのかもしれない。

岩永の説明を受け入れたように紗季は息を吐く。

「そうね。やっぱりバカな質問だった。ともかく、寺田さんが殺されたのは、まずい事態よね」

「はい。実はこの犯人が鋼人七瀬じゃなければ都合が良いものでした。最初、鋼人七瀬による殺人、という方向で話が盛り上がっていたのにごく普通の、人間の犯人が警察に逮捕されれば、その話題は嘘と確定され、途端に色褪《いろあ》せます。同時に鋼人七瀬によるものとされていた犯行が否定され、人間の犯人まで逮捕されたのですから、『鋼人七瀬』という物語全体が何となく信用できない印象になるでしょう。話題全体も色褪せたはずです」

最初、寺田の事件を知った時、岩永はかなりこの展開を期待した。この場合であればただ寺田を殺した真犯人を捕まえればいいだけで、無理なでっち上げに頭を悩ませなくてよく、警察の捜査が妨げにもならない。

あやかしの情報網を持つ岩永だから、推理や捜査をしなくとも犯人に関する情報を集め、市内にいるならあっという間に本丸までたどり着けた。

殺された寺田は気の毒だが、この殺人事件は鋼人七瀬攻略の難易度を何段階にも下げる出来事たりえたのだ。

「犯人が捕まっても警察の誤認逮捕を唱え、鋼人七瀬という亡霊を信じる者は残るでしょうが、全体の流れとしては、やはり鋼人七瀬は噂話だけの架空の怪人、というものになったはずです。九郎先輩が容易に決定できるこちらの望んだ未来になり、鋼人七瀬を消滅させられました。しかし真犯人は鋼人七瀬です」

その犯人は警察に捕まえられず、無責任な妄想が望む真実そのまま。そして妄想は新たな材料を得て、いっそう膨らむ。

時間は午後七時近い。カーテンを開けた窓から入る光より、室内の照明の方が強く手元や足元に影を作る。

岩永は指を噛みたい気分だった。

「こうなれば解決をでっち上げるとしても、警察が今まさに動いてる殺人事件では生半可な内容では信用されないでしょう。整合性を取らないといけない情報も増えて、条件は厳しくなっています」

寺田刑事の事件自体に、人間が犯人だとすると単純には説明しづらい問題も含まれている。紗季もそれらが解決をでっち上げるのにネックになるのはわかっているだろう。

そして岩永にはもっと危惧《きぐ》していることがあった。

「でもそれ以上に問題なのは、鋼人七瀬の凶暴性が一気に増したことです。実際に殺人を犯したことで、この半日ほどの間に噂の中の鋼人七瀬は、狙った相手を殺すまで追い詰める凶悪なものに姿を変えています」

これまで鋼人七瀬という亡霊は、人を怖がらせるだけのものだった。それが容赦なく人の頭を砕くものと認識されたのだ。

「このままだと今晩、また新たな犠牲者が出るでしょう。それもひとりやふたりで済めばいいですが、下手をすれば今夜だけで十人を超える死者を出し、鉄骨を振り回すその姿さえ映像に捉えられるかもしれません」

紗季は鋼人による新たな殺人まで考えていなかったのか、状況はもっとゆっくり推移するものと思い込んでいたのか、呑み込みの悪い顔をし、やがて乾いた声を出した。

「そんな、まさか」

「怪物は急激に成長します。妄想はより過激な方向に膨らみます。これだけ全国的な話題になったんです、鋼人七瀬を探そうと、夜の市内を駆け回る物好きな学生集団がいないとも限りません。いい大人がネットで声を掛け合い、集合して繰り出すなんてのもありそうです。テレビ局の取材班も都市伝説を検証しようと車を走らせているかもしれません。そんな一団と鋼人七瀬が出会えば、皆殺しです」

岩永にそういった者達の動きを止めたり牽制《けんせい》したりする手段はなかった。市内のあやかし全てを動員しても、鋼人七瀬に遭遇した者達を逃がしきれそうにない。たった一夜で、都市伝説の怪人が大虐殺を行える下地ができてしまったのだ。

紗季の傍らに立って椅子の背もたれに手を置いている九郎が嘆息した。

「防犯カメラのある場所も多い。今晩にでも映像が捉えられ、明日の昼には全国に流されるなんて展開も十分考えられる。映像として伝われば、いっそう鋼人七瀬は人に知られ、その存在感を強める。合理的な虚構では解決しきれないものになってしまう」

「じゃあどうなるの？　そうなってもまだ、皆の妄想は鋼人七瀬の存在を願う？　現実に何十人もの血が流れてるのに、亡霊がやりました、なんてことを願い続ける？」

紗季が愕然《がくぜん》と言う。現実に害を及ぼしているものを人が望むというのが信じられないのかもしれない。

けれど人は、しばしば恐怖の対象を自ら望んでしまうのだ。

「願いはしないでしょう。でもそこまで来れば、多くの人が鋼人七瀬を亡霊として恐れないではいられないでしょう。霊なんて信じないと言いつつも、手を合わせて自分に害を与えないでくださいと祈るでしょう」

そうなれば鋼人七瀬は現実に固着する。虚構から生まれ、人間の願望が育てたものが、不死の怪物として名を刻む。

岩永の説明に紗季は額を押さえた。椅子に座っていなければ、ふらりと膝を折っていたかもしれない。

「どうかしてる。現実ってこんなたやすく食い破られるものだったの？」

たやすくではないが、食い破れる程度の厚さしかないのには岩永も同意であった。

「だから誰かがその現実を守らなければなりません」

それは誰であってもいい。ただ当面は、妖怪、あやかし、化け物、物の怪達の神とも巫女とも名乗れる岩永が、その誰かになっているというだけ。

「紗季さん、今夜が山です。今夜のうちに鋼人七瀬を倒せなければ、あの亡霊は今後どんな力を得るか読めません。肥大化した妄想が、『鋼人七瀬は自分を死に追いやった世間への恨みを晴らすため、ついには巨大化してその鉄骨でビル群も打ち倒すようになる』という現実を望むかもしれません。『鋼人七瀬』をパワーアップした、『大鋼人七瀬』なんてものを」

「だ、大鋼人、七瀬っ」

冗談のような行き着く果てだ。けれど現実は、時折冗談めいた結果をもたらす。事実は小説より奇なりと言い、血みどろの喜劇でも平気で繰り広げる。

紗季がはっと時計に目を遣った。

「もう七時過ぎてるの？　今夜が山って、いくらも余裕がないじゃない」

実際に鋼人七瀬が活動するのはこれまでの例からすると午後十時前後以降。猶予はまだある。

岩永はあらためて紗季を見据えた。

「紗季さん、情報をください。鋼人七瀬を倒す合理的な虚構には、常に真実が必要です。寺田さんの事件に関する警察の捜査は、どこまで進んでいます？」


人を外見で判断してはならない。いくら幼い容貌だろうが、いくら良家のお嬢様風だろうが、艶《つや》と柔らかさが映える髪をしていようが、ステッキの握りを愛らしい子猫のものにしていようが、昔の彼氏の彼女だろうが、この娘は紗季の何倍かは太い芯を持ち、何倍もの波乱を切り抜けていそうだ。

眼前の岩永は厳しく左の眼を開き、疲労を感じさせはするものの、いっそう鋭さを増して前に進む空気をまとっていた。彼女の集中力の余波が、部屋全体に満ちてもいた。紗季は椅子に座っているだけでも息苦しく、せめて窓でも開けられないかと考えてしまうほどだった。

なのに九郎はその空気の粘度を感じている素振りもなく、甲斐甲斐《かいがい》しく室内を歩き、備え付けのグラスに冷蔵庫から出したお茶を注いで二人に運んで来る。岩永がこんな空気を発するのは慣れているのか、鈍いだけか。この男は高校生の時から鈍いところがあったんだ、三回目のデートの時も、と余計なことまで思い出す。

岩永はダブルベッドの縁に物思いにふける弥勒菩薩《みろくぼさつ》のように足を組んで腰掛け、紗季が署内で入手した情報と以前寺田とした遣り取りについて話すのを聞いていた。時折床やシーツから集めたルーズリーフを手にしては参照し、パソコンのディスプレイを覗いてタッチパッドを操作していたが、紗季への注意は逸らさない。

「寺田さんの遺体から薬物やアルコールは検出されなかったんですね？」

「抵抗した跡がなかったから、泥酔していて反応できなかったか、薬物で意識を奪われて殺されたか、毒物で殺された後に顔を潰されたか、とも疑われていたけど、アルコールさえまったく。寺田さんは正常に意識がある状態で、抵抗や回避の動作を行わず、真正面から撲られてほぼ即死してる」

「ますます七瀬かりんの死亡状況と符合するのか。彼女も降りかかってくる鉄骨を正面から受けて顔を潰されてますから。報道で薬物やアルコールに触れているものはありませんが、ネット上において被害者は普通の状態で殺害されたものとして話題が発展してます」

「警察の情報が漏れて、というより、その方が鋼人七瀬の仕業らしいから？」

「ええ。亡霊相手じゃ抵抗のしようもない、呆気《あっけ》なく殺されるに決まってるだろ、という共通認識です。そばに被害者が運転して来た車があったという報道もありますし、抵抗できないほど酔っていたというイメージも生まれにくくあります」

寺田殺害犯をでっち上げるに際し、無抵抗に殺されているのは大きな障害のひとつになる。柔道有段者の刑事をどうやって抵抗させず撲殺できるか。鋼人七瀬の犯行を補強し、七瀬かりんの死とも重なり、亡霊を連想させる死亡状況。ここをうまく解明できなければ、亡霊の犯行という真実を突き崩せないと思った方がいい。

二人にお茶を出した後、もう一脚ある椅子に座って考え込んでいた九郎が口を挟む。

「犯人は泥酔した被害者を車に乗せて現場まで来、そこで被害者を下ろして撲殺した後、車を放置して徒歩もしくは他の方法でそこから離れた、というのは説得力がないか？」

寺田からアルコールが検出されなかった、車には他の人間が運転していた痕跡はなかった、という報道がなされなければ、通用しないでもない説明だ。

「使えなくはありませんが、事実と異なる二つの要素は諸刃の剣です。警察の情報がこの先どこまで表に出されるか不確定ですが、差し当たり説明ができても、事実が出た瞬間に壊れる状況は採用すべきではないでしょう」

岩永は頰に手を当て、考え込む仕草で返す。

ネットでは嘘が本当とされ、本当が嘘とされることは少なくない。アルコールが検出されていないのに検出された、ハンドルから被害者以外の指紋が検出された、という情報がいつの間にか真実と扱われる余地はある。

ただし情報源も曖昧に都合の良いデータをもとにする、さして面白みのない当たり前の状況仮説が、どれほど支持されるだろう。リスクばかり高く、結果が伴いそうもない。

「事実はどれも鋼人七瀬が犯人であると指し示す。そりゃあ犯人は鋼人七瀬なんだから矛盾するデータが出る方がびっくりか」

岩永が両方のこめかみに指を当てて呟くように言ったのを、九郎がうなずいて応える。

「でも鋼人七瀬という怪異を打ち消すには、鋼人七瀬以外の犯人が必要だ」

その当たり前の確認に、紗季は思いついた。

「犯人は何もひとりだけでなくてもいい、同一犯じゃなくてもいいのよね。寺田さんを殺した犯人と、それ以前の連続傷害未遂犯は別人って仮説もありでしょう？」

紗季の提案を九郎が補ってくれる。

「無関係に広まっていた鋼人七瀬の噂に便乗して、犯人はあたかも鋼人七瀬の犯行のように見せかけ殺人を行った、か」

「そうすると『犯人はなぜ鋼人七瀬の犯行に見せかけたかったか』を説明する必要も発生しますね。都市伝説の怪人のせいにしたって警察は信じやしないのですから、別の必然がいります。む、これは傷害未遂と同一犯でも説明しないといけないか？」

岩永は右眼の前にかかる前髪をつまむ。よくそうするせいか、彼女の全体的に柔らかく波打つ髪がそこだけやけに平たく真っ直ぐになっているようだ。

実際の犯罪には理屈に合わない、感情的にも理解し難い、犯人が逮捕されて自供してさえ矛盾と不可解を抱えるものがいくらでもある。

鋼人七瀬の犯行に見せかける理由だって、犯人からすれば本当に亡霊の仕業に見せかけられると思った、単に警察の捜査を混乱させようとした、そうするのがクールだった、といったピントのずれた動機が実際にはありうる。実際には大抵の場合、ロマンティックでドラマティックな理由や必然はない。

しかし人は物語にロマンを求め、現実もそうであることを期待する。鋼人七瀬を退治するために求められるのは、その期待に応える物語なのだ。

「寺田刑事の死は鋼人七瀬とまるで関係ない、個人的に寺田刑事を恨んでいた者がたまたま殺したに過ぎないけれど、偶然死亡状況が七瀬かりんのものと似ただけ、と説明できればどうだ？　これなら犯人が特定できなくても偶然似た理由さえ提示できれば殺人を鋼人七瀬と切り離せる。あとは傷害未遂を起こした動機を説明すればいいだけだから、立てられる仮説の幅を広げられるはずだ」

「ううん、困難は分割せよの法則から行くと現実的な対処ですが、完全に切り離すのは無理でしょう。偶然似た事件が起こった、という解釈は、必然的に起こった、という解釈よりどうしてもがっかり感があります」

「偶然が面白みを生むこともあるんだがな」

「使い方次第ですね。時と場合によって起こってほしい偶然、起こると面白い偶然、起こるとつまらない偶然がありますから。今回の鋼人七瀬に限れば、二つの事件にまったくつながりがない、という偶然は望まれないでしょう」

九郎と岩永が分析と推論を重ねている。

それらの推理は正しい絵を描けるのか。提示された問題に対し、手にあるデータから辻褄が合った解決を見出し、犯人を指摘することができるのか。

いや、そもそもここで言う『正しい』とは何だ。犯人を指摘するとは何だ。

実際の事件ならば、しかるべきデータと推理をもってすれば真相は明らかになると言ってもいい。真実はいつもひとつ。その姿は隠そうとしても隠しきれず、論理によって明らかにもなるだろう。

だが彼女がやろうとしているのは、いもしない犯人と真相を作り出すこと。規定の材料から『その手があったか』と思わせる答えを導き出すこと。ないものをどうすれば論理発見できるのだ。

そのために求められるのは推理ではない。求められるのは、もっと違う言葉で表現されるものだ。

このはしわたるべからず。はしをわたれないならまんなかをわたればいいじゃないですか。そいつはとんだめいあんだ。

そう、これは推理ではない。とんちだ。

紗季がつまらないことに気づいてしまったと眉間に指を当てた時、岩永が両頬を両手で挟んで険しい眼をした。

「うまくありません。事件が持つ謎に対し、『鋼人七瀬』というシンプルな存在感と説明が強力なんです。たとえ謎を合理的に説明できても、複雑過ぎたり、面白みがなければ意味がありません。一発で単純に、合理的に説明できて説得力もある解決なんて、ちょっとやそっとじゃあ」

岩永が解決すべき事件の謎、すなわちこちらが勝利するためにクリアしなければならない問題はいくつあるだろう。

なぜ七瀬かりんの亡霊、鋼人七瀬によるとされる連続傷害未遂事件が起こったのか。

その連続傷害未遂事件を起こしたのは誰か。

なぜ真倉坂署巡査部長、寺田徳之助は殺されたのか。
なぜ寺田は犯人に対して無抵抗で殺されたのか。
その寺田を殺したのは誰か。

また岩永はこれをただ解決すればいいのではない。解決、説明するに当たっては、それが嘘であるがゆえに別の条件が課されもする。

指摘した犯人が警察に逮捕されてはならない。
逮捕されずとも、その指摘によって現実の人間に多大な損害を与えてはならない。
その上で、多くの人がその解決に賛同しなければならない。

いくら将来起こるかもしれない鋼人七瀬という怪物の虐殺を止めるためとはいえ、無実の人間を陥れ、生け贄に捧げていいものではない。紗季も警察官としてためらってしまう。それに別の問題もある。

その解決や犯人は虚構なのだから、警察が本格的に捜査すればすぐメッキが剥がれる可能性が高い。そうなれば鋼人七瀬は復活する。嘘の犯人が逮捕される事態はやはり避けねばならない。

こう整理してみると、岩永は途方もない難題をふっかけられている。警察が動き、広く報道もされている事件に対し、その犯人を逮捕させず、関係者になるべく迷惑をかけず、今夜中に多くの人が認める解決を提示する。

九郎の未来決定能力がいくらかのアドバンテージを与えるとはいえ、これは過酷な挑戦だ。

「岩永、ひとつの解決で無理なら、いくつも積み上げればいいんじゃないか？」

そんな時、九郎が椅子に座ったまま言った。

「鋼人七瀬も昨日今日で生まれたわけじゃない。殺人を犯せるほどになるまで、何度も試行錯誤があったはずだ。噂を生み、サイトを立ち上げ、気を引く書き込みと話題を積んでいく。話題が途切れ、興味が他へ移るのを防ぐのに様々な手を使っただろう。でなければ『想像力の怪物』が短期間で生まれる現在は決定されなかったよ」

気になる点はあったが、紗季は黙っていた。岩永の中で、何かが連結したらしかったから。

「提示できる解決はひとつだけって制約はない。お前がさっき言った。困難は分割せよ。段階を踏んで現実を、何十万の妄想を、お前が望む解決に近づけさせればいい。そこに至るまで、そこに届くまで、繰り返し僕が起こりうる未来を決定し続ける」

「それをやるとすると、先輩が何度も死ぬことになりますよ。あ、昨日そのつもりって言ってましたね」

「言ってたろ」

どれくらい、岩永はじっとしていただろう。ベッドの縁に、本当に弥勒菩薩と同じ格好で座り、思考に没入していた。昨晩から紗季がホテルを訪れるまで、訪れてからもずっと、その小さな頭で、情報という情報を解析し、どう使えるか、どんな印象を与えられるか、どの真実を嘘にできるか、どの嘘を真実らしくできるか、不確かとされるものが何で、確かとされているのが何かをひたすら試していたに違いない。

現実に存在する歪《いびつ》なブロックを組み合わせ、制作者が意図しない、現実にはなかったはずの過去をどうすれば作れるのか。真実を求める探偵よりいっそう過酷で、バカバカしくて、文字通り空虚な虚構構築作業をしていたのだ。

それらが九郎の一言で方向性が決まり、一気に完成しようとしている。

ゆっくり、岩永の手が動いてベッドサイドに置かれた黒い箱に伸びた。どうやらチョコレートを詰め合わせた箱のようだ。その中から無造作にひとつ指に取り、頭と左眼をまったく動かさずに口に入れる。

「うん、甘い」

紗季の傍らで九郎の立ち上がる気配がした。

「いけるか？」

「いけます。四つの解決を組み上げました。それで真実を、私好みに丸め込みます」

岩永は口の中でチョコレートを噛みしめる風にうなずいた。

四つ。紗季が数えたあれだけの問題をクリアできる解決が、四つもありうるのか。

そもそもそんなに解決が必要なのか。同時にそんなに解決を提示すれば、かえって合理的な解釈が怪しさを増しそうにも思う。何と言っても、それらは嘘なのだ。

岩永が不意に紗季へ向いた。にこりともせず、獲物を定めた猛禽《もうきん》が、ばさりと翼で空を裂くように。

「鋼人七瀬、必ず今夜、倒します」

やはり人は外見では判断できない。その一言に気圧《けお》されて椅子に座ったまま後ろにじりっと下がりたくなった紗季だが、九郎は反対に岩永のそばに寄り、ねぎらうように頭を撫でてやっている。

無性に腹が立つ気もしたが、腹を立ててしまうことに腹が立ちそうな気もして、紗季は鼻を小さく鳴らして背中を椅子に預け、学生の時よりずっと短くした髪に触れた。彼とは二年以上も別れていたのだと、あらためて感じる。

時計の示す時間は午後七時三十分。

怪物を止めるタイムリミットは、すぐそこに迫っている。

「長いの？」

「何がです？」

「あの娘と付き合うようになって」

紗季は九郎とエレベーター前で、この七階にカゴが上がってくるのを待っていた。岩永は『しばらく眠ります、九時前に起こしてください。それまでに鋼人七瀬出現の報せがあればその時点で』と言い置いて、すぐ深い睡眠に入ってしまった。九郎によると朝からずっと集中し、頭を回していたというから、電池を引き抜かれたおもちゃみたいに活動を停止するのも仕方ない。

すでに市内の妖怪や化け物に、鋼人七瀬が出現すればすぐ岩永か九郎に報せるよう、そして襲われている者がいれば逃げる助けをするよう命じてあるという。報せがあればすぐにその場に九郎が駆けつけ、鋼人七瀬が他に行くのを止める。不死身の九郎ならば、ひと晩中でも鋼人と戦い続け、犠牲者を出さなくできる。

鋼人七瀬の方が不死身の相手に嫌気が差して霞と逃げるかもしれないが、ならば市内のあやかし情報網を使って再び見つけ、また食い止める。岩永によると、鋼人七瀬には現在狙った相手をどこまでも追いかけて殺す、という設定が加えられているので先に逃げることはないというが、これ以上死者を出さないための最善策はこれしかない。

紗季はその九郎を現場まで運ぶ車の運転手を命じられた。最初からそのつもりで今日呼び出してもいたらしい。交通課勤務なら市内の地理や道路に詳しく、最短ルートで現場に向かえると考えたのだろう。

レンタカーも手配済みで、ホテルの駐車場に待機させているという。犠牲者を出したくないのは紗季も同じなので、断る理由はなかった。夜や化け物が怖いと言ってられない。これを乗り越えられなければ、一生どころか来世も妖異なるものに怯え続けるはめになりそうだ。

エレベーターのカゴが上がってくるのを教える階数表示の移動を見ながら、紗季の質問に九郎は首をひねる。どう答えたものか、苦慮しているらしい。

「会ってから二年半くらい経つけど」

「私と別れてすぐ?」

「五月に岩永の方から声をかけられて。でもすぐ付き合うようになったわけじゃありませんよ。僕の方にそんな気はまったくなかったんです」

「すぐでも私が文句を言う筋合いはないけど、そこは信じられる。九郎君の好みと真逆もいいところの娘だから」

「ええ、まったくその通りで」

面目なさそうに九郎は右手で顔を押さえた。当人からして時々、なぜこれと付き合っているのか、と激しい疑念に囚われている様子だ。

経緯は計り知れないが、この二日の二人を見るだけで、関係がうまくいっているのがわかる。岩永が眠りに落ちた後、九郎はパソコンの電源を落とし、室内を整理し、岩永が起きた後に食べる物を用意しておきましょう、僕らも何か食べておいた方がいいですし、と部屋を出た。岩永の眠りを妨げない静かな動きと声音。ドアを閉める時のラッチボルトの音にさえ気を配っていた。

嫌味や不満を言いながらもうまくやっている。うまいやり方を見つけられず、新たにうまくやろうとした相手が殺された紗季にすれば、少し意地の悪いことを言ってみたくもなった。

「いいんじゃない。ずっと六花さんの姿を追うのもよくないんだから」

これに九郎は髪を逆立てそうなほどの驚きを表した。

「どうして六花さんの名前が出てくるんです？」

「だって九郎君の女性の好み、そのまま六花さんじゃない」

カゴが到着し、小さくベルの音がした。扉が横にスライドし、無人の空間が開く。紗季が前に出たのに慌てて九郎もエレベーター内に入り、一階のボタンを押す。

桜川六花。大学病院に長期入院していた、九郎の従姉だ。なぜ彼女が大学病院に長期入院していたのかいまだに知らない。

紗季が六花に会ったのは五回ほどだ。それとなく訊いた限りでは検査入院ということだが、三年以上も何を検査しているのか、どうにも腑《ふ》に落ちない。九郎の受け答えからして詳しく質すのがはばかられ、そのままになってしまった。

九郎が大学に進学し、入院先が近いということでその三歳上の従姉を足繁く見舞うようになり、気になって紗季は紹介してくれないかと水を向けてみた。九郎はまったく気兼ねなく応じてくれたが、最初彼女と会った時はぞっとしたものだ。

ベッドに上半身を起こし、六花は恬淡《てんたん》と会釈《えしゃく》した。青白い肌と細い腕、薄い体をしており、長期入院者らしいといえばらしい病んだ雰囲気をしていた。それでも身体的な問題より、精神的な問題でここにいるという感覚をまず受けた。

しかし病棟は一般と違っていたが隔離《かくり》という様子はなく、むしろ特別好待遇といった個室で、窓に鉄格子がはまってもいない。やはり何の理由で入院しているか、察せられなかった。

そして六花は綺麗だった。雪女、葛《くず》の葉、清姫、そんな妖しい名前が浮かぶ、異端の美があった。

ただ紗季はぞっとした。平穏に生きるには関わらない方が良さそうな女性、本人に悪気はなくとも周囲を密やかに密やかに、いつしか堕《お》としてしまう女性ではないか、そんな絶対に人には言えない印象を持ってしまった。

後になって、彼女が自殺未遂を繰り返していると院内の噂で聞いたが、それも納得してしまうものがあった。確かに彼女はいつ死んでもおかしくない、すでに半分冥界に足を突っ込んでいて、関わる者をそちらに引き込んでしまうようでもあったのだ。

初対面の六花は肩にかかるか、かからないかくらいに短く切りそろえた黒髪を小さく揺らし、紗季の頭の天辺から足のつま先まですっと一筆走らせるように眺め、

『いい人ね、九郎』

と微笑んだ。ひとつの言葉もかわさないうちに『いい人』と決めるのはどうだろう。きっとそこには、私よりは劣るけれど、という含みがあったと紗季は信じている。紗季を見下したわけではなかろうが、九郎が自分の支配内に収まる相手と付き合っているのに満足した、という優しい、穏やかな目をしたのだ。

そして一番紗季が六花に会って後悔したのは、六花が紗季に似ているのを知ったことだ。細身で、背が高そうで、気も強そうで、年上で。六花ほど綺麗ではないが、紗季の容姿は明らかに六花の系統だ。

紗季は紗季なりに可愛げがなく女性的な丸さもない自分に九郎は不満がないのか、と思い悩んだりしたが、六花と会って氷解した。

三つ離れた従姉なら、幼い頃から見知っていよう。おそらく九郎が初めて異性を意識し、好きになったのは六花だ。ずっとその姿に縛られているのだ。

「自覚がないわけじゃないでしょう?」

エレベーターの扉が閉じた後、紗季は九郎をうかがう。

「確かにそうかもしれませんけど、だからといって紗季さんと付き合っていたのは」

「言い訳はいいから。気づいた時は嫌だったけど、誰にでもそういう刷り込みはあるものでしょ。第一、九郎君が六花さんと私を比べていた風でもなかったし、六花さんを恋愛対象と見ている感じもしなかったし」

六花に接する九郎は恭《うやうや》しくて、壊れ物を扱っているとか、師匠に接しているとかいった風だった。二人は紗季が決して共有できないものを共有しているが、それゆえに交わりそうにない距離を保っていたと思う。

結局紗季は九郎が病院に行くのに必ず同行はしたが、病室までは滅多に行かなかった。見舞いが終わるまで、院内を歩いたり、待合室でひとり座っていた。自分の恋人、婚約者が他の女と聖域みたいな空間を作るのを見たくなかったし、六花と何か話して越えられない、共有できないものを知らしめられるのも嫌だ。

なら九郎に見舞いに行く回数をせめて減らすよう言えば良かったのだが、そこまで介入して九郎に拒絶されたら途方もない劣等感を覚えそうで、黙認に逃げていた。

どうせあの人は長くない。自分達が結婚する頃には亡くなっているに決まっている。そう言い聞かせてもいた。結局は彼女が亡くなるより先に、九郎とは別れてしまったが。

「九郎君はあの人に縛られてた。それを岩永さんと付き合うことで抜け出せるのなら、複雑な気分だけどいいと思う」

階数表示の数字が小さくなっていく。七階から一階などすぐだ。中間の階でも停止しない。

女の直感だった。たとえ六花が死んでいなくなっても、その精神が縛られている限り、九郎は幸せになれないのではないか。

九郎はカゴの中の酸素が急に薄くなったみたいにシャツの首元を広く開けて天井を仰いだ。狭いカゴに蓋をし、ワイヤーを隠す天井は何の愛想もない。

「紗季さん、僕は確かに六花さんが好きですし、縛られているかもしれませんが、あの人がいないことを、時々願ったりするんです」

「いないことを、って六花さん、もう亡くなったんでしょう？」

まるで今も生きて影響を及ぼしている風な言い種だ。眉をひそめて紗季が尋ねた直後にベルが鳴り、一階への到着が告げられた。九郎は臓器のひとつでも鉛になった面持ちで口を開く。

「六花さんは亡くなってませんよ。亡くなるわけがありません」

そして小さく続けた。

「紗季さん、六花さんは僕の従姉なんですよ」

今度は扉が開くと先に九郎が足を踏み出す。一階で待っていた他の宿泊客が乗り込んでくるのをかわし、紗季は九郎の背を追った。

六花は亡くなっていない。そういえば亡くなったと直接確かめたことも、質したこともなかった。彼女の印象がいつでも死にそうで、人づてに亡くなったという話だけでそう思い込んでいたのだ。

けれど、亡くなるわけがない、という表現も奇妙だ。九郎の従姉だから、というのも理由になっていないのでは。

紗季は慄然《りつぜん》として足を速めた。もしや。

別れてから二年半もの間、なぜ思い至らなかったのだ。六花は九郎などよりずっと、会った時から、違和感のかたまりだった。

六花も桜川の家に連なる人間だ。ならば彼女も、九郎と同様にくだんと人魚の肉を食べさせられたのではないか。食べて不死となり、生きながらえているひとりだったのでは。九郎と同じ能力を持っているのでは。

病院で彼女は何を調べていた。なぜ何年も入院していた。

九郎の背は重ねての質問を拒む意志を発しており、紗季も胃の痛みがぶり返しそうで、ただ彼の横に並んでホテルを出る。

月が昇っている。これならば、外灯のない夜の道路であっても鋼人七瀬の姿を十メートルル手前から見つけられるだろう。

それでも暗い。この世はあまりにも不確かだ。


失敗した。返す返すも失敗した。

岩永はレンタカーの後部座席の中央にひとり陣取り、左側に畳んだノートパソコン、右側にバナナ五本とペットボトルの紅茶一本を置き、手にはそのバナナをひとつ握って口に押し込みながら、激しく後悔していた。

時刻は午後十時三十分。頼んでおいた通り九時前に起こしてもらい、目覚ましにシャワーを浴び、鋼人七瀬出現の報せがあるまでホテル駐車場のレンタカー内で窓を開けて待機、ついでに栄養補給、という眠る前に描いていた段取りを踏んでいるのだが、迂闊だったと地団駄も踏みたくてたまらない。

九郎と紗季が二人きりになる時間を作るとは、迂闊にもほどがあった。疲れていたし、夜の決戦に備えて頭を休めておきたかったし、眠るのは適切だったけれど、かつて結婚を約束していた男女を、それも紗季が心身ともに弱って無理をしている顔色の時に、基本的に人の好い九郎と二人きりにするなど、女子として失敗もいいところだ。

ホテルの部屋に戻って来た二人は気まずげで、岩永の前でも言葉少なく、明らかに何かあった空気を発していた。目覚めた時は頭がはっきりせず、身支度を優先したが、こうして落ち着き、脳への糖分も満ちてくると、そのまま頭を抱えたくなってくる。

現在、紗季は岩永の前の運転席に黙って座り、時計に目を遣ったり、ハンドルに手を置いたり、バックミラーの位置を気にしたり、間を持て余している様子だ。九郎の方は車内にいると化け物達が怖がって岩永に鋼人七瀬出現を報せに来づらいと、駐車場の出口辺りでひとり待ってもらっている。駐車場から出た後、そこで車に乗り込んでもらう手はずだ。

しかし、眠っている間に何があったのか。一時間半もあればいろいろなことができる。それはもう、いろいろなことができる。

岩永はバナナの皮をレジ袋に詰め、さてどう問い質したものかと顔を上げかけたが、機先を制された。紗季も彼女に訊きたいことがあったらしく、バナナが一本片付くのを待っていたのだろう。

「あなた、六花さんに会ったことがある？」

「え、はい、ありますが」

いきなり六花の名を出されてつい戸惑うも、岩永はバナナを新たに一本手にしてむき始める。

「六花さんが入院していた病院は私のかかりつけでもありましたから、二年くらい前に紹介してもらいました」

「そう。じゃあ、あの人もくだんと人魚の肉を食べたって知ってるのね」

岩永はバナナを口に入れた。そのことは紗季に話していないと九郎から以前聞いている。この一時間のうちに教えたとも考えられるが、だとすればこんな遠回しな尋ね方はしないだろう。鎌をかけているに違いない。

とはいえ、紗季がこの状況で六花の名を口にしたのは十分な疑惑を抱いたからだ。今夜の山場を前に、隠し事や駆け引きをするのも疲れる。

「知ってますよ。六花さんも化け物や幽霊から恐れられていましたから。詳しくは先輩もご当人も教えてくれませんが、長期入院していたのはその体や能力を調べさせるためだったみたいです」

不死の体だけでも医学系で野心のある研究者には信じ難くも無視できない対象だ。六花がどういう経緯で大学病院に取り入ったか、都合の良いように体を調べさせる契約をどう取り付けたか皆目《かいもく》不明だけれど、五年以上にもわたる入院を成立させていたのは事実だ。

紗季がバックミラー越しに岩永を覗く。

「最近、六花さんはどうしているの？」

「ひと月前までうちの屋敷で一緒に住んでいました」

「は？」

「言ったでしょう、『入院していた』と。今年の初めぐらいに急に退院することになって、すぐに手近な入居場所もないし、だったらうちはいくらでも部屋が余ってますからどうぞと」

「どうぞ、って九郎君の所に一時的に身を寄せるとか他に選択肢も」

「従姉でも男女でしょう。九郎さんのアパートは手狭ですし、第一あの人と九郎先輩を一日といえひとつ屋根の下に住まわせるなど、彼女としてできますか」

「そ、それはそうだけど」

「六花さんは所作からして綺麗な人ですし、よく気がついて礼儀正しいですし、九郎先輩の従姉でもありますし、うちの父母も大歓迎でした。仲良くやっていましたよ」

これらの返答はまるで想像していなかったらしく、紗季は呆気に取られて口を開けている。

六花の退院は大学病院の理事長の交代と、伴《ともな》って起こった院内の派閥変化などで、あっさり決定したらしい。六花の扱いは病院でもブラックボックスか不可触領域にあって、厄介払いしたい者は多かったのだろう。岩永がかつて、九郎の従姉が『長くない』という話を聞かされたのは、そういう派閥や空気もあってのことらしい。

六花は六花で退院を打診されるといささかの未練もなく、その日のうちに九郎を呼び出し、荷物をまとめ、一時間とかけず病室を引き払った。そこに何年も居着いていたとは思えないほどの早業だった。

退院をそれとなく勧めつつ、抵抗があれば手段は選ばない、という態度だった病院側は、六花の即応に唖然としていた。岩永もその退院劇に立ち会っていたのだが、医師や看護師が、このまま行かせていいのか、実はあの女性は座敷童《ざしきわらし》や土地神といった病院に幸運をもたらしている存在なのでは、といった不安を露《あらわ》にしていたのを思い出す。

六花は一月の冷えた日中、退院の時のためにと用意していたのか鮮やかな空色のワンピースの上に純白のコートをまとい、季節にそぐわぬ涼しげな色彩で、荷物を持たせた九郎を従え、しずしずと病院を出た。

その後病院内で、あの長期入院していた女性は自宅でひっそり亡くなった、という噂が誰ともなく広まったものである。おそらく六花の退院を見送る不安そうな病院関係者の姿が、彼女は自宅で死を迎えるために終末医療の一環として退院していった、と思わせたのかもしれない。六花の外見は綺麗であっても、大病を抱えていそうな痩せ細り方をしていたから、いっそう周囲にはそう思えもしたろう。

六花は退院してそのまま九郎の所に身を寄せる腹づもりだったようだが、さすがに九郎もまずいと自覚したのか思いとどまるよう言葉を尽くし、岩永が屋敷の部屋を提供することで丸く収まった。

「あなた、六花さんに嫌われなかったの？」

「なぜ嫌われたという前提で問う」

「だって、ほら」

言葉を選びかねる紗季が気の毒なので、岩永は回答する。

「初めて会った時、六花さんは『九郎、この娘は良くないと思う』って言ってました」

「嫌われたのね」

「九郎先輩は『同感です』と答えていました」

「いたたまれないわね」

「はい、みんないたたまれませんでした。六花さんが慌てて『良くないけど、まずくないかもしれないから』とその場を収拾しようとしたくらいです」

「あの六花さんに気を遣わせたの？」

「遣わせてやったとも」

六花は六花で従弟が即座に同意するとは考えていなかったのだろう、冗談で済ませるつもりだったに違いない。一筋縄ではいかない人であったが、悪意のある人でもなかった。

ステッキを手にし、小さな身の丈で従弟をあしらう小娘の出現は、完全に六花の予想外、ましてその娘が化け物に知恵を与える一眼一足の巫女とはとても読み切れず、態度を保留するのが精一杯だったらしい。

「その後、六花さんとは和解しましたよ。九郎先輩抜きでも会って、誕生日にはお互い蝋《ろう》燭《そく》を立てたホールのケーキを囲んでパーティーを」

紗季が唸《うな》る。紗季と六花の関係がどうだったか、岩永は聞いていない。察するに、まともに話したこともなさそうだ。岩永と六花が手を打ち合わせバースデーソングを歌っているなど、脳がイメージできないか。

「じゃあ、今はどうしてるの？　あなたの所に六花さんがいたのは、ひと月前までなんでしょう？」

「はい。今は行方知れずです」

バックミラーの中で紗季の短い髪がざわりと動いた。

「ひと月前、長くお世話になったけれど正式に仕事と住む場所が決まったから、とうちの両親に丁寧に挨拶して、以後いなくなりました。携帯電話を持たれていましたが、つながりません。仕事先と新住所を伝えられていましたが、でたらめでした」

あまりにあっさり岩永が重要事を白状したせいか、紗季はまた頭の処理が追いつかない風だったが、じき座席から腰を浮かして岩永に振り返る。

「九郎君はそれを聞いてどうしたの？」

「最初の一週間は何もしませんでした。六花さんは大人で、何か考えがあるだろうからって。二週間後には心当たりに片っ端から連絡を取り出し、一週間前に私にメール一本打って探しに出てました」

紗季の中で、先日岩永に見せられたメールの意味がやっと合点のいくものになったようだ。二本目のバナナの残りを口に押し込み、紅茶のペットボトルの蓋をひねる。

「さて、紗季さん。何をお疑いです？　私が眠っている間、先輩と何を話しました？」

前にゆっくり向き直り、ハンドルに置いた指をせわしなく、ピアノの鍵盤でも叩くように紗季が動かす。指の動きが止まった後、紗季は乾いた声を発した。

「早くに気づいていたのね。鋼人七瀬の裏に、六花さんがいるの。九郎君が真倉坂市に来たのも、あなたに呼ばれたからじゃなく、六花さんを探していたら偶然あなたもここに来ていた、という具合だったのね」

いつまでもごまかしきれないとは考えていたし、これで九郎と紗季が何を話していたか明らかになったも同然なので、ここまで知られても痛くはない。

おそらくちょっとした拍子で六花の話題になり、紗季の疑いを呼んでしまったのだ。紗季は紗季でしゃべらないとなったら頑《かたく》なな九郎に重ねて尋ねられず、お互い気まずい態度になったと思われる。

結局、二人の間には何もなかった。これでひと安心。

「どうして私に隠してたの？」

岩永はほっとしていたが、紗季は詰問調になっていた。ひとり蚊帳《かや》の外で、黒幕について、彼女も知っている人物の関与を伏せられていて面白いわけがない。

けれど岩永は岩永でここは強く出る。

「確証がありませんでした。六花さんがうちの屋敷にいた時からまとめサイトを作り、妄想を集めて鋼人七瀬を実体化させつつあったとは考えにくいものでしたから。私もこの市にいる化け物達から依頼を受けるまで、鋼人七瀬についてまるで知りませんでした」

全て事実だ。六花が個人でパソコンを所持していたのは知っていたが、当然その中身を調べたことはない。サイトを作成していたなど推察できるわけがなかった。姿を消したのと関連づけられるわけもない。消えた六花と鋼人七瀬が結びついたのは、化け物達の依頼を受け、下調べで検索した〈鋼人七瀬まとめサイト〉のトップページを見た時だ。

そこにあった鋼人七瀬のイメージイラストは、六花の描いたものだった。岩永が知る六花のタッチで描かれていた。一年半ほど前から、六花はなぜか積極的に絵を描き出した。入院の暇つぶしで絵を描く者は少なくないが、六花はパソコンを使い、人物や動物、キャラクターのイラストを模写したり創作したりといった練習をしていた。

もともと絵心があったのか、岩永が知らなかっただけで以前からそういった訓練をしていたのか、漫画的ではあるけれど達者に描いていて、退院すればイラストレーターとして仕事をもらえそうですね、といった会話もした記憶がある。

思うに、六花はこの頃から『想像力の怪物』を生み出す計画を立てていたのだ。何十万の妄想を集約するには、共有される名前と姿が重要だ。物語を彩《いろど》るイラストは、何よりも雄弁だ。姿を共有させるには、絵以上に力を持つものはない。インパクトのあるものはない。そのものを絵に描き、見せられれば、想像力は同じ姿を頭に浮かべる。

六花は効率よく怪物を生む手立てを一歩一歩準備していた。そして実際の事件から使える素材を探し出した。

七瀬かりんの死亡事故は素材として手頃だったのだ。一部でとはいえ世間に知られたグラビアアイドル、黒いスキャンダル、ドラマ性のある死亡事故。ここに霊を足せば、怪談や都市伝説へ発展するのは想像に難くない。

「おそらく『鋼人七瀬』という名を付けたのも、付随する物語を作ったのも、六花さんでしょう。『七瀬かりんの亡霊が真倉坂市に出る』という噂話は元からあったかもしれませんが、増幅させたのは六花さんです」

〈鋼人七瀬まとめサイト〉を作り、話題を提供し続け、怪物を育て上げた。何十万の妄想から鉄骨を振るう顔なき美少女の怪物を生みだした。いったいどこまで意図していたのか、こうもうまくいくと考えていたのか。

九郎は六花の行方を捜す中、鋼人七瀬の噂を聞いて感じるものがあったそうだ。そこでネットで調べるとまとめサイトに当たり、六花が描いたとしか思えない鋼人七瀬のイラストを発見し、手掛かりを求めて真倉坂市にやって来たと昨晩聞いている。

「紗季さん、あなたはまともな世界だけを見て生きるのを選んだ人です。裏にあるものを知ってどうします。九郎先輩なりに、あなたをこれ以上巻き込まないよう、配慮して隠したのでしょう」

配慮というより後ろめたかっただけだろうが、そこまでは言わない。紗季もかつての選択を引き合いに配慮とまで示されては、怒りを持続させられまい。

運転席でぶつぶつと小さく口を動かしている気配があったが、やがて紗季はひとつハンドルを叩いた。

「そうか、九郎君と同じ、くだんの『未来決定能力』を持つ六花さんが裏で動いていたから、鋼人七瀬がここまで素早く成長できたのね」

「でしょうね。鋼人七瀬の話題がネット上で発展、継続される『未来』を、数多の想像力がひとつの怪物を頭に住まわせる『未来』を、六花さんは繰り返し死んではつかみ取って生き返っていたと思います。もちろん、発展継続の可能性が低ければその能力をもってしてもつかみ続けられなかったでしょうが、可能性を上げるためにまとめサイトを活用したのでしょう」

だとすると六花は岩永の家でも自殺を繰り返していたかもしれない。生き返るのを前提に死ぬのを自殺というのは表現として不適切そうだが、死んでは生き返り、を自ら繰り返す行為を何と呼んだものだろう。自殺未遂と言うにはいったん死ぬことは死んでいるし、臨死往還とか妙な日本語を創作するしかなさそうだ。

ともかく、居候していた屋敷でこっそりそんなことをしていたのだから、六花も大した度胸をしている。

岩永が紅茶を喉に流し込み、三本目のバナナを手にした時、紗季が腹立たしげにハンドルに額を当てた。

「でも、六花さんは何のために『想像力の怪物』を作り出したの？　無差別に人を殺す怪物を生んで、何が得られるっていうのよ」

ホテルの駐車場に人気はなかった。駐まっている車も十台に満たず、ここ十五分ばかり出入りもない。九月の初め、夏休みも一般には終わった地方都市のホテルとなれば週末でもこんなものだろう。

窓から入ってくる風はコンクリートの匂いがして、少し不吉だった。

「紗季さん、『未来決定能力』って言っても、実は大した力じゃあないんですよ。九郎先輩も言っています。つかめる未来しかつかめない、不運とすれ違いをなくすのがやっとの力です。自分の持つ才能と可能性と努力の範囲内でしか未来が決められない。何てことはない、普通の人と大して違いはないんです。誰もが自分の未来はその範囲でしか決められないのですから」

違うとすれば可能性が高ければ絶対に起こせるというだけ。

「たやすく奇跡を起こす力でも、世界を変える力でもありません。使う者に世界を変えられる力があれば変えられ、なければ変えられない。どうという力でもないでしょう?」

不死身であるのは便利そうだけれど、いつまでも死ねないというのも一面では恐怖だ。友人も知人も死に絶え、誰も彼も見送って、ひっそり生き続けて生き続けるという将来に倦まない性分を持ち合わせられない限り。

「でも怪物は生み出せたじゃない」

「だから六花さんは試しているのでしょう。未来を決められる力でどこまで行けるかを」

可能性を積み重ね、決定に決定を重ねる。二分の一の高確率で起こる現象を十回積み重ねれば、千二十四分の一の確率でしか起こらない希少現象に至れる。コインを投げ、一万回連続で表を出すこともできる。鋼人七瀬、普通なら生まれ得ない『想像力の怪物』はそのひとつのバリエーションだ。

「怪物を生んでどこに行けるものでもないでしょうに。ホラーの原則として、怪物の創造者はその怪物に殺される定めじゃない」

紗季は乱暴に断じ、思考を放棄したかのようにシートに勢いよくもたれる。妖怪、あやかしの類と縁を切りたがっている紗季にすれば、考えれば考えるほど日常も規則も物理現象までもひしゃげていく現状には、やってられない思いでいっぱいだろう。

けれどその指摘は案外正鵠《せいこく》を得ているかもしれない。バナナを口にくわえ、岩永は窓外に眼を遣る。

すると一匹の、白と茶の交じった猫がぽんと車の中に飛び込んで来て、岩永のいる後部座席、バナナが三本転がる傍らに着地した。猫はまつげとひげを長く伸ばし、ひどく世慣れてもののわかった顔つきをしていたが、動作は俊敏で若々しい。

猫は体と両耳を伏せ、畏れかしこまる姿勢になって人の言葉で告げた。

「おひいさま、鋼人めがあらわれよりました、きてくだされ、きてくだされ」

紗季が前でびくりと肩を震わせたが岩永は取り合わず、前の助手席に引っ掛けておいたベレー帽を取り上げてかぶる。

「年経た猫は人の言葉を解し、四つ足の着く場所なら風の如く駆けられますが、それだけの化け物です。怖がる必要はありません」

途中まで食べた三本目のバナナの残りを化け猫に与え、膝に抱き上げる。

「出発です、紗季さん。今は六花さんの目的は棚上げ、鋼人七瀬を倒すのに集中です。倒しさえすれば、ひとまず解決します。出口で九郎先輩を拾ってください」

そして膝上の猫の頭にぽんと手を置いた。

「お前は案内を」

「がてんいたしました」

化け猫が岩永の命に応じ、バナナを両手に挟みながらしゃあと口を開く。紗季はエンジンをかけながら、明らかに後ろで起こっている非日常を意識すまいと体を強張らせている。

六花の目的が何であろうと同じことだ。自然の確率を操作し、みだりに怪物を生み、世の秩序を乱すのは、化け物達の知恵の神として許すわけにはいかない。

これは他でもない、秩序のための戦いなのだ。

この世は不確かなどではない。妖怪、化け物、亡霊、魔がいようと、秩序はある。ひっくり返してはならない道理がある。

それを守るのが自分の役割と、岩永は矜持《きょうじ》を持って信じていた。

第六章　虚構争奪

こんなにも真倉坂署の管轄内には、市内には、不可思議なものがいたのか。

紗季は後ろから出される指示通り車を走らせ、ひたすら前方に注意を傾けようとしながら、今夜を無事終えてもこの市で暮らしていけるか不安に苛《さいな》まれていた。

化け猫が飛び込んで来た後も、走行中の車に浮遊霊や木魂が幾体となく、数えるのさえ嫌になるほどかわるがわる訪れては鋼人七瀬の移動と現況を報告し、接触地点へ一刻も早く導こうとする。そのもの達は礼儀正しく、害意を感じさせなかったが、制限速度近くで走る車に入り込み、言葉をささやいていくだけで紗季の神経には負担になった。

そして車は市の南端、丘の上にある公園へ登るための長い階段下に到着する。建て前上、午後九時以降は立ち入りが禁止されているその公園内にひと組だけカップルが残っており、そこに鋼人七瀬が現れたというのだ。カップルは殺されかかるも妖怪達が妨害に入り、首尾良く逃げたというが、深い心の傷になるか、今夜のことを記憶から無意識に消去するかになるだろう。

二人が警察に駆け込んでいると面倒になるが、鉄骨を持ったアイドルの亡霊に襲われた上に妖怪に助けられた、と訴えたりはしそうもないので、ひとまずは考慮しないでおく。鋼人七瀬はカップルが逃げた後、その場にいた妖怪や幽霊にまとわりつかれ、それらを標的に変えて鉄骨を振るっていたので、公園から消えず釘付けになっているという。

「では九郎先輩、お願いします」

後部座席でパソコンを立ち上げながら、岩永が声を掛ける。最初に報告をもたらした化け猫は、階段下への到着と同時に車を飛び出て、すでに姿を隠していた。

紗季も何か言おうとしたが、その前に助手席から九郎が腰を上げてドアを開け、夜に踏み出す。

「岩永、頼む」

九郎は振り返りもせず言いながらシャツのボタンの上二つを外し、ドアをバタンと閉じた。

紗季達の乗る車の前方、九郎が向かう高く長い階段の上に、鋼人七瀬は立っていた。外灯はひとつだけ、階段中腹で目に痛いほどまたたいている。月光は薄い。二つの光源の濃淡の向こうに、怪物は人の形なれど異端なる姿を立たせていた。

右手に軽々と提げる身の丈を越える長さのH形鋼。赤と黒を織り込んだミニスカートのドレス。頭に結ばれた大きなリボン。その下には真っ黒に潰れ、塗り込められたような顔。一歩を踏み出すだけで揺れる二つの胸の膨らみ。

『鋼人』の二つ名を与えられたグラビアアイドル七瀬かりん、本名七瀬春子の亡霊。何十万の妄想に存在を願われた、『想像力の怪物』。

妖怪達は車が到着したのを察して鋼人七瀬をこちらへ誘導したためか、階段の近辺や中ほどにしばし群がっていたものの、九郎が外に出るや、わっという風に散っていなくなってしまった。

「ここなら誰にも邪魔されず、ひと晩中でも鋼人七瀬と戦えそうね」

フロントガラス越しに紗季は九郎の背中が階段を上がっていくのを見つめていた。よく知っているのに知らない人のようだ。

高校の時から、彼は何か他と異なる感じはしていた。気が弱そうで、頼めば何でも聞いてくれて、自分がどんなに勝手に突っ走っても振り返ればすぐ後ろで守っていてくれそうで、紗季にすれば理想の彼氏だった。事実彼はその通りの人だったのだ。

ただひとつ違ったのは、彼がまともな人間ではなかったことくらい。

「いくら生き返るからといって、ひと晩中彼氏が殺されるのを看過《かんか》しはしませんよ」

そう答えた岩永の声は、鋼人七瀬の持つ鉄骨より硬く、強靭な響きを持っていた。

「〈鋼人七瀬まとめサイト〉につながりました。しばらく落ち着いていた書き込みが、夜が深くなり出してまた活発化しています。寺田刑事の事件もあって、皆、情報を求め、発言をしたがっているのでしょう」

パソコンを持ち込んでいない紗季は携帯電話からネットにアクセスしてそのサイトにつなげる。

岩永が虚構の解決を投下するなら何も鋼人七瀬が現れるのを待たずとも、すぐにやればいいのでは、と紗季は先ほど思って尋ねたのだが、首を横に振られた。

サイトが活発化するのは毎日決まって夜中、鋼人七瀬が現れる頃。亡霊が現れるのは夜であり、サイトから広がる想像力が鋼人七瀬を支えてもいるため、そうなるのだ。サイトが静まっている時に解決を打ち込んでも、それを見る人間が少なく、反応する者がなければ盛り上がらない。

解決を素早く広め、熱いうちに数多の想像力を書き換えるため、鋼人七瀬出現と同時に戦端を開くのが最善ということだった。

携帯電話でサイトにたどり着いた紗季はある危惧をここで尋ねる。

「サイトを作り、管理しているのが六花さんなら、鋼人七瀬なんて亡霊はいないというあなたの書き込みを削除したり、制限したりできるんじゃない？　そうされたらどうするの？」

「六花さんはしませんよ。削除や制限は、変に聞こえるかもしれませんが、サイトの信頼性を損ねます。亡霊の存在を疑う書き込みを削除、制限すれば、サイト管理側にとってそれが都合の悪い書き込み、という印象を与えます。管理されたサイトは情報を統制し、操作しているように見えてしまうものです。結果的に『本当はいないから削除や制限をしている』と取られかねません」

バックミラーに映る岩永はまだキーボードに手を置かず、しかしディスプレイから一眼を上げず、神経を研ぎ澄ましていく調子で答えた。

「そういう流れが生まれるのは鋼人七瀬を実体化させたい側にとってはマイナスにしかなりません。その流れを九郎先輩がつかみ、決定させることもできるんですから。だからどんな書き込みも野放しにするしかない。逆に『いない』という意見が放置された上で潰されれば、いっそう流れは鋼人七瀬実体化に強く向かいます」

なるほど、ならその点は問題ない。しかし紗季はいまひとつの危惧を口にした。

「あなたは解決を四つも組み上げたっていうけど、数を撃てばいいってものなの？」

「数を撃ってこそ、嘘が真実を砕き、新たな真実と変わることもあるんです」

岩永は細く小さい指の関節に支障がないのを確かめるように手を開け閉めしながら言う。

「これから〈鋼人七瀬まとめサイト〉で行われるのは、議会、理事会、評議会といったもので提案された議案の賛否を決めるのと似ているかもしれません。ここで議題とされているのは『鋼人七瀬』という亡霊が本当にいるかいないか。六花さんは亡霊が現実にいるという議案を可決させようとし、私は反対にいないと主張してそれを否決に持ち込もうとしている。言うまでもなく、最終的に多数派となった方が勝ちです。六花さんはすでに多数派工作を終え、いると説明するデータと論拠もたっぷりと並べています。それをいかに覆《くつがえ》し、議案を可決させないか。そこが私の腕の見せ所です」

紗季は岩永が何を言いたいのかはつかめなかったが、同意できる範囲での相槌は打って説明を促す。

「議会において多数派工作が終わっているなら、その状勢を逆転するのはほぼ不可能なんじゃない？」

「はい、まともな議会や理事会なら、どちらが多数派か見えている状況で採決を逆転に持ち込むのは困難でしょう。議決権を持つ人たちは横のつながりがあり、土壇場《どたんば》で逆の意見を表明するのはリスクが多すぎます。大抵の議会において、提出された議案が可決されるかどうかは、ほぼ前もってわかります。でもこの議会で議決権を持つのはこのサイトを見る者全て。何万という、相互にほとんど関係のない人達がどう思うかが全てです」

選挙や推薦によって選ばれたわけでもない、特別な知識や学歴があるわけでもない、お互い顔も名前も知らない、たまたま『鋼人七瀬』を知った人たちがどう感じるか、どう考えるかが『想像力の怪物』の行方を決めるのだ。

「無責任で自覚もない決定権者達か。それはそれで怖いわね」

自覚も責任感もなければ、深く考えずに支持不支持を決めてしまいかねない。よほど強固な信念を持つ者でない限り、すでに決まっている多数派に賛意を示すのではないか。そして強固な信念を持つ者は通常、少数派だ。すでに大勢が決まっている議会で主導権を握り返すのはやはり並大抵ではない。

岩永もそれはわかっているようだ。

「ええ、無責任な権利者は怖いものです。しかし言い換えれば、この議会は無責任ゆえにいかなるしがらみ、法にも正義にも、真実にさえもとらわれません。たとえ結論が不正義であり、嘘であっても、何万というサイト閲覧者の過半数が支持すれば勝ちです。もっともらしく、筋が通り、そして面白い物語を提示している方を皆は無責任に支持し、議決するでしょう」

岩永の口調は言いながら熱を帯びてくる。集中力が高まりだしているのだ。

「ならこの議会、何でもありです。本物のデータを隠してごまかし、黒を白と言いくるめ、いくつもの矛盾する答えを繰り広げ、それでもそこに一見《いっけん》の合理と十分な愉悦を通すなら、虚構を真実に変えられる。そうしても構わない場所です」

この娘の表現は極端ではあるが、現実の議会や会合と通じるものもある。どんな集団であっても何かを決定するのに論理ではなく、印象や偏見が採決を左右することはそう珍しくない。真実かどうか、将来的にどちらがメリットが大きいかよりも、どちらを支持した方が見映えがいいか、目先の利害と一致するか、それこそが優先されたりもする。また答弁において自分達に不利なデータを隠し、積極的に偏った意見を述べるケースだってごく普通にある。

そこで優先されるのは真実ではない。双方が求める結果が得られるかどうかだ。

それゆえに議会対策、議会戦略に議会戦術などという言葉もある。どうすれば有利に答弁を進められるか、採決結果が妥当に見えるようにできるか、作戦が問われるのだ。議会が純粋に真実に基づき、最善の結論を求めて議論される場であるならば、対策や戦略、戦術は不要だろう。

そうだ。これは特別な戦いではない。虚実織り交ぜより多くの支持を勝ち取る、民主主義の舞台だ。四つの解決がどんな意味を持つのか紗季にはまだ見えないが、戦略や戦術として必要と言われれば、理解できないではない。

フロントガラスの向こうでは、階段頂上の鋼人七瀬が九郎を新たな標的と決めたようだ。鉄骨を握り替えるや一度体の前で十字を描くように振るい、細い足で階段を軽快に下り出す。九郎の方も一段飛ばしで駆け上がる。

岩永は親指ですっと唇を撫でた。

「勝つために、惜しむものはありません。全力をもって、嘘をつきましょう」

階段の中ほど、外灯きらめく踊り場で、二つの人に似て人ならざるものの影が交錯した。

そして一眼一足の娘はおもむろにキーボードに手を置く。

「鋼人七瀬攻略議会、開会です」

階段の上で、九郎の腕が鉄骨によって曲げ折られた。


『鋼人七瀬は本当にいるのか？　それはある目的を持ってでっち上げられた、噂話の中にしかいない作り物、都市伝説に過ぎないのではないか？』

岩永はキーを打ってサイト内へそう降下した。書き込んですぐに反応があるものではなく、似た主張はこれまでにも何度もなされているから反応が皆無でもおかしくない。

「紗季さん、九郎先輩の方に特別変化があれば教えてください」

ディスプレイに集中するため岩永はそう申し入れる。

「わかった。今のところ、殺されもせずに鋼人七瀬を止めてる。傷は負わされてるけど、すぐ治ってるみたい」

携帯電話でサイトを覗いているだろう紗季が息苦しさをこらえるような低い声で返してきた。

変化と言っても生き返るのが間に合わないほど鋼人七瀬に殺され続けるくらいしかない

だろうが、相手がどの程度凶暴化しているか不明だ。こうしている間にも怪力だけでなく、百メートルを三秒で移動できる能力を獲得しないともかぎらない。

『昨日まで鋼人七瀬についての話題はそれに襲われた、目撃した、襲われたという話を人から聞いた、といったものだった。毎日のように新しい目撃談や噂話が上がっていたが、それはごく普通の都市伝説と変わりないものだ。しかし今日になって大きな変化があった。寺田という刑事が、鋼人七瀬と思われるものに殺されるという事件があったのだ』

長文なのでいくらか改行し、読みやすい並びにして書き込む。反応はない。

『現場は真倉坂市、事件は真夜中、被害者の刑事は顔面を潰されながら、抵抗した跡すらなかったという。死因はその顔面に受けた傷と発表されている。寺田という刑事は大柄で柔道の有段者にもかかわらず、いともたやすく殺されているのだ。そう、亡霊である鋼人七瀬が鉄骨で叩き殺しでもしていない限り、こんな殺害状況にはなりそうにない』

同意の書き込みが起こった。だからあの事件は鋼人七瀬がやったんだろう？

『いや、それこそが犯人の目的だったのだ。それこそが犯人が鋼人七瀬を必要とした理由。犯人はこの寺田刑事を殺害するため、鋼人七瀬という都市伝説、いもしない偽物の亡霊をわざわざでっち上げたのだ』

さあ、これにどれくらい引っ掛かるか。

『寺田刑事は優秀な刑事だった。真倉坂市の平和を守るため、常に市内の変化に目を光らせていた。犯罪の予兆を素早く見つけ、ことが大きくならないうちに動くという、とても優れた刑事だった』

これは紗季からの情報で、そのまま報道には流れていないが、寺田が優れた刑事だった、という警察の談話は夕方以降、いくつものニュースで流されている。警察関係者が死んだ場合、よほど評判の悪い者でもない限り身内から批判的なコメントなど出はしないので、ネット上でどこまで信じられているかは不明だが、論を立て、想像で補完させる材料として不足はない。

『犯人はそれを利用しようとした。そのためネットのごく一部で語られていた真倉坂市の都市伝説怪人、鋼人七瀬を利用して実際の事件を、傷害未遂事件を連続的に起こしたのだ。犯人は鋼人七瀬の特徴とされる姿をし、夜な夜な人を襲った。もちろん本当に傷つける気はなく、相手を怖がらせるだけで良かった』

車内に岩永のキーボードを打つ音だけがする。

『鉄骨はそれらしく見える木か発泡スチロールで自作し、目立つ胸は詰め物などで底上げをする。顔は黒塗りでもすれば、夜の中では潰れているように見えるだろう。頭に大きなリボンが載せられているといった他に目立つ部分があるので、目撃者は顔に注意を向ける余裕もなく、黒いだけでそこが潰れていると思い込むのだ』

「そんなにうまくいく?」

紗季が口に出したのに、岩永は手を止めず答えた。

「いかないかもしれません。どうせこれは嘘です。いきそうであればいいんです」

『犯人はそうして、鋼人七瀬に襲われた、という話がネットや地域の噂だけでなく、警察に、交番に持ち込まれるのを待った。警察はなかなか本気には取らないだろうし、襲われた被害者も交番に駆け込みはしても、被害届までは出しづらいだろう。けれど市内でそんな不審な事件が連続すれば、優秀な刑事が何かあると動き出すのではないか？』

事実、寺田は動いて紗季や他の知り合いに声までかけている。岩永のこの仮説は嘘だが、全てが嘘というわけではない。

『寺田刑事は動いた。といっても亡霊を信じたわけではない。鋼人七瀬という都市伝説の怪人のふりをして、誰かが何かを企んでいるのではないか、かけている手間からして、単なる悪戯《いたずら》では済まない犯罪的な計画があるのでは、と疑って独自で捜査を始めたのだ』

これも事実。岩永の嘘と整合し、また鋼人七瀬を信じる者からしても受け入れやすい事実だ。

寺田が殺されたのは鋼人七瀬を捜査している途上で返り討ちにあったからではないか、というのはすでに無関係の第三者によって推測されていた。そうであった方が筋が通る、というだけの発想だろうが、事実もその通りだったのである。

『これは犯人の狙い通りである。寺田刑事が鋼人七瀬を独自に追い始めれば、この刑事に単独行動を取らせることができる。まだ警察署で問題にされていない、それもアイドルの亡霊などというものを調べるのに誰かを一緒に連れ歩けないし、大っぴらにも調べづらい。この刑事が密かにひとりになる時間を、犯人の思い通りに作れるようになったのだ』

サイトの他の書き込みで岩永の推理に反応するものが増え出す。

長い、読んでいられない、頭ごなしに拒絶するものもあれば、もう少し聞いてみよう、と促すものもあった。

『そして犯人は、自分が鋼人七瀬に襲われた、その際相手の持っていた凶器、リボン、そういった遺留品を手に入れた、と言って襲われたという現場に寺田刑事を呼び出す。現場に足跡も残っているので来て欲しい、まだはっきりしたことがわからないので誰にも報せず、寺田さんひとりで来て欲しいと言えば、寺田刑事はその通りひとりですぐに駆けつけただろう。その場所こそ殺人現場となったあのガソリンスタンド跡地だ』

「そう誘われれば寺田さんはひとりでスタンド跡まで来たかもしれないけど」

それらが嘘と知っている紗季は複雑な調子で呟きを漏らした。

『犯人は寺田刑事が来る前に、あらかじめそのガソリンスタンド跡地に仕掛けを施しておく。ガソリンスタンドの特徴といえば、あの高く平たい屋根だ。現場となったスタンド跡地はまだ屋根が残っていた。犯人はその屋根から下に、大きな振り子を吊した。天井にフックをつけ、そこにロープを掛け、先端におもりを結ぶ。おもりは十分に重く、それが当たればひと振りで人の頭を砕けるほどのものでなければいけない。おもりが吊られる高さは、前もって調べた寺田刑事の頭の位置辺りにする』

書き込みを見ている者の中にはこれだけで仕掛けの意味を察した者も多いようだ。岩永は構わず続ける。

『そこまで用意できれば犯人はロープを伸ばしたまま、おもりのついたその振り子の先端をもうひとつ作っておいた天井のフックにセットする。ただしこちらのフックはリモコンなどの遠隔操作でいつでも外れるようにしておく。そのフックが外れれば、猛スピードでおもりが振れるように』

紗季が開いた口が塞《ふさ》がらないように言った。

「人ひとり殺すのに、なんて大げさな仕掛けをっ」

同じ意見はさっそく上がっているが、面白がる反応も起こっていた。

『寺田刑事を呼び出した犯人は、あらかじめ決めておいた場所に寺田刑事を立たせる。難しいことではない。犯人の手には寺田刑事の興味を引く遺留品がある。それを手にスタンド跡で待っていれば、車で現場に来た寺田刑事は犯人の近くに車を駐める。犯人の仕掛けの邪魔にならない場所に車を駐めさせることもできるのだ』

被害者の操り。鋼人七瀬という物語をそのための道具に使った。岩永の推理の要点はそこにあった。

『それから車を降りた寺田刑事に遺留品を見せながら、足跡が残っているという場所に誘導する。そして寺田刑事が犯人の狙いの位置に来れば、暗いので踏み荒らさないよう先に行ってライトで照らしますから、ちょっとそこで待っていてください、と言えばいい。それだけで寺田刑事はさしたる疑問もなくそこに立ち止まったままになっただろう。犯人はその瞬間、おもりを掛けていたフックを遠隔操作で外す』

振り子と陥穽《かんせい》だ。

短く、そんな書き込みがサイトに上がった。

『ロープで吊られたおもりは振り子ゆえに弧となって暗いスタンド跡地の中空を走り、その軌道上に立っていた寺田刑事の頭をひと振りで砕く。スタンドの屋根の高さは約五メートル、刑事の身長を百八十センチとしても、振り子のロープの長さは三メートルに達する。おもりが五キロくらいのブロックでも、人の頭を砕ける勢いは十分に得られる』

試してはいないが、人を殺せそうな振り子仕掛けにはなりそうだ。

『営業しているガソリンスタンドは深夜でも明るいが、そこは跡地だ。周囲には民家もなく、車もほとんど通らず、天井部分など真っ暗で、振り子の仕掛けがあるのをすぐさま見つけることはできない。車のヘッドライトや懐中電灯で辺りを照らしていたとしても足元に注意するばかりで、頭の上に意識は向かない。寺田刑事は自分を殺す振り子仕掛けに死の瞬間まで気づけないだろう。いや、死んだ瞬間もなぜ頭が砕かれたか理解できなかったかもしれない』

「そうかっ、これであの謎を説明できるのかっ」

紗季が前で再び漏らす。岩永の着眼に驚いて、というのではなく、そんな虚構を仕立て上げてみせるのにあきれて、というようだったが。

『これが大柄で屈強で優秀な刑事が、抵抗の跡もなくたやすく殺された理由である。いきなり振り子に襲われるなど、いくら優秀な刑事であっても予測できるわけがなく、無防備に頭を砕かれてしまうだろう。寺田刑事が犯人に対して何かしらの警戒感があっても、こういう襲われ方までは想像できるものではない』

こうして警察関係者も首をひねる殺害状況が発生したと説明できる。

『寺田刑事を殺害後、犯人は仕掛けを回収し、自分がいた痕跡を消し、現場を立ち去る。念のため寺田刑事の頭部を完全に叩き潰しておいたかもしれない。あとは鋼人七瀬のふりをするのに使った衣装や道具、振り子の仕掛けを処分すればいいだけだ』

さっそく反応が来る。岩永の推理を真実と受け取るにしても疑問が残る部分への質問、同様に疑問があるゆえに真実ではないという主張。どんな議会であっても、すでにある考え、多数派と異なる主張には、強い反発があるものだ。

〈現場は国道の真横だ。いつ車が通りかかるかわからないのに、そんな大仕掛けの殺人を実行するのはリスクが高過ぎないか?〉

『犯人はあらかじめ交通量を調べ、その時間帯に車が滅多に通らないと把握していた。振り子の実験をし、寺田刑事を立たせる場所を決め、仕掛けを施すためにも、何ヵ月も前から調べていたはずだ。また万が一車が通ったとしても殺人の瞬間さえ見られなければ問題はない。犯人は国道側から自分がいるのがわからない位置に立っておき、車が通りかかっても寺田刑事ひとりしか目撃されないよう気を遣えば、リスクは限りなく低い』

〈刑事は真正面から撲殺された。いくら暗くて振り子が見えにくいからといって、正面からおもりをぶつけるような仕掛けを犯人がするものか？〉

〈被害者の刑事も正面から飛んできたら気づいてかわすなり、手で防御するなりするはずだ〉

〈仕掛けるなら後ろからおもりが飛んでくる位置に刑事を立たせるのではないか〉

野次のごとく、反対意見は次々来る。だがそれらは岩永の予想範囲内。

『犯人の振り子仕掛けはその通り、後ろから、もしくは斜め後ろといった被害者に気づかれにくい方向からおもりが飛んでくるようにしてあった。けれど寺田刑事は何かが後方から近づいてくるのに気づいたのだ。無防備であっても優秀な刑事だ、自分を殺すものの接近を直感したかもしれない。ひょっとするとおもりを支えるフックが外れる小さな音に気づいたかもしれない』

「いろいろ考えるわね」

紗季の言葉に岩永はうなずく。

事実と嘘をすり合わせるのに思考は惜しまなかった。

『だから寺田刑事はそちらに向いた。何が近づいてくるのかと、反射的に顔をそちらへ向けたのだ。おもりは高速で振れている。さらに暗い。何かを目に留めてもかわしたり防御したりするには手遅れだ。だから寺田刑事は正面からまともに凶器を食らう状態で死んだのだ』

このとっさの反射行動は、比較的誰もが想像しやすいはずだ。後ろから、危ないっ、と声を掛けられ、すぐ身を屈めたり、横にかわしたりはよほど慣れていないと難しいだろう。通常、まずは声のした方へ振り向くのではないか。

〈それに同意するとして、正面からの撲殺は偶然か？　犯人の意図した結果か？〉

反対意見というより、議会出席者からの素朴な質問に類する書き込みが上がる。

『どちらとは言い切れない。意図的に正面から凶器を受けさせるため、犯人は遠隔操作でおもりを落とした後、寺田刑事の顔を任意の側へ向けさせることもできた。指をさして寺田刑事の注意をそちらに向ける、その方向に犯人が突然目を動かすといった行為をすれば、寺田刑事もつられてそちらへ顔を向けたろう』

〈でもその方法はリスクもあるのでは？〉

『そう、この場合、寺田刑事の頭が振り子の軌道上からずれるおそれもある。そのデメリットと被害者が正面から撲殺された状況になるメリットとのどちらを犯人が選んだかは、現在ある材料からは判断しかねる。言えるのは、この結果は犯人にとって望ましいものだったということだけである』

現在ある材料も何も、岩永の推理に証拠らしい証拠はない。ただ被害者の不可解な死亡状況に筋の通った、いくらか劇的なパーツのある説明をしただけだ。

そこで書き込みは次の段階の反問に切り替わった。

〈トリックは了解した。でも肝心なことを説明していない〉

〈そうだ。犯人はなぜそんな面倒なトリックを仕掛けたんだ？〉

〈前段階で鋼人七瀬の都市伝説になぞらえて人を襲う事件を起こすのも大した手間だ〉

〈鋼人七瀬のふりをするのも大変じゃないか〉

〈いくら相手が屈強な刑事でまともに殺しにくいからって、殺す方法は他にもあるよな〉

〈刺したり撲ったりは難しくても、毒殺くらいはできる。鋼人七瀬の衣装や振り子を用意するより、毒物を手に入れる方が簡単だ〉

当然の指摘だ。岩永だって方法を解いただけでおしまいとは思っていない。

議場を飛ぶ反対意見にひとしきり耳を傾けた答弁者が悠然と、恭しく話し出すように、岩永はそれらの書き込みに応える。

『それほどの手間を犯人が取ったのは、ひとえに寺田刑事が殺された場合、できる限り捜査の対象から外れるためだ。屈強な刑事が真夜中、屋外で、真正面から撲殺されたとなれば、犯人像はかなり偏《かたよ》ったものになるだろう』

鉄骨を持った幽霊でもない限り、現実的な犯人像は狭《せば》まらざるをえない。

『寺田刑事の抵抗を受けず、強い力で撲ることができ、夜中に犯行現場に一緒にいても不自然ではない相手。捜査は必ずこの線で進められる。トリックがわからなければ犯人は寺田刑事に勝るとも劣らない腕力の、顔見知りの男と考えられるのではないか』

頭を前傾にしていたためか、クリーム色のベレー帽がずり落ちた。岩永は手を止め元通りに直し、書き込みへ戻る。

『すなわち犯人は、この真逆の人間である。寺田刑事よりか弱く、強い力で撲ることができず、真夜中人通りのない所に二人きりでいるのが不自然な相手。毒殺といった簡単な方法で殺した場合、その犯行方法から疑いが向いてしまいかねない人間。つまり犯人は女性である』

絶対ではないが、毒殺は女性がよく使う手口とされる。どうしても男性と比べて非力なため、確実性が高く、相手の抵抗を恐れないで済む方法を取るという先入観ゆえだ。

『犯人が女性である場合、夜中に寂しい場所で恋人でもない男性と一緒にいるのはまずないと思われるだろう。抵抗の間もなく正面から撲殺する力もないと考えられるだろう。まさかあの柔道で名を馳《は》せた寺田刑事があっさり女性に殺されるわけがない、とされるはずだ。こうして犯人は捜査圏外に逃れられる。そのため『鋼人七瀬』という亡霊をでっち上げてみせたのだ』

なぜ犯人は『鋼人七瀬』を必要としたのか、なぜ犯人は特別な殺し方をしたのか、これで説明がつけられる。

『しかし殺人の仕掛けと鋼人七瀬事件をでっち上げた理由がわかれば、それはそのまま犯人を絞り込む材料になる。犯人は女性である。犯人は寺田刑事の身長を知ることのできる立場にいる。犯人は市内で不審な事件が起こった場合、寺田刑事が動くと予想できる人物である。犯人は鋼人七瀬に襲われた、遺留品があると言って寺田刑事を夜中に呼び出しても不審に思われない立場にある』

サイトにそれらの条件に当てはまる犯人像の予想がいくつか挙げられる。岩永の解答と同じものもあった。

『犯人は寺田刑事と同じ署に勤める女性の警察官だ。同じ署に勤めていれば被害者の頭の位置や身長を、ドアや署内の自動販売機、ポスターなどの高さと比べ、割り出すのも難しくない。同じ署にいれば寺田刑事の評判も知れるし、警察官ならば不審者に襲われた際、適切な証拠保全をし、頼りになる刑事を呼び出そうとしても、被害者に不審がられたりはしない。現在ある情報から推測される犯人像は女性警官だけである』

そんなこともないだろうが、断言して困りはしない。

被害者が刑事であり、犯人も同じ警察関係者というのは、ちょっとした物語性があって信じられやすいというのもある。

『犯人の殺害動機そのものは想像するしかない。被害者に一方的に好意を抱かれ、迷惑していたかもしれない。弱味を握られ、関係を迫られるといった嫌がらせがあったのかもしれない。または犯人の方が寺田刑事に好意を寄せていたのだけれど一方的に振られて恨みに思っていたかもしれない』

嘘であってもあまり被害者の人格をおとしめることは書きたくないので、岩永は動機に関して当たり障りのない、しかし読む者が想像で十分補える種をまくだけにした。

『ただ殺害に至るまでの手間や計画の周到性から考えるなら、動機は粘着的な、感情的なもつれであるように思われる。即物的な動機なら、ここまで執念のいる殺人はできないだろう』

サイト上に動機に関する議論が沸いた。岩永の提示した解決に、引かれる者は少なからずいたのだ。

岩永は結論を記してサイトに上げる。最初の主張はひとまずここまで。

『鋼人七瀬は亡霊ではない。全て寺田刑事を殺害する罠のため、女性警官が作り上げて世間に信じさせた殺人装置である』

フロントガラス一枚を隔てているせいか、その光景は映画のスクリーンで繰り広げられているとも紗季には錯覚される。手の中の携帯電話はじっとりと汗に濡れていた。

月光の下で、どうという個性も際立ちもない桜川九郎という青年が、鉄骨の洗礼を受けながらも鋼人七瀬の体を捕まえ、階段に叩きつけている。しかし数多の妄想から存在を望まれる顔なき美少女は、曲がったリボンを直し、もどかしく腰を振り、鉄骨を回してステップを蹴り、九郎に襲いかかってその頭部を破壊する。

九郎の体はそれこそ映画のように階段を転がり落ちて止まり、鋼人七瀬はミニのスカートをひらりと回して階段を下ろうとするが、じきにこちらも止まった。九郎の頭は元通りになり、再び立ったその体は素早く階段を上がって亡霊の腹部に肩からぶつかる。

これは攻防なのか、無間地獄《むけんじごく》なのか。

鋼人七瀬は己の存在をより知らしめるため下界に向かい、九郎はこの世の秩序を守るために怪物の降臨を阻止しようとしている。その九郎からして死という秩序を超越しているのはどういうわけか。そして九郎は死ぬたび、生き返るたび、秩序を取り戻す未来を、取り戻せる可能性が高い未来をつかみ、決定し続けているに違いない。

岩永が結論を上げた直後から、〈鋼人七瀬まとめサイト〉の流れはこれまでにないものになっていた。岩永の『振り子解決』を中心に議論を始め、これはありなのか、なしなのか、ロジカルに判断しようとする者、最初から受けつけようとしない者、この解決に賛同して勝手な想像で犯人のディテールを深める者、動機を無責任に発展させる者と乱れだしている。

それにしても驚きを紗季は隠せない。犯人を名指しできなくとも、その条件を絞り込むことによって犯人の存在に説得力を持たせている。容疑者自体が報道されていない中でここまで明確な犯人像を打ち出せば、犯人を特定したも同じだ。信じる者も現れるだろう。

また岩永が打ち込んだ解決を、九郎が無駄にさせなかったのだ。繰り返される死の中で、九郎は怪物を滅ぼす『振り子解決』支持の流れをつかんできたのだ。

九郎は車を出る時、頼むと言った。岩永はお願いしますと言った。互いが互いの力を信じ、怪物に立ち向かっている。でなくてどうしてあそこまで鉄骨に砕かれ、なお階段を上がれるだろう。どうして真実を知りながら、ひたすら空虚な虚構に実《じつ》を見出させようとするだろう。

紗季は唇を噛みたい感情にかられたが、どうにか耐え、それ以上に問題にしなければならないことを運転席から後部座席に乗り出して口にした。

「ちょっとっ、この解決の犯人像、ほとんど私になってるじゃないっ」

「や、気づきましたか」

岩永はキーを打つのを止めた指をほぐしながら顔を上げ、白々しいほど真面目に応じた。

「気づかないわけあるかっ。同じ署にいる警官で女性で寺田さんに好意を持たれてた、って真倉坂署の署長でも一発で気づくわっ」

捜査本部の誰かが情報収集の一環でこのサイトの書き込みを見ているかもしれず、もしやと紗季に疑いを抱くかもしれない。署内にだって寺田の死に関心のある者は多く、このサイトを見ていればきっと紗季に変な視線を送ってくるだろう。明日どんな顔で出勤すればいいのか。

「こらえてください。見ず知らずの女性警官に容疑をかけるわけにはいきませんから」

岩永は悪びれもせず平然と言ってのけた。

「第一、捜査本部がネットの書き込みを本気にはしないでしょう。調べればこれが嘘であるのはすぐわかります。現場の屋根にフックを取り付けた痕跡があるわけありませんし、振り子状の凶器で頭を砕かれていないことも、現場の血痕や司法解剖で明らかになっているはずです」

「ネットじゃそんなの問題にならないでしょ。ここの人間は信じたいものを信じる。署内でもひょっとしたらと思う人はいるのよ。絶対私、職場であらぬ噂を立てられるって」

噂というのは証拠に基づかず広まり、浸透するから怖いのだ。一本気な寺田を翻弄《ほんろう》して死に至らしめた悪女とか言われそうだ。

「だからこらえてください。人の噂も七十五日です。紗季さんはか弱く見えませんから、若干犯人像から外れてもいます。すぐ忘れられますよ」

やはり岩永は悪びれていない。一発殴っておこうかと本気で考えた紗季だったが、岩永はすっと眼を細めてパソコンのディスプレイに注意を落とす。

「それにこの解決、もう持ちませんよ」

紗季も慌てて携帯電話の画面に目を戻した。『振り子解決』支持派はいるが、他に証拠や補強材料に乏しく、想像を語るに留まって、発展が苦しくなっていた。それに解決に納得した者はサイトを見たり書き込んだりするのをやめるか、わざわざ擁護の書き込みをしない傾向もある。批判派の方が勢力を伸ばしやすいのだ。

またこの解決に弱点があるのは否めない。

振り子の物理トリックはドラマ的ではあるが、リアリティの面では劣ってしまう。

女性の犯人がひとりで振り子の仕掛けをガソリンスタンドの高い屋根にセッティングできるかどうかも疑問が残る。

『鋼人七瀬』という都市伝説を寺田が動くほどに広め、市内で問題化させる手間が、言うほど安全ではないのでは、という疑いも生じる。

その辺りを突っ込まれれば、もともと証拠などない虚構の解決だ、話題の中心からじりじりと後退し、

〈やっぱり振り子はないな〉

〈幽霊を信じない頭の固いやつが鋼人七瀬を認めたくなくて無理に作ったのか〉

〈面白いことは面白いけどな〉

という流れに飲み込まれた。これもまた急激な変化だった。何を信じるか、何を支持するか、こんなにも短時間で逆転してしまうとは。こちらは九郎の未来決定能力という理外の理さえ使っているのに。

そこまで考え、紗季は己の失念を呪った。

「岩永さん。鋼人七瀬を実体化させようとしてるの、六花さんよね。あの人も九郎君と同じ、未来決定能力を持っているのよね」

「はい。さっきの話通り」

岩永は不動の一眼で肯定する。

「それじゃあ六花さんもこちらと同じく、自分の望む未来を強引につかんでこれるってことじゃないっ」

「はい。だから今、一気に流れが戻されました。もともと亡霊支持の流れが強いんです、こちらの解決の不備をいくつか指摘して一回死ねば、流れをつかみ返してこれたでしょう。書き込みのいくつかは六花さん自身がやっているかもしれません」

九郎がいるからこちらが有利のように岩永は言っていたが、対決条件はまったく変わらない。理外の理は六花にもある。六花が先行して鋼人七瀬という亡霊の印象を遥かに深く印象づけている分、こちらが大きく不利ではないか。

岩永は右眼の上にかかる前髪をつまむ。

「このサイト自体、こうして同時に多くの人間が閲覧し、書き込みをしていてもサーバーが落ちたり不具合が起きず、意見は活発にかわされ、荒らしもほとんど現れないというのも異常と言えば異常です。それも六花さんができる限り問題の起こらない未来を選択し、維持しているためでしょう。書き込みは制限されずとも、六花さんが有利な場所には違いありません」

ああ、そうだ。多数派工作の終わっている議会で逆転はほぼ不可能。紗季自身が言ったことだ。

しかし岩永は怯《ひる》んでいなかった。キーボードに小さな手を広げ、背筋を伸ばす。

「紗季さん、この場所は、この議場は特殊です。ここには最初から真実はありません。あるのは虚構だけ。私も六花さんも、初めは鋼人七瀬がいなかったのを知っています。その上で六花さんは虚構を実体化させようとし、私と九郎先輩は鋼人七瀬はいないという虚構を信じさせようとしています」

鋼人七瀬ももともとは虚構。なのに真実となった。それをあらためて虚構と証明すれば、真実は虚構に還るという奇妙なねじれ。

岩永が猛禽の嘴《くちばし》より鋭い言葉を唇に光らせる。

「いわばこれは、虚構争奪議会」

どちらの虚構が正しいか。どちらの虚構が真実に勝るか。この戦いに勝利があることすら虚構ではないかと感じられてきて、紗季は眉間に拳を当てた。現実の議会制民主主義も究極のところ、そういう虚ろなものではないかとさえ思えてきてしまった。

すると岩永が鋭利に微笑する。

「私は勝ちますよ、紗季さん。まだ四つある解決のうちひとつを主張したに過ぎません。一部でも信じてもらえれば、私には十分です」

どういう意味かと一瞬理解しかねたが、紗季はようやく岩永が四つもの解決を用意した理由がわかった気がした。

多種多様な価値観、考え方が渦巻くネット空間で、たったひとつの真実が全員に受け入れられるのはたやすくないだろう。それが本当に本当の真実であっても、認められないこともあるのだ。誰もがこうあって欲しいという『真実』は違う。認めたくない『真実』というものもある。

ならその多種多様な価値観に合わせ、多種多様な『真実』を提示してみせればどうか。

Aの真実は認めないけどBの真実は認める。Bは認めないがCは認める、そんな現象も起こりうるのだ。それぞれ真実の形は違えど、どれも鋼人七瀬なんて怪異は存在しないという内容であれば岩永にとっては事足りる。

岩永の『振り子解決』で鋼人七瀬存在支持願望を一掃できなかったが、その一部は不支持に変えさせられたはずだ。支持派の勢力を確実に削いだのだ。これをあと三度、岩永は行う気でいるのだろう。

削いで削いで削ぎ続ければ勢力は弱まり、鋼人七瀬という亡霊の実体が維持できなくなる。ここで九郎が未来を決定すれば勝負は決する。

岩永は自分のひとつの主張を多数派にする必要はない。ただ六花の議案が可決するに足るものではないと思わせればいいだけ。だからこんな戦略が成り立つのだ。

何という娘だ。たゆまず、したたかに、知恵を尽くして刃を振るい、一方では毒薬を注入していく。嘘を武器にすると決めた答弁者が、これほどまでに凶悪とは。

慄然とする紗季を横目に岩永はキーを叩いた。

「では解決第二、行きます」


『鋼人七瀬はでっち上げではない。本当にいる亡霊である。ならなぜ、七瀬かりんは亡霊となって現れ、人を襲っているのだろうか？』

岩永はいきなりそう始めた。運転席からまた紗季が身をよじって彼女の方に乗り出して来る。

「鋼人七瀬は亡霊じゃない、というのがあなたの立場でしょう？　なのに存在を認めるところから出発してどうするっ」

「落ち着いてください。道理で無理を崩せないなら、こちらも無理を使います。そこを入り口に、内から道理を築きます。幽霊が現れる原因が何かを納得させられれば、必然的にその幽霊を消す方法もわかります。原因を取り除けば幽霊は現れなくなるものですよ」

この理屈を紗季がどこまで了承したか定かでないが、何か言いたげな気配をさせたものの運転席に着き直した。

〈鋼人七瀬まとめサイト〉では、今さっき合理的解決を提示したのと同じと思われる人物がわずかの間にまったく逆の主張をし始めたのに戸惑い、怒り、愉快がる、と雑多な反応を示しだしている。

『寺田刑事を殺したのは亡霊の鋼人七瀬である。鋼人七瀬について独自に捜査していた刑事は運悪く本物に遭遇し、その手の鉄骨で撲殺されたのだ。不可解とされる現場の状況も、亡霊が犯人なら問題はない。幽霊など信じない刑事は本物に驚き、呆然とし、そこを撲られたのだ。抵抗しようもなかっただろう』

この岩永の説明に特別な反対意見は出なかった。今日の午後からほぼその解釈が通ってきており、細部に差異はあっても事実もそうなのだ。六花も異論を唱えはすまい。

『では鋼人七瀬、七瀬かりんが亡霊として現れる目的は何だろう。亡霊とはこの世に恨みつらみを残し、それを訴えるために迷い出てくるものだ。七瀬かりんがこの世に残した未練とは何だったのか。これがわかれば、世を騒がす鋼人七瀬を成仏させることもできるはずだ』

なぜ七瀬かりんは化けて出たか、という話題はサイトで何度も上がっている。しかし彼女の死亡状況は不運で不慮のものであり、いかにも亡霊になりそうゆえに深い議論になっていなかった。

寺田が刑事だという報道が出た後、事故死と結論づけた捜査に不満があったから刑事を殺したのでは、という発言があったが、そこを中心とした議論は進んでいない。

『七瀬かりんの事件は限りなく自殺に近い事故死と考えられている。普通ならかわそうとするなり防御しようとするなりしそうな鉄骨の雪崩《なだれ》を、真正面からまともに受けているからだ』

この辺りは報道され、このサイトの別のページにも情報が整理されている。

『事故のあった雨の夜、捨て置かれた建設現場で、七瀬かりんは降ってくる鉄骨をまともに受けてもいい、と思うくらいに絶望していた。ある意味彼女は望んで死んだのだ。なのになぜ亡霊としてさまよい出てくるのか？　なぜ自ら甘んじて受けた鉄骨を凶器として暴れるのか？』

鋼人七瀬という亡霊を信じる者の間でも、七瀬かりんが事故現場で精神的に相当参っていた、という点については同意されている。

〈自殺したやつの幽霊だって普通にいるだろ？〉

〈でも鋼人七瀬ほど派手で激しいのは普通の枠に入らないんじゃ？〉

〈美少女で鉄骨だからな〉

〈胸も大きい。揺れる揺れる。見てないけど〉

〈世間に非難されて死ぬような場所に追い込まれたんだから、世間に対して見境なく暴れたくもなるんじゃないか？〉

自殺であっても化けて出るのはそう疑問ではない、という論は何度となくあった。

『自分を死に追いやった世間への恨みから霊となった、とするなら、すでに七瀬かりんは復権を果たしたのではないか。鋼人七瀬の出現によって彼女はこうして再びスターとなった。世間は彼女を忘れず、もはや彼女を非難もしていない。我々は鋼人七瀬の出現に心躍らせていた。彼女は再びアイドルとなったのだ』

書き込みがざわつく。岩永が何を主張するのか、固唾《かたず》を呑んでいるようでもあった。

『なのになぜいっそう凶暴化し、人を殺すまでに至ったのか？　そもそも彼女は殺人疑惑によってアイドルの座を追われたのだ。これではせっかく復権しても、再び非難と恐怖の対象になってしまいかねない』

なぜも何も、鋼人七瀬は『想像力の怪物』であり、そこに七瀬かりんの意志や要望は反映されていない。世間への恨みで七瀬かりんは亡霊になったのではないのだ。数多の妄想を反映するがゆえに、出現と行動に辻褄の合わないところが出ている。

それが岩永にとって有利な物語を築き、説得力を生み出す材料となる。

『よって七瀬かりんが亡霊となったのは世間への恨みからではない。アイドルとしての復権も望んでいない。別の不満、別の真実を世間に訴えたいがために現れた。そしてその訴えを世間がいつまで経っても理解しようとしないため、いっそう凶暴化したのだ』

岩永の論を妨げる書き込みはない。今回の主張は鋼人七瀬を直接潰そうとするものではなく、まとめサイトの本筋に反してもいないため、むしろ拝聴しようという空気さえある。書き込みなので拝見と言うべきか。

『考えてみてほしい、現在七瀬かりんを殺人疑惑で非難する者はなく、話を蒸し返す者もいなくなったが、彼女にかけられた疑惑が否定されたわけではない。彼女にかけられた父親殺しの容疑は解消されたわけではないのだ』

素早く指を動かし文字列を刻む。幽霊に念があると思わせるために。

『彼女が真実、父親を殺していたなら、今さら何を世間に訴えようというのだろう。彼女が非難され、アイドルの座を追われたのは当然であり、そこに無念は生まれないだろう。彼女は殺していないからこそ怒り、その事実を世間に知ってもらいたく、化けて出てきたのである』

　感情移入させる。鋼人七瀬に。あれがただの怪物ではなく、人に理解できる心があると錯覚させるのだ。

『しかしそれだけだろうか。すでに非難されなくなっていれば殺していないものとして扱われているも同じだ。半ば目的を達したとも言える。さらに怒り、人を殺すほどになるとは考えにくい。彼女の怒りは別のものを求めている』

「岩永さん、あなたのこれ、推論じゃないでしょう?」

　紗季の指摘は正しい。論理を組んで話を進めているようで、実は別の作業だ。

「はい。解決第二の私はただの物語作者です。けれど本物の議会だって、答弁に説得力を持たせるためにずいぶん脚色するんじゃあないですか?」

「それは、してないとまでは言えないけど」

　脚色の是非はともかく、岩永とてまるきりのでたらめを並べてはいない。いくらかの真実に基づいて創作している。最後、ある点ではうっかり真実を指摘することになるかもしれない。

『事の初めに戻ろう。なぜごく一部に人気があっただけのアイドル、七瀬かりんに父親殺しなどという、おぞましい疑惑がかけられたのか? これは偶然生まれた、自然発生的な噂だったのか。いや、違う。これは企まれ、人為的に生み出された疑惑なのだ。七瀬かりんは罠にかけられた。だから七瀬かりんは亡霊となって現れたのだ』

これまで誰も取り上げようとしなかった初めにあった謎。これを解くことで、亡霊の存在を儀式的に消滅させる。

『七瀬かりんは自分を陥れてアイドルの座を失わせ、結果的に鉄骨の降る場所まで追い込んだ人間を告発してもらいたがっている。我々はその意図を汲《く》み、疑惑の真相を解き明かさねばならない。それでこそ、鋼人七瀬は安らかに眠れるのだ』

霊を鎮めるのにその訴えを受け止め、かなえてやる、というのは万人が納得しやすい作法だ。ここでも反対意見は出ず、サイトでは先を促す声が連なる。

『七瀬かりんの実父殺害疑惑がなぜあれほど大きな話題になったか、いくつか推測されている。映画やドラマのキャストを七瀬かりんからかすめ取るため有力事務所が仕掛けた、彼女の成功を妬んだ他のアイドルがことさら大きく話題にした、など、もっともらしく語られている』

他に芸能の話題がなく、たまたまスポーツ新聞や週刊誌が同時に取り上げたため、何ら悪意も陰謀もなかったのに大きな問題になってしまった、とも考えられてはいる。七瀬かりんが大事務所に所属していれば記事自体書かれなかっただろうが、軽い気持ちで書いた記事や発言が重大な結果を招くのは珍しくない。

アイドルや芸人が笑い話として少し大げさに語った過去の悪戯が犯罪的だと批判され、

謹慎や活動自粛を余儀なくされた例もあるくらいだ。

『さしたる後ろ盾もなく、深夜番組から小賢《こざか》しくのし上がってきたとも言われる七瀬かりんを敵視する者は多く、その推測は一面の真実を照らしていると思われる。しかし話題になりつつあるグラビアアイドルを貶《おとし》め、役から降ろそうと企むのに殺人疑惑を持ち出すなど、陰謀や中傷としてもあまりに飛躍しすぎではないだろうか』

「確かに特殊なスキャンダルよね。だからリアリティがあるとも言われてたけど」

全て岩永の勝手な想像による語りと知っている紗季も、そう言われれば不審ではないか、何かありそうでは、という同調の声を発する。

『いくら近い時期に彼女の父親が死んでいたとしても、貶めるなら恋愛関係や金銭関係のトラブルを捏造《ねつぞう》しそうなものであり、根も葉もなくともそちらの方が信憑性を得やすいだろう。火のない所に煙を立てる芸能界であっても、殺人疑惑は過激で扱いづらい話題だ。マスコミや関係者は、もともとあった疑惑に便乗して利用したに過ぎない』

過激な話題は、疑惑を口にした方も傷つきかねない。

『そこで疑惑を最初に持ち出したのは誰か、に戻る。この疑惑は誰ともなく生まれ、広まったのではない。発端がはっきりしているのだ』

岩永もここからは少々きわどい発言になってしまう。名誉毀損《めいよきそん》で訴えられる危険は低くとも、故人を非難する発言は、ネット上で注意深く行わねばならない。

『他でもない、殺されたとされる七瀬かりんの父親が、この疑惑の発端なのだ。この父親が階段から落ちて死ぬ前に娘である七瀬かりん、本名春子への不満を周囲に漏らし、死後には娘の殺意をはっきり語る直筆の文書まで表に出ている』

報道によると七瀬かりんの父は『春子から殺意を感じる。この文章が読まれる頃にはおれは春子に殺されているに違いない。違いないんだ』という手記を残しているのだ。これが疑惑の発端で決定打だ。

疑惑が広まった時は十分に検証されず、七瀬かりんが死んだ後は誰もが責任をうやむやにしようとしたので顧《かえり》みられもしなかったが、これもまた特異な点だろう。

娘が父を殺したかもしれない、という疑惑に多くの人が引かれる反面、なぜ発端にある父から娘へ向けられた想像に疑いを持たなかったのか。

『父親が娘から殺意を感じて文章として残しておき、死後に発見される。こんな都合のいいことがあるだろうか。娘は上り調子のアイドルで、そのマイナスとなる恐るべき直筆の手記をなぜ父は残したのか』

岩永はここで再度、七瀬かりんの無実を語る。

『七瀬かりんが父を階段から突き落とし、事故死に見せかけて殺したなら、手記もしくは類する書き置きの存在を危ぶんで真っ先に処分しようとしただろう。日頃父は周囲に娘への不満を漏らしていたというのだから、細心の注意を払ったはずだ。さらに父が周囲に自分への不満を漏らしている時に殺害するという危険を冒すとも考えにくい。殺意を察知されないように早い段階から心掛けるだろう』

アイドル七瀬かりんの特徴のひとつとして、その知性が挙げられている。またそこを嫌う理由にする者もいた。彼女は成功するために知恵をしぼり、努力を怠らず、チャンスを逃さず結果を出したというだけなのだが、捉え方次第では、きわどい水着姿をさらす芸能活動をしながらあっさり国立大学に合格してみせ、計算ずくでプロデューサーや監督に取り入り、他のアイドルを小馬鹿にし、賢《さか》しく成功しようとしている、という風になってしまう。そして人気が出てからも、その印象で語られることが多々あった。

そういう知的な、賢しさを隠せない彼女であるから、うまく父親を殺して罪を逃れている、という噂が説得力を持ったのだ。だがこれもまた見方を変えれば、それだけ頭がいいにしてはミスが目立つのでは、という印象に転換できる。

『よって七瀬かりんは父を殺していない。殺意も持っていなかった。なのになぜ父は娘の殺意を訴えたのか』

娘が父に害意を抱くのがありうるというなら、父が娘に害意を抱くのもありうるとすべきだ。

『七瀬かりんを罠にかけたのはこの父だ。娘の成功を台無しにするため、父は事故死に見える形で自殺し、後になって娘の殺意を綴《つづ》った手記が発見されるようにしたのだ』

ることもなく、故人に罪があると断じる行為は清くないが、この父親にまるで責任がないわけではない。その手記が七瀬かりん死亡の大きな要素なのは誰もがうなずこう。実の娘が鋼人七瀬という怪物に仕立て上げられているのを不憫《ふびん》に思うなら、汚名のひとつも着せられそれを消すのに協力してもらっても罰は当たるまい。

そして父の文章に悪意がなかったとも言い切れない。あるいは岩永の描いたこの物語が真実である可能性もないではないのだ。

『親子関係がどうあったかは想像の域を出ない。娘の収入を当てにして父は仕事を辞め、暮らしていたという報道もあるが、仕事を辞めた理由は定かでない。自分の年収を超える稼ぎを娘がひと月ふた月で得るのに嫌気が差したかもしれない。体調を崩して退職がやむなくなり、娘に頼るしかない状況になったかもしれない。迷惑がらず養ってくれる娘へ鬱屈した感情を抱いたり、まだ働ける年齢なのに娘を当てにしていると陰口を叩かれるのが重圧になったかもしれない』

そこからひねくれた悪意が生まれると、皆はイメージできるか。

『父が娘との関係に不満を持っていたのは事実だろう。健康問題やリストラで不本意に職を失い、再就職もままならず、しかし娘の派手な活躍で生活できるため周囲から同情はされず、かえって羨ましがられ、心情を理解してもらえないとなれば、心を病むに十分な条件が揃っていると言える。特に働くことに生き甲斐や存在意義を見出す年代で性格ならば、つらいのに同情すらされないその状況は耐え難いものだ』

人は自分が悪いと思いたがらない。自分が悪いとしても、自分を悪くした環境が悪いのだ、と考えさえするのだ。

『だから父は娘を恨んだ。存在意義も理解してくれる仲間も奪うきっかけとなった才気潑《はつ》剌《らつ》とした七瀬かりんを憎んだのだ。父は自分の不甲斐なさとアイドルとして輝く娘の間に大きな溝を見出し、打ち沈み、己を奮い立たせるのではなく、娘を自分と同じ位置へ貶める道へと走ってしまった』

いくつもの論理の飛躍と曲解と想像をより合わせ、岩永はその心理を暴き出してみせる。

『どうあがいても娘の輝きに至れないなら、アイドルの娘を道連れに自殺しようとしたのだ。もし健康面に問題を抱え、心が弱り、死を近く感じたりしていれば、何らかの意義ある死を迎えようと自殺に踏み切るのもありうる。その意義のための仕掛け、残した時限爆弾が娘の殺意を綴った父の手記なのだ』

そういうことだったのか。

サイトにそんな賛同意見が湧く。鋼人七瀬という亡霊を支持する者達も、白黒はっきりつけられなかった殺人疑惑に明解な説明がもたらされるのを歓迎していた。

有名人の家族が有名であるゆえに私生活や金銭でトラブルに巻き込まれ、その中心となるスターを恨んだり憎んだりする、という話はゴシップとしてよく話題になる。有名人を妬む気持ちは誰にもあり、有名であるゆえに起こる不幸、大きな成功と引き換えに大きな代償を払っている、という物語に多くが安心を覚えるのだ。

七瀬かりんの父が仕掛けた罠も、そんなよくあるゴシップと重ねることができ、いっそう受け入れやすいものであったようだ。

『父の悪意がどれほどの結果を望んでいたかはわからない。暗い念を抱いたとしても、最後に娘を死なそうとまでは願っていなかったろう。父は娘が成功さえしなければよかった。娘を不快がらせるだけでもよかったのかもしれない。自分の死後に手記が発見され、ゴシップを好みそうな媒体に伝わるようにしておく。それだけで効果があると信じて階段からわざと落ちた』

あとひと息。岩永はキーの上で指を弾ませる。静まりかえった議場に、文字による答弁が広がっていく。

『結果として七瀬かりんは父の思惑通り貶められたが、父の念は必要以上にメディアを騒がせ、雪だるま状に膨れあがり、七瀬かりんを真倉坂市の十五階建てマンション建設予定地にまで送り込んでしまった。そして彼女を鉄骨に死なせるまでになったのだ』

「これ大丈夫なの？　七瀬かりんの父親をかなり悪く扱ってるけど、下手したらこの父親のお墓に嫌がらせじみた行為がされないとも限らないわよ？」

紗季はやはり故人や遺族に実害が出る懸念を口にする。

「同じお墓に七瀬かりんも入ってるはずです。なら傷つけたりはしないでしょう」

岩永も他にフォロー方法は考えているが、今はこの解決第二を完成させねばならない。ネットの向こうの自覚なき議会出席者達も、きっと身を乗り出して待っている。

『七瀬かりんは父を愛していただろう。憎んでいたなら父から殺意を疑われても痛くもかゆくもなかっただろう。愛していた父に理解されず、あまつさえ殺されるだろうとまで述べられたから、彼女は絶望したのだ。降りかかってきた鉄骨をかわそうとするのも億劫《おっくう》になるほどに』

ここで七瀬かりんの死の状況に見られた、なぜ鉄骨をかわそうとしなかったのか、の不審点も説明される。事実と嘘がつながって整合する絵を成す。

『七瀬かりんはそうして死んだ。死に、一度はあの世に行ったのだ。しかしそこで先に死んでいた父と遭遇し、その父自身の口から真相を知らされたのだ』

「あの世で父親から真相を知るって、超論理もいいところじゃないっ」

運転席のシートをきしませ、紗季が唖然と言ったが、岩永は百も承知で真剣に答えてみせた。

「あの世で知らないでどこで知るんですか。死の直前に父親の罠かもと考えても、確信は持てないでしょう。逆に愛する父がそんな悪意に満ちたことはしないと自分に言い聞かせます。確実に化けて出るには、七瀬かりんが父の罠だったと掛け値なしに受け入れられる状況がなくてはなりません。鉄骨を甘んじて受けているのに未練たっぷりに化けて出る、という矛盾を説明する解釈はこれしかありません」

その気になれば説明はいくつもでっち上げられるが、この解決第二はこれで足りる。

『死んだ直後は絶望し、この世に未練はなかったが、悪意をもって父に陥れられたと知り、彼女はあまりの無念に泣いてそのまま成仏することができなかった。だからこの世に舞い戻り、真実を訴えようとしているのだ』

シートに置いたペットボトルを手にして蓋を開け、紅茶を一口飲む。

『鋼人七瀬はこの事実、父親を殺害したどころか、逆に父に殺されたという悲劇を知ってもらいたくて暴れている亡霊なのだ。七瀬かりんは父を愛し、裏切られたゆえに魔となった。醜い怪物となり果ててしまったのだ』

死んだアイドルに罪はない。亡霊は常に悲劇を背負っている。悲劇がいつまでも継続されるのを大衆は支持しないはずだ。

物語の終わりには、霊の無念は晴れねばならない。

『もし彼女を哀れに思うなら、七瀬かりんは何者も殺さず、ただ父を愛した無実のアイドルだと語ろう。我々がその真実を心に刻み、彼女の可憐な姿を思い浮かべ、成仏を願うなら、鋼人七瀬はきっと夜から去るだろう』

無念を晴らすのは物語を受け取る者。この議場において採決を下す議会員諸君だ。そんな役割を託されたなら、情のある者なら心を動かされないわけがないはず。人間である限り、支持行動に情が絡むのは避けられない。

岩永は解決第二をこう結ぶ。

『顔を失い、武骨なH形鋼を提げ、痛々しいまでにひるがえるミニスカート姿で現れる七瀬かりん。彼女をそんな哀れな亡霊として、夜にさまよわせるままにしてはいけない。七瀬かりん、本名七瀬春子を我々の祈りで安らかに天へ送り返そうではないか』

岩永が言うところの哀れで醜い亡霊、鋼人七瀬は九郎をH形鋼で薙ぎ払って階段脇の茂みに叩き込んだ。脇腹から胸板にかけてまともに鉄の棒で打たれた九郎の体は骨がないごとく草木の間を弾んで転がる。

車の中まで響いてこずとも、紗季の脳内では肋骨と背骨が折れる鈍い音が再生された。あれで生きていられる人間はいない。

九郎はされど、じきに立ち上がる。髪にひっかかった緑の葉を指でつまんで取り、ボタンがちぎれ、前のはだけたシャツを払う。鋼人七瀬も学習したのか階段を下りようとせず、九郎が復活するのを待ち構えていた。

紗季が見ていただけで、九郎は十回以上死んで生き返っていた。そのたびどんな未来をつかんで決定しているのか。携帯電話の画面上で停滞することなくまとめサイトには書き込みが上がっている。岩永の放った解決第二に沸き立っているのだ。

何という搦《から》め手だろう。鋼人七瀬の存在を認めながらこちらの勝利条件であるその消滅を誘導する結論をつけてみせた。七瀬かりんを罠にかけられ、汚名を負わされた悲劇のアイドルとすることによって同情を引き込み、亡霊の消滅が彼女のためだという論旨に持っていったのだ。

鋼人七瀬支持派もこの物語を安易に拒めないようだ。受け入れても問題はなく、亡霊は成仏した方がいいという社会通念にも沿っている。鋼人七瀬がいた方が面白いから成仏しなくていい、させなくていい、という意見はやはり出しにくく、出されても主流にはならない。

亡霊の存在を願う何十万の想像力が鋼人七瀬を生んでいるのだから、その何十万が成仏を願えば鋼人七瀬は存在を認められた上で消える。成仏する。岩永は無理を認めつつも合理的な仮説構築で鋼人七瀬の出現動機を暴いてみせ、説得力をもたらした。

現実の議会で言うなら、提出された議案の正当性を認めて可決はするものの、別条件を付け足すことによってその内容を骨抜きにしてしまう、という戦法だろうか。正当性が認められている分、議論が回避されるので、問題に気付かれず採決に持ち込まれる、というケースはなくはない。

またここで問題に気付き、強硬に議論を蒸し返そうとしても、『せっかくみんな丸く収まりそうなのに、和を乱す迷惑なやつだな』という感情を議場全体に噴出させかねない。そうなれば流れは支持どころか不支持に向かいかねない。

さらに岩永はこの解決第二に『あの世で父親から真相を聞かされた』という超論理を加えて創作性を高めている。この部分は論旨の虚構性が強まってしまってマイナスかと紗季は感じたが、最後まで来て意図がわかった気がした。

岩永は敢えてリアリティを劣化させたのだ。そうすることでこの物語を過度に信じ、現実にいる関係者に中傷や実害をもたらす者が出ないよう、逃げ道を作ったのだ。

あからさまにリアリティのない部分があることによって、この物語に触れた者はどこか頭が冷めるだろう。墓を荒らしたり、親族を非難したりといった過激な行動にブレーキをかけられる。

かといってその部分は物語を全壊まではさせない。前提として亡霊というそもそもリアリティが疑われる存在を受け入れさせているから、多少の強引さがあっても許容されうる。物語の信じさせたい所だけを信じさせ、鋼人七瀬の成仏を願うという思考に導けるのだ。

七瀬かりんとその父の関係者にしても、超論理を含むこの仮説を大真面目に取り上げては訴えづらいはずだ。また七瀬かりんの父に対する名誉毀損で親族が訴えるにしても、なら七瀬かりんは父を殺した、殺したいと思っていたというのを認めるのか、同じ親族として彼女の名誉はどうなるのか、という非難が生じる恐れもあり、外聞の良くない立場にもなる。岩永は父親を一方的に責めない論を築いてもいるので、親族が事を荒立てたりはすまい。

絶対とは言い切れず、短絡的に過激な行動に出る者、外聞を気にせず一点だけを問題視して訴えを起こす親族がいる可能性はあるにしても、岩永は最大限の配慮をしている。すでに殺人を起こし、こうして紗季の眼前で九郎が食い止めていなければ鋼人七瀬は今夜も命ある者の頭をいくつも砕くだろう。大虐殺をもたらす未来図も予測されている。その怪物を消すためには、万一の可能性に目をつぶるのはやむを得ない。

九郎が鋼人七瀬の首を右手でわしづかみにしてそのまま階段に押し倒し、全体重をかける。怪物の胸がプリンのように上下にたわむ。ミニスカートが空気をはらんで膨らみ、しぼんだ。紗季のいる運転席からはしかと確認できないが、あの体勢なら鋼人七瀬の喉が半分くらいの厚さに圧縮されている。

身を起こし、鋼人から離れる九郎。これまで通りなら、三つ数える間もなく鋼人七瀬はゴム細工が形を戻すように甦るのだが、五つ数えても胸は揺れない。八つを越えた時、むくりと反り返り、ブリッジして頭をもたげたが、活力が減退しているとしか目に映らなかった。

「あれ、弱ってるんじゃないの？」

外部からもたらされる存在を願う力が弱まれば、鋼人七瀬の生命力も弱まる。解決第二によって成仏を願う側の勢力が強まることにより、その体を維持する活力が減少しているに違いない。これならば、四つの解決を待たずとも鋼人七瀬を倒せるのでは。

「六花さんもこちらが正攻法の解決編からすぐ変格的な解決へつなげるとは読めなかったのでしょう。亡霊を信じたがっている人達の中に亡霊を前提とする主張を放り込んだのですから、支持される可能性も高くなります。九郎先輩もたやすく実現を決定できたと思います」

振り向いた紗季に対し、岩永はペットボトルの蓋を締め閉じ、感慨などまるでない冷ややかな左眼で言った。

「でもまだ、これでは勝ちを決められません」

ちらりとフロントガラスの方に睫毛《まつげ》を動かしたが、すぐ岩永はパソコンのディスプレイを注視する。紗季が体を前に戻すと、鋼人七瀬が階段を蹴り、鉄骨の表面とリボンの縁を月光に輝かせ、跳んでいた。

鋼人は九郎の頭の上を越え、背後からすかさず肩口に凶器を振り下ろす。九郎の頭の位置が下がるや、そこを横撲りにしてスイカ割りか、というほどの赤をばらまいた。弱っていたのは一時だけ。二メートルはある建築資材を振り回す膂力《りょりょく》に陰りはなかった。

紗季も携帯電話の画面でまとめサイトの流れを見直す。

〈実の父親に罠をかけられた、というのは納得できるけど、どうもな〉

〈俺もそこはありと思う。かといって鉄骨振り回してもその事実は伝わらないだろう〉

〈やっぱり世間全般恨んで暴れてるよな〉

〈事実を知らしめたくらいじゃ、まだ納得しそうにない。警官まで殺してるし〉

〈無実を訴えて人を殺すっていうのはおかしい〉

〈鋼人七瀬なんて名前からして、簡単に成仏しそうにないイメージだ〉

徐々に解決第二への不信が並べられていく。部分的に受け入れはするものの、鋼人七瀬が求めているもの、消滅条件は却下するという大勢だった。素直に解決第二を受け入れ、サイトから離脱した者も少なくないだろうが、想像力は依然、鋼人七瀬の成長を期待していた。

「六花さんが流れをつかみ返してきました。七瀬かりんの亡霊がもっとまともな姿で恨めしそうに現れていれば、解決第二で幕を降ろせたかもしれません。けれどいかんせん『鋼人七瀬』の名は大きな壁になります。まともな訴えや要望のある霊が、そんな名と格好をして暴れそうにないんです」

紗季が首だけねじってうかがった後部座席の岩永は、口惜しさなど微塵《みじん》もにじませずに敗北を分析していた。議会は情だけでは動かない、というのは民主主義の良識が働いたとも言えるが、ここで喜ぶべきかどうか。

そうやって事実と嘘を巧みに織り交ぜ、遺族に配慮し、組み上げた物語が名前のインパクトによって数分のうちに拒まれても、岩永はパソコンの画面に口許だけで微笑む。

「でも六花さんはまた私の物語を全否定はできませんでした。ネットの向こう側にいる多くの人達が望み、信じる可能性が高い物語を選び続けようとするなら、一定の説得力を含む私の物語を六花さんも踏まえざるをえない」

ペットボトルをシートに投げ、右眼上にかかる前髪を撥《は》ね上げて指をキーボードに載せる。

「だいたい物語においては、絶対有利な多数派を、絶対不利な少数派が大逆転するのを皆、期待するものじゃあ、ありませんか？」

そう言う岩永の爪は愛らしく小さいのに、紗季には獲物に食い込んで離さない、獰猛《どうもう》なかぎ形のものに見えた。

「解決第三、行きます」

『繰り返し言うことになるが、七瀬かりんは降ってくる鉄骨をかわそうとせず、真正面から受けている。彼女はどういう心境であれ、死を自ら受け入れたとしか考えられない状況で亡くなっているのだ。なら迷って化けて出るにしても、鋼人七瀬と呼ばれるほどたくましい姿で現れるだろうか？　七瀬かりんがそれほどたくましいなら、あっさり死ぬことなど決して許容しなかったのではないか？』

　再び岩永は虚構の答弁を引っ提げて、ネット空間の議場内に舞い降りる。

『七瀬かりんの死に様と、鋼人七瀬の出現は嚙み合っていない。嚙み合わせる仮説は先ほど棄却《ききゃく》された。なら新たな仮説を打ち立てよう。鋼人七瀬は怪異ではない、生きた人間の意図によってでっち上げられた偽物の亡霊であり、寺田刑事を殺したのも生きた人間だ。鋼人七瀬は七瀬かりんでないゆえに、その出現と死に様は矛盾するのだ』

　解決第一と同じく亡霊という怪異を認めないものだが、今度は七瀬かりんの死に立ち返り、根本から話を揺さぶる構造を取っている。

『事の起こり、七瀬かりんの死を再検証してみたい。彼女の死にはやはり不審がある。あれは彼女らしい死に方ではない、という意見があるのだ』

〈ああ、ちょっとだけ話題になったことあるか？〉

　書き込みに同調の反応がある。いい加減、岩永が長文を連続でサイトに上げるのに飽きがきてもおかしくなかったが、夜は深くなり始めたばかりであり、明日は休日の日曜日。付き合う気がある者はまだまだいるようだ。九郎が何度も死にながら、サイトに集まる者の熱が去らない未来を選び取ってくれてもいるのだろう。

『彼女は追い詰められていた。せっかく築いた芸能界の地位を失い、再び人気を得るのも困難になっており、親殺しの疑いもかけられ、それが父の手記に端を発していたとなれば、それまでの人生全てを砕かれたも同じである。自殺の動機は揃っている。しかし他ならない、実の姉が妹の自殺に疑いを表しているのだ』

〈その記事見たことあるな〉

〈俺はインタビューを聞いた〉

〈これくらいでやけになるとは思わないとか、容姿に自信があった妹があんな見苦しい死に方を選ぶとは思えないとか言ってたぞ〉

〈このサイトにも記事がまとめてあったはずだ〉

情報の裏付けを積極的にやってくれるのは話が早くていい。メディアに名前までは出していなかったが、姉は最後まで妹の死に疑惑を表明していた。警察の捜査に対してもそうだ。姉にとって七瀬かりんの死は、なぜか納得のいかないものだったのだ。

『身内が自殺した場合、肉親が素直に受け入れないこともないわけではない。自殺原因がその肉親自体にあるかもしれず、周りから責められないために、自殺しそうな様子はなかった、他にもっと事情があったはずだ、他に悪い者がいる、という責任転嫁を行うのである。この姉の疑念の表明もそれに類するものである可能性はある』

〈姉は七瀬の遺産をそっくり受け取れたんだろ？　周りからも責められやすいよな〉

〈遺産目当てで姉が妹を自殺に追いやったとか？　七瀬って稼いでたよな？〉

〈写真集とかの稼ぎは事務所が全部持っていってたけど、曲の印税は大きかったはずだ〉

〈少なくないよな。人生変えれる額にはなってる〉

〈けど姉が遺産狙いなら、自殺がおかしいなんて言わないだろ。『私がちゃんと相談に乗ってあげていればこんなことには』とか表向きぐらい泣いておくんじゃないか〉

〈だよな。変に勘ぐられて捜査されそうだし〉

『その通り、自己防衛にしても、他に理由があるにしても、周囲や警察に余計勘ぐられそうな発言を姉はしている。責任転嫁の心理だけでここまで言うだろうか？』

言うかもしれないし、言わないかもしれない。

ただ『言わない』場合の方が物語は発展する。サイトに集まる者もそう期待している。

『姉は疑いはじめていたのだ。本当に七瀬かりん、本名春子は死んだのか？　鉄骨に潰されて死んだのは別人ではないか？　と』

あらためて言うまでもない。七瀬かりんは顔のない死体として発見された。鉄骨に顔を潰されていた。だから鋼人七瀬も顔のない怪物として現れているのだ。

物語において顔のない死体が登場した場合、人物が入れ替わっているのを疑え。特に推理小説では百年以上前からある、鉄則と言えば鉄則だ。

サイトが一瞬ざわついた。今さらそんな大原則が持ち出されるとは考えてもいなかったのだろう。

反応の書き込みが挟まるのも構わず、岩永は続ける。

『死体はもちろんしっかり身許確認がされている。服装、指紋、血液型、身体的特徴。しかしそれらにどれくらい信用がおけるだろう？　服は着替えれば済む。指紋も以前から警察に登録されていたものと照合されたわけではない、ホテルの荷物や私物から検出されたものと一致しただけだ。その私物を別人の指紋がついたものとすり替えておけばクリアできる。同じ血液型の人間だって多い。身体的特徴も、特別な手術痕やあざがあったわけではなく、歯形は顔と一緒に砕けている。別人と入れ替わっている可能性は排除できない』

〈でも七瀬かりんの胸は特徴的だ。あれはでかい〉

『胸のサイズに極端な差があれば別人とわかるだろうが、死体の胸のサイズがそれほど厳密に調べられるだろうか？　グラビア写真と少々違う雰囲気であっても、写真はデジタル修整されている、マスコミから逃げている間にストレスで縮んだ、解釈のしようはいくらでもある。指紋が一致しているのに、なぜ警察が死体の入れ替わりを疑うだろう？』

〈DNAを調べられたらどうしたんだ？〉

『入れ替わりを本気で疑わないかぎり、警察はそこまで調べない。それに比較する七瀬かりんのDNAをどう手に入れるか。宿泊していたホテルに落ちている毛根付きの髪の毛か。これも別人のものを用意して落としておくのはたやすい。なら七瀬かりんのへその緒が残っていれば、それと比較できる。しかしそれすら別人のものと入れ替えるのは可能だ。一致しても決定的証拠にはならない』

〈とは言っても大変な手間だ〉

『それでも入れ替わりは理論上可能だ。要は顔が潰れていても、入れ替わっていそうにないと警察が思えば成功する』

〈でも、現実的に入れ替わりなんて無理だろう?〉

活発な質疑はサイト閲覧者の関心が高まっているためか、岩永を阻む六花の戦略か。どちらであれ、岩永はこの問いに対してこう切り返してみせた。

『現実に可能かどうかは関係ない。重要なのは、七瀬かりんの姉が、別人と入れ替わっているかもしれない、と疑ったかどうかだ』


紗季にすると所属している組織の不名誉を認めることになるが、現実に死体の取り違えというのは起こっている。顔のない死体ではなく、さして損傷していない死体でも、家族が間違って身内のものと思い込み、火葬してから別人とわかった、というケースがあるのだ。

殺人となれば注意深くはなるものの、事故や自殺ならDNAどころか指紋の照合もしないで済ませてしまう。

七瀬かりんのケースは念のため指紋まで調べているが、発見時に学生証、携帯電話を所持しており、宿泊しているホテルまですぐにわかったのだから、身許を疑った捜査はしていない。死体が別人と入れ替わっていても気がつかなかった可能性はないこともない。仮定としては恐ろしく無理があるにしても。

そして現実に死体は入れ替わっていない。岩永が地縛霊から七瀬かりんの死亡状況をちゃんと聞き出しているのだから。

けれどその真相をしかと知らなければ疑いはどこからでも生まれ、非現実的であってもそうとしか思えなくなることもある。

自分の後ろでひたすらキーボードの音を立てる彼女の議会戦術を、紗季は携帯電話の画面で追う。

『七瀬かりんの姉にすれば、妹がおよそ妹らしくない状況で死んだ。学校を説得し、有言実行を繰り返し、人気アイドルになりつつあった小賢しい妹が、こんな簡単に死ぬわけがない。そう思考するのも当然だろう。いや、悪意ある行動をした者ほど、相手の悪意を疑うものなのだ』

また岩永が論理の飛躍した主張を行おうとしている。七瀬かりんの姉の名誉を大きく損ねそうな展開になっているが、紗季は質すのを控える。この娘が何も考えていないわけがない。

『さあ、また話を戻そう。七瀬かりんの父が残した手記だ。あれがいかなる意図で書かれたものかは先ほど語った。それが事実でないとしても、手記があるのは事実だ。ではあの手記はどうやってマスコミの手に渡ったのだろう？　父はブログを開設していてそこに心情を書いたのではない。個人的な自筆の手記がなぜ都合良く表に出たのか』

紗季は考えてみた。

岩永の第二の解決を一部支持するなら、父は死後、マスコミに渡るよう誰かに頼んでおいた、ということになる。支持しないにしても、誰かが手記を発見してマスコミに渡した、ということになる。どちらにせよ『誰か』が必要だ。

『誰かが手記をマスコミに渡したのだ。その誰かとは、七瀬かりんの姉としか考えられない』

マスコミは情報源を秘匿しており、これは警察も知り得ていない。情報提供者を漏らすのは後々の信用に関わるため、たとえ警察に問われてもまず開示に応じないのだ。七瀬かりんの死について警察は他殺の線をほぼ捨てており、マスコミの反感を買ってまで調べる必然がなかったために追及しなかったようでもある。

岩永の語りに沿えば、なるほど誰かとは姉以外に適任者はいないだろう。

『七瀬かりんの姉は、妹を快く思っていただろうか？　妹は才色兼備であり、それを元に華やかに成功してみせた。一方で姉についてはさしたる話題がない。スカウトされたのも妹だけであり、ひょっとすると子どもの頃から『妹に劣る姉』といった比べ方をされていたかもしれない』

全て岩永の憶測だろうが、ありそうな話ではある。優れた姉ならまだしも、優れた妹の存在というのは大きなコンプレックスになりそうだ。

『姉と妹は良好な関係ではなかったろう。七瀬かりんに殺人疑惑が上がった時、姉から妹を擁護する発言はいっさい出ていない。彼女は取材から逃れ、七瀬かりんが死んだ時も近くにおらず、死後に妹を追い込んだマスコミを非難する声明すら出していない。良好な関係であれば、こんなことはありえないのではないか』

マスコミが自分達の不利になる発言を削っていたり、そんな対応に腹を立てて姉は取材を敢えて無視したとも考えられるが、推測として妥当性はある。警察の資料からも、この七瀬初実という姉が妹に冷淡過ぎないか、という印象を紗季は受けていた。

『父の手記を手にした姉は、妹へのささやかな報復としてマスコミに送った。もしかすると父親から内容を教えられた上で送るよう頼まれていたかもしれない。成功への妬み、優れた妹への悪意から姉は実行した』

またも岩永は通常の議会答弁からはみ出し、物語作者になっている。そしてサイトの閲覧者はまさに目の前で創作される物語に引き込まれている。

『それがもたらした結果はやはり姉の思惑を越えていただろう。いくらなんでも妹が死ぬとは、それも自殺のニュアンスまで含んでというのは姉の想像から完全に外れていた。だから疑ったのだ。妹は死んだふりをして自分に報復してくるのでは、と』

七瀬かりんの立場からすれば、やってもいない罪を着せてきたのは誰か、十分に読めただろう。これも彼女が思い込んだ、というレベルのものかもしれないが、手記を送ることができてそんな嘘を望むのは、身内しかいないと直感しても仕方あるまい。

無論、岩永の語りが事実であれば、だが。

『現実的に考えれば人物の入れ替わりは困難だ。七瀬かりんが自分に似た体つきの人間を用意する時間があったとも思えないし、服や指紋のすり替えも簡単ではない。けれどできないことはない。姉にとって七瀬かりんという妹は、そんなことをやりそうに思えていたのだ。死なせるつもりはなかったにしても、妹の死を決定づける行動を取った、という罪悪感がさらに彼女の妄想を煽ったかもしれない』

紗季は携帯電話からフロントガラスの向こうに目の焦点を合わせる。

雲が月になびき、長いコンクリート造りの階段はふっと黒が濃くなった。それでも鋼人七瀬の衣装の赤は血よりも鮮やかにひるがえる。

H形鋼とともに鋼人は回転し、防御に上げられた九郎の腕ごと頭を打ち飛ばす。だがなびいた雲が月から離れた時、九郎はすでに鋼人七瀬の髪をつかんで引き寄せ、膝の上に顔を叩きつけている。

互いに不死ゆえ躊躇も加減もない破壊の応酬だった。

『実際の七瀬かりんは普通に父と姉を敬愛していただろう。ただ人より頭が良く、意志が強く、成功に貪欲だった、というだけだろう。そんな彼女がようやく手に入れたものを奪われ、家族によって陥れられたと気づけば、鉄骨をかわしたくなくなる暗い心理状態になりそうなものである。七瀬かりんが自殺同然に死ぬのはありうることなのだ』

ガラスを隔ててとはいえ、鋼人七瀬の人でなしぶりを見ている紗季にすれば、七瀬かりんがそんな殊勝な人間とは信じられない。あの怪物は七瀬かりんの遺志を反映した亡霊ではないので、どれほど乱暴で狡猾《こうかつ》であっても、本物の七瀬かりんの性格を写してはいないのだろうが。

本物はうち捨てられた雨の工事現場で孤独に煙草を吸い、鉄骨から逃げる気力さえ奮い立たせられなかった二十歳にならぬ哀れな娘だ。

『だが姉の目に妹はそんな殊勝な人間に映っていなかった。陥れられたと気づけば万難を排して報復してきそうな、そう想像させるに足る人間だった。自分に似た娘を捕まえ、自分の服を着せ、指紋を自分の私物につけさせ、気を失わせ、その顔めがけて鉄骨を降らせて罪を逃れていそうな人間だった』

闇を裂く鉄骨。鋼人七瀬は階段を下り駆ける。

『なのに世間は妹を死んだと認識した。妹が生きているのでは、と訴えてもまるで耳を傾けてくれない。死んだとされた人間は警戒されない、最強の復讐者だ。周囲に言っても正気を心配されるだけになる。姉はだから恐れた。本当は死んでいる妹の影に怯え、日常生活に支障をきたすことになった』

九郎が鋼人七瀬の体を受け止め、階段の上方へ押し戻す。岩永がささいな事実を元手として強引に物語を紡《つむ》ぐ中、九郎は死の淵を何度も覗いている。

ここで岩永の論理がようやく倒すべき敵の存在に至った。

『そこで必要とされたのが、『鋼人七瀬』という嘘なのだ』

紗季は岩永が次にどんな主張を用意しているか読めない。実在を虚構と言いくるめるため、なぜ岩永は七瀬かりんの姉の悪意をここまで語ったのか？

まとめサイトに書き込みを続けながら、岩永は七瀬かりんの姉、七瀬初実には申し訳ないと心の中で手を合わせていた。姉妹仲が良くなかったであろうこと、妹の死に不審を持っていたであろうことは事実でも、公の場所であげつらわれるいわれはない。手記をメディアに流したのが彼女であっても、今さら追及されるものでもないだろう。

フォローは後にするつもりだ。またこれは解決第三であって、最後の解決ではない。途中で棄却される解決であるから、嘘として片付く。嘘になっても名誉毀損は成立するが、どこかで暮らす初実に嫌がらせめいた行為まではされないだろう。

解決第三はまだ途上だ。ここから『鋼人七瀬』の必然性と寺田刑事を殺した犯人を指摘せねばならない。そのため七瀬初実を責めたのだ。

『死んだ人間を生きていると思い込み、報復を恐れる七瀬かりんの姉を落ち着かせるのは難しい。いくら七瀬かりんは死んだのだ、と証拠を並べても偽造できるとされる。顔のない死体なら人物が入れ替わっている、本物は生きている。この思い込みを覆すにはどうすればいいか』

複数の書き込みが岩永の論旨を理解しているのを示す。反対意見に野次の類もあるが、それ以上に構わず続けるよう求める書き込みが並んでいた。

岩永は期待通り先へ進んだ。

『姉のことを親身に考え、彼女の心の重荷を取り除こうとした人物がいたとしよう。その人物は七瀬かりんの死がどうすれば証明できるか考えた。そうして発案されたのが『鋼人七瀬』だ。その人物は七瀬かりんの亡霊を出現させることにしたのである。その人物は鋼人七瀬の姿になり、夜な夜な人を襲ってみせることで亡霊をでっち上げ、その噂を広めようとしたのだ』

おお。

まとめサイトを閲覧していた誰かのうち、いち早く岩永の主張を理解した者が、一言そう書き込んだ。

この現実世界で車のハンドルの前に座っている紗季からも、感嘆の響きのある呟きが聞こえる。

「なんて転倒した理屈を。死んだから亡霊が現れたんじゃなく、亡霊が現れたから死んだって言うのね？」

岩永自身はそれほど浮ついた理屈ではないと思っているが、まあ、確かに、転倒くらいはしているかもしれない。

『七瀬かりんの亡霊が現れたなら、取りも直さず七瀬かりんは死んでいることになる。死んだからこそ亡霊になり、世間への恨みをぶつけるごとく暴れる、という理屈が成り立つのだ。七瀬かりんの姉もそう考えるだろう。普通なら身内の亡霊が現れれば心穏やかでいられないだろうが、姉の場合、亡霊が現れた方が心穏やかになるのだ』

霊の存在を頭から認めない者にはそんな理屈は意味を成さないが、霊の存在を多少なりと信じる者なら、幽霊の出現とその元となった人間の死を直結させられる。

そしてこれまでの流れからして、このサイトに集まる者で霊を頭から認めない者などいるわけがない。紗季が言うところの転倒した理屈は力を持つ。

そこへ、すかさずといったタイミングで反対意見が発せられた。

〈その結論は早いっ。死んでなくても霊が現れることはある、生き霊だっ。お姉さんがそう考えるおそれもあるぞっ〉

生き霊は読んで字の通り、生きている人間の恨みによって現れる。それもまた信じる者はいる。されどこの指摘も岩永の思惑の内だ。

『だから死霊としか思えないよう、鋼人七瀬は鉄骨を持ち、顔が潰れ、七瀬かりんのステージ衣装を着ているという、どう考えても七瀬かりんが鉄骨を浴びて死んでいなければ現れそうにない姿に設定されたのだ』

すかさず切り返すことで岩永の主張が十分練られたものである印象をサイト閲覧者に与えられる。戦略に抜かりはない。

『またこのインパクトの強い姿と名には、亡霊出現の噂が素早く話題になり、広まるようにする意味合いもある。人を手当たり次第に襲うのも、話題を大きくするためだ。亡霊の噂は自然に姉の耳に入った方が効果が高い。わざとらしく友人知人から伝えられるより、ネットのゴシップニュースで偶然見た、何となく入った喫茶店の横の席で話題にされているのが聞こえた、といった形で伝わった方が、亡霊の出現が自分のためだけにでっち上げられた、作為的なものと感じないだろう』

かくて最初の謎が説明される。

『鋼人七瀬が七瀬かりんの死亡状況と嚙み合わない姿と行動を取るのは、七瀬かりんの姉に対し、七瀬かりんが死んでいると思わせるために存在させられているからだ。そこに七瀬かりんの意志がなくて当然なのである』

どうだ、どうなんだ。サイトにそんな書き込みが連続した。岩永の説明に理を認めつつも、全面的に信じていいものか戸惑っているようだ。

〈じゃあ刑事殺しはどうなるんだ?〉

〈そうだ、忘れてた。鋼人七瀬がでっち上げと説明できても、あれはどうなんだ?〉

〈まさか鋼人七瀬と刑事殺しは無関係とか言わないよな?〉

言えると楽だが、そうすると議会出席者諸君は落胆するだろう。

岩永は応じてキーボードを叩き出した。

『もちろん事件は関係している。寺田刑事を殺したのはその鋼人七瀬をでっち上げた人物だ。その人物は噂が広がるよう、下火にならないよう、毎日ではなくとも週に一度以上は真倉坂市を訪れ、鋼人七瀬の格好になって人を襲う、という作業をしていたはずだ。昨晩も犯人はそうしていた』

ここは解決第一と共通している。違うのは次から。

『そこで運悪く、鋼人七瀬について独自捜査をしていた寺田刑事に出くわしたのである。真夜中、奇体なドレス姿に鉄骨を持った顔のないものに遭遇すれば相手は驚いてまず逃げる。犯人もそう考え、これまでは難なく目的を果たしていた。よもや亡霊など信じない屈強な刑事が本気で捜査し、捕まえに来るとは思ってもいなかった』

解決第一では多用しなかった偶然を岩永はここぞとばかりに投入する。

『犯人はあっさり捕まっただろう。逃げると思っていた相手が逃げずに勢いよく向かって来れば混乱してとっさに動けなくもなる。寺田刑事としても、棒立ちになった相手をいきなり地面に押し倒したり手荒な真似はしなかったはずだ。せいぜい片腕をつかんだ程度か。犯人はようやく逃げようとするも、屈強な刑事に片腕だけでも握られていればどうしようもない。だが今度はそこで寺田刑事が驚きに棒立ちになった』

もうひとつの謎を説明せねばならない。なぜ寺田刑事は抵抗の様子もなく、あっさり殺されたか。

『犯人をよくよく見れば男だったからだ。犯人が暴れた時、巨乳に見せかけるため胸に詰めていたものが外れたかもしれない。女性的なウィッグをつけ、大きなリボンを頭に結び、潰れているように見せかけるため顔全体を黒塗りし、ミニでひらひらのドレスをまとっているのが男とわかれば、いくら刑事でも瞬間、啞然としよう』

いくらか匂わせてはいたが、犯人の性別をここで明らかにする。前で身じろぎする音がした。ちらと一眼を上げると、紗季が首をひねっている。

「犯人は七瀬かりんの姉のために行動していたんだから、彼女と恋愛関係にあるか、彼女にそれに近い感情を抱く男性だった方が筋が通るか」

「女性が他人のために亡霊のふりして夜な夜な鉄骨振り回すなんてバカをするとは誰も信じないでしょう」

身も蓋もなく岩永は言い切り、パソコンのディスプレイに戻って続けた。

『そこで犯人はとっさに手にしていた鉄骨で寺田刑事を撲った。言うまでもなく本物の鉄骨ではない。鉄骨らしく見えるよう造った偽物だ。軽量化のため発泡スチロールを使用していたとも考えられるが、振り回した際に迫力を出すにはある程度重量が必要であり、また持ち運びにも便利なよう、二つに分けて組み立てやすい木材で自作したと考えられる』

プラスティック製でもいいが、殺傷能力が高い印象にしたいので、木製ということにする。

『木製でも一定の重さと長さがあれば、人間の頭を割ることができる。当たり所次第では一打で気を失わせることも、殺すことも可能だ。犯人の一発はまともにそこへ入った。犯人の女装に唖然としていた寺田刑事はその一瞬の隙に撲られたため、抵抗の痕跡を生むことなく倒れたのである』

殺人は偶然であったが、その後の行動には必然を織り交ぜる。

『犯人は焦った。刑事がそれで死んだかどうかはわからないものの、生かしておいては鋼人七瀬がでっち上げの偽亡霊とばれてしまう。七瀬かりんの姉の心を穏やかにする嘘が破綻してしまう。そこで犯人は寺田刑事を殺すことを決めた。それも鋼人七瀬の噂がいっそう広まるよう、その亡霊に殺されたように見せかけて』

なぜ犯人は殺人を鋼人七瀬の仕業に見せかけたか、の説明がこれになる。

『犯人は手近にあったなるべく重い物体で倒れた寺田刑事の顔面を潰れるまで撲り、完全に息の根を止める。ブロックが現場周辺に落ちていたかもしれないし、犯人が鋼人七瀬変装道具一式を詰めていたスーツケースを使ったかもしれない。作業が終わると犯人は自分の痕跡を消し、そこから立ち去った』

岩永が長文になり過ぎるのを避けて解決を分割し、サイトに上げていく間にも他の書き込みが入る。妨害的なものもあれば、岩永の先を促すもの、補足するものと流れは渾沌《こんとん》としている。

こじつけばかりだ、飽きた、もっとやれ、どうなるんだ次、犯人は移動しやすいよう車に乗っていたはずだからトランクに工具くらいあったろうそれで顔を潰したんじゃ。

その中に流れを止められる反対意見はない。

『では犯人は誰か。名はわからないが、条件は絞れる。犯人は七瀬かりんの姉の身近にいる者、彼女に恋愛感情、もしくは保護欲を持つ者、深夜鋼人七瀬の姿で見知らぬ町を歩ける者。そして男性』

〈犯人はストレートに姉の恋人じゃないのか?〉

『その可能性はなくもないが、私は低いと考える。週に一度くらいといえ、深夜恋人が不審な行動をして姉が気づかないだろうか。危険であり、姉が妹の復讐に怯《おび》えるなら夜こそ一緒にいて欲しがりそうなものである。そんな時にいないとさらに不審がられる。犯人は時間に自由があり、彼女のためには方法を選ばず手間を厭《いと》わない、いささか偏執的な傾向のある単身者と見るべきではないか』

岩永とすれば恋人でも良かったが、七瀬初実に現在恋人がいた場合、一時的とはいえ犯人の汚名を着せることになる。後で棄却するにしろ、避けられるなら避けた方がいい。歪んだ愛を初実に向ける男を犯人にしておけば誰にも害がなく、そんなものにつきまとわれている彼女を被害者的な位置に据えられもする。

『そうならば七瀬かりんの姉に危険が及ぶかもしれない。犯人が彼女に一方的な好意を寄せ、彼女のために行動するのに満足しているだけのナイト気取りの男で留まるならいいが、ついに殺人を犯してしまい、その愛情に見返りを求めるといった方向に血をたぎらせてしまった場合、強引に姉へ関係を迫ることはありうる』

岩永は解決第三の結論をサイトへ上げた。

『犯人は七瀬かりんの姉に、七瀬かりんが死んでいると納得させるため『鋼人七瀬』というもしない亡霊をでっち上げた。そして寺田刑事を結果的に殺害し、ひょっとすると七瀬かりんの姉にまで危害を加えるかもしれない。鋼人七瀬は怪異ではない。至急この偏執的な犯人を特定し、関係者の安全を確保すべきである』

紗季は喉の渇きをおぼえ、自分も買っておいたペットボトルのお茶を手に取り、左手だけで蓋を外す。右手は携帯電話を握り、岩永が結論を記した後のまとめサイトの動向が目に入るようにしていた。

よくここまで嘘を並べ、謎という謎を解体できるものだ。

ネット上ではいないと主張されている鋼人七瀬が、先ほどから二十メートルばかり前方の階段で昔の彼氏を三十回以上撲殺していなかったら、八割くらいは信じてみようか、という心理になっていたかもしれない。少なくとも鋼人七瀬を合理的に説明がつくもの、という目で捉えるようになりそうだ。

怪異の側に立ち、当人も怪異的な存在であり、怪異の仕業と知っているにもかかわらず、怪異の仕業ではないと証明しようとする岩永は矛盾に満ちていると思えたが、それは大きな間違いだったかもしれない。

何かの本で読んだことがある。嘘をつくには本当のことを知らなければならない、と。真実を知らねばそもそも何が嘘かわからない。真実を知るから惑わされず、騙されず、矛盾しない嘘をつける。その発想からいけば、彼女でなければここまでの嘘をつけないということになる。

後部座席でもペットボトルを開ける音がしたので岩永も小休止に入ったようだ。紗季は体をひねって後ろへ頭を向ける。

「大丈夫？」

「ペース配分はわかっています」

岩永は紅茶を一口含み、ディスプレイから顔を上げずに返してきた。小休止どころか、臨戦態勢を崩していない。ベレー帽の下の柔らかそうな髪の一本一本までが集中に張り詰めていそうだ。

虚構を築き続けるのが大変とは察していた。それもどう反応するかわからないまとめサイトの参加者相手に丁々発止と限られた時間で破綻を来《きた》さないようやり合うなど拷問にも等しいだろう。

「解決第三は効果があった。解決を面白がってるだけにしろ、支持する者が多く現れているようよ」

「その割に鋼人七瀬は弱ってないんじゃあ、ありませんか？」

岩永のクリーム色のベレー帽がぴくりとも上下せず、彼女の瞳孔はディスプレイからちらともずれなかったのに、断定的に冷静な調子で言った。

紗季がダッシュボードに手を置き、振り返った車の外では、九郎が鋼人七瀬を担ぐようにして頭から階段に落としていた。首が胴体にめり込み、頭もリボンも内側にぐしゃりと沈んでいるのに、それはすぐさま立ち上がる。

どういう仕組みになっているのか、首は伸び戻り、頭も、リボンさえも、触れないままで膨らみを復活させる。

「怪物って言っても、限度があるでしょうっ」

解決第二の直後は復活に時間がかかっていた。第三の直後なのに、この差はなんだ。六花が流れをつかみ返すのが早かったのか。

「反対意見、来てます」

岩永がペットボトルをシートに投げ置く音とともに変わらぬ声がした。携帯電話を掲げて紗季もまとめサイトを見る。

〈さっきの解決には致命傷がある。犯人は七瀬かりんの姉の心を落ち着かせるために鋼人七瀬をでっち上げたというが、これはおかしい〉

この意見を出したのは誰だろう。サイトに集う何万人の中のひとりか、あるいは鋼人七瀬実体化を主導し、このサイトを運営する六花本人か。

〈落ち着かせるためなら、鋼人七瀬の設定はもっと穏当でなければならない。姉は妹の報復を恐れていた。なのに鋼人七瀬が鉄骨を振り回し、人を襲うなどという属性なら、生きた妹が報復に来なくとも、亡霊の妹が襲いに来ると思わないか？　さらに殺人まで犯した

なら恐怖は最大になる。姉の精神をいっそう追い詰めるだろう〉

迂闊だった。そんな穴を紗季も見落としていたとは。

だがそれくらい目をつぶっていいのではないのか。その程度には、解決第三に価値はあったはずだ。

〈よって犯人の動機は成立しない。動機が崩れるなら、連鎖的に解決全てが成り立たないことになるっ〉

この主張に同調する者、反対する者、態度を保留する者、と書き込みが盛んになる。

〈もっともだ、あの解決はないな〉

〈そうか？　犯人が矛盾のない行動を取るとは限らない。犯人はちょっと頭が変で思い込みの激しいやつなんだろ〉

〈とにかく亡霊さえでっち上げればいいと思い込んで、つい逆効果の設定にしたとか？〉

〈実際にはあるかもしれないけど、そんな解釈ありなら何でもありになるぞ？〉

〈というかそんな辻褄の合わない行動を犯人にされたら推理なんてできない〉

築くのにいかなる労苦を費やしたとしても、崩れるのはまたたく間。ひとつの穴から解決第三は決壊していた。現実も人の心も矛盾に満ち、辻褄が合わないのは誰もが何となく認めていよう。しかし受け入れられる矛盾と受け入れられない矛盾がある。

矛盾があっても何となく納得できる、納得したい解決なら、それは受け入れられたろう。岩永の解決第三はある程度そこまで達していたはずだ。その申し立てがなければ流れを決定できて鋼人七瀬を消し去れたかもしれない。

　実際には矛盾を明らかにする反対意見が発せられ、矛盾を許容すること自体への疑問が提示されてしまった。岩永が謎を解体したのと同じに、反対意見は解決を解体してその弱点をさらけ出させ、魅力を失わせてしまった。

「やりますね、六花さん。ひとりで異論を唱え、ひとりで死んで、ひとりで生き返り、流れをつかんでくるとは」

　岩永は前髪を分け、義眼が下におさまっているはずの右のまぶたをすっと薬指で撫でて薄く笑んだ。

「でもこちらはひとりではありません。九郎先輩と私があなたの好きにはさせない」

　紗季は彼女の芯の太さに圧倒された。脳髄からしぼり出したであろう解決をガラスの塔も同じに薙ぎ崩されてもまるで動じていない。岩永にとってこれもまた、想定通りの展開なのだ。

「そうね。解決第三が棄却されたとしても、全員がその流れに乗ったわけがない。何パーセントかは確実に鋼人七瀬という亡霊を信じない側に回ったはず」

　岩永の戦略は、四つの解決で亡霊支持派の勢力を段階的に削ぎ落とし、揺さぶりをかけ、弱らせるというものだ。なら戦略は成功していると言っていいだろう。

紗季は岩永を力づけるごとく声を掛けたつもりだったが、岩永は薄い笑みのまま、ねじれた言葉を返す。

「何パーセントかに過ぎない脱落者なんて当てにしてませんよ。これまでの解決でも満足した人はいるでしょうが、計算には入れていません」

「え？」

「六花さんも紗季さんと同じことを考え、脱落者が少ない未来を選んで決定しているのでしょう。私が勢力を段階的に削ぎ落とそうとしているとして。私の罠はそこから始まっています」

どういうことだ。紗季は混乱する。

「でもさっき、一部でも信じてもらえれば十分って言ってなかった？」

「サイトに集まる人の一部にでも信じてもらえれば、という意味ではありません。私の提示する解決の一部でも信じてもらえれば、という意味で言ったんです」

岩永がディスプレイから一度顔を上げ、紗季と向き合った。

「気づきませんか。私のこれまでの解決は、少しずつ前の解決を取り入れています。寺田刑事が鋼人七瀬を独自に捜査していたこと、七瀬かりんの父親が悪意をもって手記を残したこと。それぞれの解決の結論は棄却されても、要素自体は棄却されていない。今棄却された解決第三も、犯人像は棄却されましたが、七瀬かりんの姉が手記をマスメディアに流した、という点を疑う意見は出ていません」

慌てて携帯電話を目の前に上げる。そうだ。それぞれの解決は緩やかに前の解決を踏み台にしている。

「六花さんにすれば、『鋼人七瀬はでっち上げである、消滅させられる』という結論さえ認められなければいいんですから、私の解決を根本から倒す必要はありません。そして『鋼人七瀬という亡霊はいない』という私の結論部分は絶対的な嘘ゆえに一番弱い。叩きやすく、そこを倒すだけで目的を果たせます。また弱い所を叩く方が単純で早い対応ができ、脱落者を減らすこともできます」

反対意見が長く、複雑になれば理解させるのに時間がかかり、その間に岩永側へ人が移ってしまうおそれはある。単純な指摘で解決を崩せば劇的であり、印象も強くなる。流れを取り戻そうとする六花は当然、単純であるのを選ぶだろう。

「結論部分以外は信じられても問題ありません。一定の説得力を持ち、嘘と言い切れない部分まで病的に潰していくとサイトの流れが停滞し、退屈になりかねませんし、そこまでやらなくとも、という空気が発生して、かえって前の解決に注目を集めかねません」

なら六花に選択の余地はなかったということか。全て岩永の思い通りに動くしかなかったとしか聞こえない。

「準備は完了しました。あとは最後の一撃を放つだけ」

岩永は奏者が鍵盤に触れるような動作で、パソコンのキーボードに指を下ろした。

「虚構の中に虚構は生まれ、真実に裏返り、鋼人七瀬は消え去ります」

なんということだろう。

ここに来ても、ここまで来ても、六花の鋼人七瀬も、岩永の四つの解決も、残らず丸ごと嘘なのだ。目の前の鋼人七瀬はただ一時的に形を成して現れているに過ぎない。目の前に有るものは、いつでも無となるスイッチを持っている。

「解決第四、行きます」


『それでも鋼人七瀬は虚構である。これまでの三つの解決は、真実をあぶり出すための布石に過ぎない。犯人はいる。鋼人七瀬という偽の亡霊を作り、寺田刑事を殺した犯人が』

岩永がそう書き込むと、待ってました、という反応と、もうやめろ、という声が入り乱れた。どちらの意見であれ、サイトは盛り上がっている。書き込みをやめる方が期待を損なうだろう。

六花も察していよう。今岩永の書き込みを制限、拒絶すればかえって不信を抱かせると。岩永が何を企んでいるにしても、六花は動きようがない。

『犯人は他でもない、七瀬かりん、本名七瀬春子だ。彼女は死んでいない。マンション建設現場で死んだのは、七瀬かりんに仕立て上げられた別人なのだ。顔のない死体があれば人物が入れ替わっているのが鉄則。本物の七瀬かりんは今も生きている』

岩永はいきなり結論を投げ入れた。解決第三で人物の入れ替わりは示唆《しさ》しておいた。最後にそれを復活させる。最も初歩的な疑いであり、最もありえないと店《たな》ざらしにされていた仮説を。

サイトの反応も激しい。さっきそれは否定されたろう、いや検証はしなかったんじゃ。

〈七瀬かりんが生きてれば、鋼人七瀬はいないよな?〉

〈生きた人間の亡霊がいるわけないからな〉

〈生き霊って可能性も〉

〈生きてたらあんな格好で現れたりしないって〉

〈それよりまずは、人物の入れ替わりができたかどうかじゃないのか?〉

岩永自身が先ほど、『困難』と述べた人物の入れ替わりだ。そこが攻められるのは自然である。

『父殺しの疑いをかけられ、仕事を失い、真倉坂市に逃げ隠れていた七瀬かりん。彼女は頭が良く、自分が家族によって陥れられたことに気づいていただろう。彼女は家族さえ失い、孤独に潜伏していた』

人物の入れ替わりなどありえない。真実、七瀬かりんは建設現場で鉄骨の下敷きになって死んでいる。それを語りひとつで甦らせるのだ。

『いくら絶望していたとしても、彼女は自殺だけはしなかったろう。しばらくすれば噂も収まり、元の生活に戻れる、アイドルとしては復帰できなくとも人生が終わったわけではない、一からやり直せばいいだけ、まだ自分は若いのだから。そう七瀬かりんは言い聞かせていたろう。その時、彼女は出会ってしまった。自分によく似た女性に』

入れ替わりは無理があるトリックだ。偶然を取り入れるのをためらってはならない。ためらわず押し切り、ご都合主義を指摘される前に信じ込ませる。

『顔立ちは違っても、髪の長さや体つき、年齢がよく似ており、特に親類縁者もなく、あるいは真倉坂市に自殺しに来た女性かもしれない。七瀬かりんは運悪くそんな女性に出会ってしまった。出会わなければ彼女はじっと噂をやり過ごし、華やかな世界から去ったにしても、普通に幸せにもなれただろう。しかし彼女は絶望の底で、劇的に人生をやり直せる機会に出会ってしまった』

ありえない偶然ではない。計画的な犯罪ではなかった、偶然に背中を押され、およそ起こしそうにもない犯罪に踏み切った、という説明なら、無理も通せる。

『七瀬かりんは全てを失っていた。やり直すにしても自分の過去は消せない。一からやり直すどころかマイナスからのスタートになる。父殺しの疑惑を負い、転落したアイドルという烙印《らくいん》は消えないのだ。なら七瀬かりんを死んだことにし、別人としてやり直せれば少なくともマイナスは消える。その誘惑が彼女を犯罪に走らせた』

犯罪を行うことでもっと大きなマイナスがつくのではないか、という点は無視する。人はドラマティックな展開を望むのだ。その展開になる心理的な説明を一面的であってもつけられれば、論理は回り出す。

『七瀬かりんは自分に似た女性、ここではAさんとしよう、そのAさんを巧みにホテルの部屋に招き入れ、自分の私物に指紋をつけさせる。前もって部屋についている自分の指紋は残らず拭《ぬぐ》っておき、Aさんの指紋しか残らないようにしておく。そして最後に服を交換し、夜遅くなってから建設現場で落ち合う約束をする』

前の運転席で紗季は黙ったままだ。岩永は現職警察官があきれてはいないか、ちらりと心配になったが、解決第四を加速させる。

『Aさんにどういう事情があったかはわからない。心を病んで自殺しようとしたところを七瀬かりんに引き留められ、彼女に依存的になったとも、金銭的援助を申し入れられて従ったとも考えられる。服を交換するのも、マスコミの目をごまかすためにしばらく自分の替え玉を演じてほしいと頼まれ、高い報酬を提示されたので快く引き受けたかもしれない。雨の降る夜の建設現場での待ち合わせも、マスコミの目を避けて打ち合わせるのにちょうどいいから、と言われて不思議がらず応じたとも考えられる』

打ち合わせなら携帯電話で事足りるだろうし、物の受け渡しをするにしても、直接顔を合わせる必然性はないだろう。ここでは現場に犯人と被害者がいた理由はどうとでも説明できる、という雰囲気を伝えられればよかった。

『服を交換したAさんを建設現場に呼び出した七瀬かりんはそこで彼女の頭を殴って気を失わせ、自分の身分証、携帯電話などを身につけさせて仰向けに寝かせる。その顔の上に七瀬かりんは鉄骨を倒したのだ』

かくて顔のない死体が現れる。

『顔は鉄骨で無茶苦茶に潰れる。これで顔による身許の確認が不可能になる。気を失わせる際に殴った跡も鉄骨による頭部損傷でわからなくもできる。そしてこの状況なら、あの謎も説明できるのだ。なぜ七瀬かりんは真正面から、鉄骨をかわそうともせずに受けていたか？　死体が七瀬かりんのものではなく、彼女の身代わりとして、気を失っている所に鉄骨を浴びせられた者のものであれば、真正面から無防備に受けてもいよう』

ここにはひとつの真実もない。

そして今、真実は関係ない。岩永は人物の入れ替わり解決を補強していくだけだ。

『現場の偽装を終えた七瀬かりんは足跡や目撃者に注意してそこから立ち去る。当時は真夜中で大雨だ。足跡は残らず、目撃者もいそうにない。難なく姿をくらましたろう。七瀬かりんはその後、Aさんの身分を使い、Aさんとまるで関係のない地域に移動し、過去を気にせず人生をやり直し出した。顔の印象を変えるため髪を切ったり装いを変えたりする必要はあったろうが、女性は化粧で化けるともいう。気づかれなくするのは割合簡単だ』

別人になって新しい人生をやり直すのが容易かどうか。案外やれてしまいそうな気もするが、挑戦するには度胸が問われそうだ。

サイト上で質問や疑問が出る前に、岩永は指を走らせる。議場に集う者達に語りかける。

『人物の入れ替わりが行われた証拠はない。空論と思われるだろう。だがひとつ七瀬かりんが入れ替わらず死んだとするなら説明に苦しむ事実がある。煙草だ』

煙草については一般にも報道されている。事件を構成するパーツとして欠かせなかったからか、警察の資料と変わらないくらいに詳しい報道もあった。

『七瀬かりんは誰にも見つからず煙草を吸うため、雨の夜の建設現場に入り込んだとされる。彼女は未成年で、ホテルは禁煙で、密かに吸うにはその場所くらいしかなかった、と。現場には吸い殻があり、死体の所持品にも煙草の箱とライターがあり、ホテルの部屋からも煙草の箱は発見されている。何も問題はなさそうだが、そんなわけがない』

そんなわけがないこともない。人は説明がつかない行動をする。何でも説明がつくと思ったら大間違いだ。

一方で人は説明がつかないのを嫌う。ならそこを嘘で説明し、物語をねじ込んでも不自然さは出ない。

『そもそも七瀬かりんに喫煙の習慣があったとするのがおかしい。彼女は未成年で、高校生の頃にアイドルとしてデビューしていた。アイドルの喫煙が人気を得るのにマイナスになるのは十分わかっていただろう。習慣があったとしてもすぐにやめていたはずだ。貪欲に人気を得ようとしていた、頭の良い彼女がその程度の決断をできなかったとは思えない』

彼女がデビューする前に喫煙が原因で仕事を失ったアイドルが何人もいた。サイトに集まる者の多くも心当たりがあるだろう。前例があるだけにすんなり通る理屈だ。

一方で前例がいくつもあるのに喫煙を行うアイドルが後を絶たないことから、この理屈が絶対でないと反対意見を出せもするが、その前に先へと移る。

『では殺人疑惑をかけられ、逃げている時にストレスから喫煙を始めた、またはかつて喫煙の習慣があり、禁煙していたのを再開していた、とする。だとしても首をひねらざるをえない。マスコミから逃れ、その目を気にする彼女がさらにマスコミのネタになる喫煙を行うだろうか？　もはや芸能界と縁を切る覚悟を決めていたので自暴自棄になって始めたとしても、彼女は人生をやり直すためにも早く話題が去り、噂が消え、事態が鎮まるのを願っていたはずだ。そこに喫煙が露見すればまたマスコミに話題を提供し、噂を煽ることになる。彼女がそんなリスクの高い喫煙を始めるわけがないのだ』

断定できないことも断定し、至れない場所を目指す。ありえないトリックをありうるものとしてしまう。

『ならなぜ現場に煙草があったか。煙草がそこになければならなかったからだ。なぜ吸いもしない煙草が現場になければいけないのか。死体の入れ替わりを成立させるためだ』

ただそこにあっただけの煙草を論拠にする。事実七瀬かりんが吸っていただけの煙草を、嘘への扉にする。

『煙草は真夜中、うち捨てられた建設現場にひとり七瀬かりんがいた理由を作るのに役立っている。だがこれは二次的なものだろう。そんな場所にいた理由は、自殺を考えてふらりと立ち寄ったでも済む。煙草という、それまで七瀬かりんになかった要素を付け加えるのは危険なはずだ。それでも付け加えたのは、彼女の代わりに死ぬAさんに喫煙の習慣があったからだ』

仮定に仮定を重ねたこの論に、一片の真実もない。しかし真実らしく、人が信じたいと思うものを見させる力はある。

『七瀬かりんが気にしたのは、死体が解剖された際、肺に喫煙の形跡が見られると判断されることだった。七瀬かりんがかつて喫煙していたとは誰も証言しない。なのに肺が煙草に汚れていれば疑問を持たれる。その疑問を解消するため、七瀬かりんにも喫煙の習慣があったかのように見せかける必要があった。同時に七瀬かりんが現場にいた理由付けにもなり、煙草の存在の疑わしさが隠されたのだ』

岩永は初めと同じ結論を述べた。

『今年の一月三十日、真倉坂市建設現場で発見された死体は七瀬かりんのものではない。顔のない死体トリックが実行され、七瀬かりんは生きている。鋼人七瀬という亡霊が現れるわけがない』

紗季の視線の向こう、階段上の鋼人七瀬はよろよろと立ち上がった。

「鋼人七瀬が、弱ってる。明らかに弱ってる」

立ち上がりはしたものの、その鈍器である鉄骨を杖としてやっとのこと、という様子だった。その鋼人に、警察学校でちゃんと格闘術を学んだ紗季からすると様にならない動きで九郎は組み付き、再び階段に倒してその後頭部を背中につくほどに折り曲げる。

自分のよく知る男性がそんな残酷にもほどがある行為をしているとなれば目を覆って耳も塞いでしまいそうな光景なのだが、もはやそんな感覚はどこかに飛んでいる。九郎がかつての彼氏とさえ思えなくなってきていた。紗季の知る九郎は、あんな戦いを決してしそうになかったのだから。

まとめサイトの書き込みと九郎の戦いは同調していた。岩永の顔のない死体仮説、前もって一度出しておき、ないと思わせてあると切り返したそのトリックに、サイトはかき回されていた。

人物の入れ替わりは信じ難いトリックだ。だが信じ難いことが実際に行われていて欲しいという期待も人にはある。そこに岩永はつけ込んだ。

無理だ、ありだ、煙草はどうする、別に吸っててもいいだろ、そんなの言い出したら何でもありだ、Aがいるなんて証拠ないだろ、でも死体はあるだろ、だからあれは七瀬の死体で、違う、人物が入れ替わってる顔のない死体なんだぞ。

『亡霊がいる』という説明は単純だ。同じくらい、『人物が入れ替わっている』という説明も単純だ。顔のない死体の必然性を最も単純に語るのが人物の入れ替わり。そのインパクトを信じたがっている。

〈じゃあ鋼人七瀬はどうなるんだ?〉

サイトが新たな展開を求める。

〈七瀬かりんが生きているなら、いったい誰が鋼人七瀬をでっち上げたんだよ〉

〈そりゃあ七瀬かりんだろう?〉

〈何のためにだ?〉

〈自分が死んでいるとより思わせるためじゃないか〉

〈亡霊が現れれば七瀬かりんは確実に死んでるってことになる。生きた七瀬かりんが第二の人生を送ってる時、周りに顔が似てるとか雰囲気が似てるとか思われても安全になるじゃないか〉

岩永が介入せずとも、謎に解が与えられていく。不思議ではない。岩永がこれまで提示した三つの解決の中にそれらは形を変え、人物を変え、ばらまかれているのだ。少し考え、拾って当てはめれば答えとなる仕組みになっている。

〈思わせるにしては、鋼人七瀬登場の時期は遅くないか？〉

〈七瀬の亡霊の噂が出始めたのはいつだ？〉

〈今年の六月頃か。このまとめサイトは七月半ばくらいにできてた〉

〈二月いっぱいはまだ七瀬かりんの事件は騒がれてたよな。で、後はほとんど話題にならなくなった〉

〈だったらもう世間は七瀬かりんのことを忘れたんだ、下手に亡霊騒ぎ起こしたら藪蛇《やぶへび》なんじゃないか？〉

〈またグラビア写真とか出回るもんな。生きてるってばれる危険性が高まる。七瀬かりんが鋼人七瀬の噂を広めるわけがない〉

〈待てよ、こう考えたらどうだ。七瀬かりんは五月くらいまで安全に暮らしてたんだけど、周りで『あの人、七瀬かりんに似てるんじゃ』とかいう噂が立ち始めたとか〉

〈あるかもな。整形は金がかかるし、限界もあるし、スタイルいいから目立つだろうし、運悪くアイドルに詳しいやつに出会ったりしたら噂になるかも〉

〈そうか、それで七瀬かりんはそこから引っ越したものの、将来また同じことが繰り返さ

れるかもしれないと考えたんだな〉

〈そうだそうだ、それで七瀬かりんを完全に死なせるため、『鋼人七瀬』をでっち上げることにしたんだっ〉

紗季にも見えてきた。岩永がいくつもの解決を連続で投下した本当の意味が。サイトに集まる者に自分でも謎を解いてみようという欲求を芽生えさせたのだ。論理と想像と妄想を駆使して都市伝説を合理的に説明する面白さを教えたのだ。

サイトはこれまで鋼人七瀬という怪を保証していく役割を持ち、想像力が集まっていた。だが岩永の解決投下により、それに疑問を抱く想像力が集まる場所に変わろうとしている。集まる者が、『鋼人七瀬はいない』という意識で頭を働かせようとしている。

〈じゃあ七瀬かりん本人が鋼人七瀬の格好して夜な夜な人を襲ったのか?〉

〈二、三回はしただろ。噂が広まりやすいよう鉄骨にドレスでリボンだ。胸も揺らすぜ〉

〈生き霊と思われないためにも鉄骨持って顔が潰れた『鋼人七瀬』というキャラクターを作ったわけだな。ネーミングもインパクトあるようにして〉

その辺りの説明は解決第三で成されたものを引っ張ってくれば当てはまる。妹の死を姉に受け入れさせるために必要とされた亡霊は、生きていることを隠したい七瀬かりん自身もまた必要とするものだ。

多重解決はどれほど理屈を費やし、ひとつひとつが説得力を持っていても、重なる分だけ真実をいっそう不確かにし、真相を明らかにするのにかえって不利かと思っていたが、こんな使い方があったとは。

紗季は足場の悪い階段で幾度も死にながら一歩も退かない九郎へ視線を送った。岩永の戦略が考え抜かれたものであったにしろ、ここまで効果を現したのは九郎の力が働いてのことに決まっている。このサイトに集まる者が解決に参加し出すという流れは、くだんの未来決定能力がなければかくも鮮やかに開かれまい。

「勝ったわね」

「まだです」

後ろを向かずにほっと言った紗季だったが、岩永の素早い返事からは気が抜かれていない。バックミラーをとっさに見上げ、そこに映る左右反転された娘はいっそう研ぎ澄まされた顔つきでディスプレイに対している。

「まだ私は最後の一撃を放っていません」

「えっ」

解決第四に入る前に言った最後の一撃とは、人物の入れ替わりの指摘ではなかったのか。

岩永が呟く。

「六花さん、あなたに望む未来をつかませはしない。この世には、何ものも侵してはならない秩序があるのだから」

そしてカタカタとキーを叩く音を響かせる。

紗季の意識もまとめサイトに飛んだ。

『その通り、七瀬かりんは完全に世間から自分を死なせるために鋼人七瀬をでっち上げた。周りに七瀬かりんと似ていると思われた時、亡霊である鋼人七瀬というキャラクターがすぐ相手の頭に浮かぶようにしようとした。こんなことを企んだのは、新しい人生を始めた後にできた恋人に七瀬かりんと似ていると指摘されたからかもしれない。万が一でも人物の入れ替わりと顔のない死体トリックにこの先気づかれる危険を避けるため、思い切った手段に出たのだ』

憶測と断定の交じる微妙な推測。だがそうかもしれないと思わせる詐術が込められているのが紗季には見える。岩永の書き込みは続く。

『七瀬かりんは真倉坂市に夜な夜な現れ、鋼人七瀬を演じした。本人が本人の亡霊を演じるのだから、説得力はあったろう。噂は広まりだした。その名がネットで話題になり出した。そして七瀬かりんはもうひとつ鋼人七瀬という亡霊を真実のものと思わせるため、噂を効率よく広めるため、あることをした』

何をしたのか。紗季はこれまでの情報から割り出そうとしたが、それより早く解答が記される。

『そう、この〈鋼人七瀬まとめサイト〉を開設したのだ』

声を上げそうになる紗季。さらに岩永は驚くべき書き込みを連ねた。

『七瀬かりん、あなたがこのサイトを開き、管理しているのはわかっている。今も私の書き込みを読んでいることだろう。私はずっと、あなたを告発し続けていたのだ』


「な、なんて嘘をっ」

岩永の前方の運転席で紗季がかすれた声を上げ、埃を立ててこちらに身を乗り出して来る。

「サイトを開き、管理してるのは六花さんでしょうっ」

「私は最初から嘘をつくと言っていますよ」

この議場で真実は問われない。何十万の想像力がどう捉えるかだ。また全てが嘘ではない。この〈鋼人七瀬まとめサイト〉はまぎれもなく、鋼人七瀬という亡霊を真実のものと思わせ、噂を効率よく広めるために開設されたのだ。

虚実の交錯する最後の一撃。岩永はこれを狙っていた。

『このまとめサイトは鋼人七瀬の噂を広め、増幅するのにきわめて熱心だった。情報がいともたやすく収集されていた。当たり前だ。犯人であるあなたが管理し、まとめているのだから』

サイトに混乱と過熱に彩られた他の書き込みが上がる。サイト管理者を犯人に、七瀬かりんにすることによって、このサイトは事件の最前線になった。盛り上がりもするだろう。それもまた岩永の計算通り。

『あなたは私の提示する解決をことごとく棄却しようとした。私の解決はどれも鋼人七瀬を消し去るもので、亡霊を偽物と結論されてはあなたの目的に反していて困る。噂をもっと広げようとしているのに成仏させられても困る。だから執拗に反駁《はんばく》し、私の書き込みを規制しようとさえした』

六花は規制しようとはしていない。これも嘘だ。岩永のこの解決に説得力を積み増すための虚構。

『ではあなたがなぜ寺田刑事を殺したかを説明しよう。あなたは昨晩、真倉坂市にいた。鋼人七瀬の噂を広めるため、その姿で人を襲おうとしていたのか。いや、最近騒ぎがあったばかりなので、次に騒ぎを起こすための下見だったろう。あなたは真夜中に真倉坂市を訪れていた。免許証の入手が困難な立場であるあなたは、自転車か、電動自転車で移動していたことと思う。そして現場となったガソリンスタンド跡地で休憩していたか、ただ単にそばを通りかかった時、鋼人七瀬を探していた寺田刑事に遭遇した』

これも偶然。ご都合主義だ。しかし受け入れられるだろう。七瀬かりんが犯人であり、このサイトの開設者であり、サイトに集う者を鋼人七瀬の噂を広めるために利用し、それを今まさに告発されている。その場面に立ち会っているという熱せられた状況を、サイトに集っている者が拒否できるか。物語が紡がれている真っ最中、自分が登場人物の一人として立ち会っているというドラマを拒否できるだろうか。

できるわけがない。

拒否できないなら偶然を承認するしかない。承認するリスクもないとなれば、岩永の解決を喜んで支持するだろう。

『寺田刑事は車に乗って市内を回っている時、あなたを見かけた。夜中にひとり、自転車で移動している女性。鋼人七瀬が人間によって演じられていると疑っていた刑事はあなたを不審に思い、声をかけた。あなたは普通の、目立たない服装をしていたろうが、刑事は見逃さなかったのだ。あなたの胸が大きいのを。鋼人七瀬を想起させるあなたの胸に、刑事の勘が働いたのだ。寺田刑事はあなたに職務質問をかけた』

「寺田さんは大きい胸は好みじゃなかったそうだけど」

「九郎先輩もそうですね。私の小さい体が」

「九郎君は胸やら体の大きさで女性を判断したりしない」

紗季が前で呟いた言葉につい答えてしまって不毛な言い合いになりそうだったが、岩永は熱狂するサイトに冷静な告発文を綴《つづ》る。

『あなたはまさか刑事に職務質問されるとは思わなかった。されど相手は車であり、逃げても追いつかれるだけで余計に怪しまれる。あなたはやむを得ず応じた。頭の良いあなただ、夜中市内にいた言い訳くらいは考えていたろう。隣の市に住んでいるのだけれど、好きなお菓子が最寄りのコンビニになくこの辺りまで来た、といった。この時あなたは刑事が鋼人七瀬について捜査しているとは考えていなかった。頭の良いあなたでも、優秀な刑事が実害のろくに出ていない亡霊について本気で調べているとは想定外だった』

六花は未来を探っているかもしれない。鋼人七瀬が生きながらえる未来を求め、変な表現になるが、自殺を連続して行っているかもしれない。

だがもう遅い。六花の届く範囲にそんな未来はありはしない。

『寺田刑事はあなたに当たり障りのない、職務に関係のある範囲で話しかけた。あなたは早く切り上げようと愛想良く、素直に応じたろう。しかしさらにあなたにとって想定外があった。あなたは化粧やヘアスタイルで容姿を変え、七瀬かりんとばれないようにしていただろう。だが相手は優秀な刑事であり、鋼人七瀬について調べ、その過程で七瀬かりんの写真をいくつも見、その顔を、特徴を記憶していたのだ。人の顔を覚えるのは刑事の仕事のひとつだ。少々変わったくらいではだまされない。寺田刑事はあなたが七瀬かりんと気づいたのだ』

七瀬かりんは整形をしていなかったのか。造作を大きく変える整形は短期間では難しく、費用もかかる。その説明を入れるかどうか迷ったが、テンポを優先して割愛。

『刑事は呆然としたろう。死んだはずの七瀬かりんが目の前にいる。鋼人の姿ではないが、これは七瀬かりんだ。ではこれは幽霊なのか？　七瀬かりんは間違いなく死んでいるのだ。刑事ゆえに、捜査で死んだと結論づけられている人物が顔のない死体トリックで生存していたとはいきなり発想できなかったろう。自分は本物の幽霊と出くわしているのでは、と思考が迷走しもする。柔道の有段者で屈強な刑事が、パニックによって無防備になったのだ』

なぜ屈強な刑事が抵抗の形跡なく殺害されたのか。終始この事件につきまとっていた謎。七瀬かりんが犯人であるとしても、岩永はちゃんと説明してみせた。

『あなたはその隙を見逃さなかった。寺田刑事の反応から自分が七瀬かりんと見抜かれたと悟ったあなたはすかさず刑事の頭を手近なもので撲った。自転車に積んであった懐中電灯、傘、固くて重いバッグ、護身用に棒状のものを自転車に装備していたかもしれない。あなたはそれで刑事の頭を撲り、運良く殺害するか、意識を失わせることができた』

これは解決第三の変奏でもある。すでに解説した状況だけに、読む者は難なく頭に光景を再現できるはずだ。

『あなたは即座に、これを鋼人七瀬の仕業に見せかけると決めた。そうやって殺人の話題が七瀬かりんの亡霊の噂と一緒に広まれば、あなたの目的通りで問題ない。屈強な刑事が他に外傷も争った跡もなく顔面を砕かれていれば、そんなことができそうにない女性のあなたが犯人と疑われにくくもなる。あなたにとって良いことずくめだ。あなたは手近なブロックか石、所持していたもので刑事の顔を完全に潰し、自分がいた形跡も始末してそこから立ち去った』

誰が、どうやって、何のために。鋼人七瀬にまつわる事件について岩永は四度にわたってそれを語った。長い長い虚構の推理。

『これがあなたの犯罪の全てだ。これもまた否認しようというなら構わない。ただできるならあなたが七瀬かりんでないことを証明してほしい。もう一度言おう、七瀬かりん、あなたが犯人だ』

紗季は自然に漏れる声の震えを抑えるのがやっとだった。

「これはひどい嘘だ。なのに、よくここまで組み上げたっ」

巻き込んだ。これまで書き込みをしながらも一歩退いた観客であったサイトに集まる者、サイトを閲覧する者を物語に取り込んだ。ネットの掲示板で仮説をひねくり回し、戯れに現実の事件を扱っていると思っていたのが、最後にそのネット空間こそが事件の中心と告発され、サイトに触れる者全てが事件の関係者になったのだ。

これは引き込まれる。その物語を、自分達が立ち会った物語が真実であると信じたがる。鋼人七瀬が作為的存在という大前提を皆が受け入れる。

劇的で巧妙だった。三つの解決が棄却されたのも犯人の意図、サイトの開設も犯人の企み、単純明快に亡霊・鋼人七瀬を打ち消す『本当は七瀬かりんは生きていた』という事実。いきなり解決第四を投下しても信じられればしなかったろう。信じさせるための基本設定を、岩永は三つの解決を使うことで浸透させた。信じさせる土台を固めた。

六花はこの岩永の戦略にどうやれば対抗できたろう。それぞれの解決を相手にせず放置すべきだったのか。

放置すれば九郎がその中のひとつが強く支持される未来をつかんで決定したかもしれない。六花はそれらが支持される未来を潰すしかなかった。

だが解決を却下することが後に岩永の解決を補強してしまう機構の中では、それもまた自分を追い詰める。

六花ができたとすれば、岩永の四つの解決が投下される前に、より魅力的な亡霊の物語を上書きすることだけだった。ただしそれもまた困難だったろう。

怪異の物語は複雑になればなるほど、細かくなればなるほど、長くなればなるほど不気味さを失う。想像力の入る余地がなくなり、いっそう作り物めいてくる。それが支持される未来が現実化する確率はきわめて低く、六花の力でもつかめなかったろう。

紗季はまばたきを忘れるほどに開いていた目で、携帯電話の画面を視界に留めつつも後部座席にいる岩永を見遣った。

「本物のサイト管理者である六花さんが『私は七瀬かりんではない』って書き込んだらどうするの？」

「誰がそれを信じると？　すでに大勢は七瀬かりんが管理者であり、その方が面白いと盛り上がっています。認めようと認めまいと、流れは変わりません」

言う通りだった。サイトの書き込みは管理者の、開設者の出現を煽っている。中には解決第四に疑義を呈するきわめて冷めた書き込みもあったが、大勢は決まっていた。

「九郎先輩が未来を決定しました。これを変える未来の選択肢は六花さんに届かない。このサイトで鋼人七瀬を操ることはもうできやしない」

岩永は顔を上げ、紗季の向こう、フロントガラスの向こうへと一眼の焦点を合わせるようにする。紗季も振り返り、階段上の鋼人七瀬と九郎を見た。

鋼人七瀬が倒れたまま階段を十数段も転げ落ちた。鉄骨までが手を離れ、滑り落ちて階段の一番下の地面に弾む。鋼人七瀬は手足を痙攣《けいれん》させ、必死に起き上がろうとしていたが、踏み潰された蟻のようで、壊れた人形のようで、かつての不気味な存在感を失っていた。九郎は階段の上で怪物を見下ろしている。

「たとえサイト管理者が七瀬かりんでないと証明されたとしても、鋼人七瀬について今後皆が何を語ることができるでしょう。私が刻んだ物語以上の物語が生まれうるでしょうか。これほどサイトに集まる者が熱を帯びる物語が、死んだアイドルが鉄骨を振り回すという設定から生まれるでしょうか」

鋼人七瀬の都市伝説は、インパクトがあるキャラクターではあるので、まだこれからもひそひそと語られるかもしれない。だが同時にこのサイトを閲覧した者は別の都市伝説も語るのではないか。

七瀬かりんは実は生きている、死んだのは別人だった、と。

このサイトでの遣り取り自体が伝説と化すかもしれない。七瀬かりんが鋼人七瀬をでっち上げていて、それが告発されるのをリアルタイムで見た、と語る者が増殖するかもしれない。すでに増殖し、ネット中を駆け巡って夜が明ける頃には新たな都市伝説として定着しているかもしれない。

それもまた岩永の狙いだろう。その伝説は鋼人七瀬という亡霊の存在を許さない。鋼人七瀬が『想像力の怪物』として力を持つのをことごとく妨げる毒になるのだ。

岩永は四つの解決で現実にいる事件関係者に対してややもすれば誹謗中傷、名誉毀損にもなる書き込みを行った。七瀬かりんの父、姉、七瀬かりん当人に罪があるように語っている。下手をすると今も普通に生活する姉の初実に迷惑がかかることもあろうが、警察や周囲の者が追及したりはしないだろう。むしろ鋼人七瀬をこのまま野放しにしておいた方が、彼女が責められかねない。妹の霊が暴れているのを実の姉が放っておいていいのか、供養が足りないのでは、と。

とうに成仏しているであろう七瀬かりんも殺人鬼の怪物として暴れさせられ、名を記憶されるよりも、生きているかもしれないアイドルとして伝説になる方がましではないか。その設定では彼女は殺人を犯しているが、鋼人七瀬として無差別殺人を行うことになるよりは良いだろう。

第一、岩永の虚構の犯人告発劇はドラマティック過ぎて、聞いた人は受け入れつつもどこか自分達のいる現実とは違う別の現実、テレビや新聞、物語の中の出来事と捉えるのではないか。

だとすれば、現実にいる七瀬かりんの関係者に真実かどうか問い質したり近づいたりするのをためらおう。ドラマはネット内で完結したのだ。なのに現実に続きを求めては、せっかくの物語が汚されてしまいかねない。岩永は関係者を悪く語りつつも、できる限りの配慮を怠ってはいなかった。

「では当議会に出席の皆様、採決の時となりました」

岩永は言いながらベレー帽の位置を直し、キーボードの上で十本の指先を合わせた。

「特別な作業はいりません。ただ皆様が良心にもとづき、その頭の内でご自由に願われるだけで結構です。鋼人七瀬という亡霊がいるか、いないか。どちらを選ばれたか、自動的に採決されます」

岩永が何もしなくとも、サイトの書き込みは増え続けている。どちらを支持するか、その意見を表明する者もいる。

九郎は鋼人七瀬をそのままにして階段の一番下まで戻ると、そこで鉄骨を拾い、重そうに両手で抱えながらゆっくり階段を上がり直す。彼はそして曲がった腕、ねじれた足、欠落した顔でのたうつごとく立とうとする鋼人七瀬のそばに佇む。

岩永が目を閉じ、囁くのが聞こえた。

「世に真怪《しんかい》はあれど、虚怪《きょかい》もまた多くあり。虚構は虚構に戻れ。嘘から生まれた怪物は、嘘によって滅びる」

九郎が鉄骨を振り上げ、二つの膨らみがたわむ鋼人七瀬の胸に真っ直ぐ突き立てた。断末魔か、想像力によって生み落とされたアイドルの亡霊という設定の怪物は四肢をいっぱいに伸ばして震えさせ、ばたりと力を失った。

動かない。あれほど何度も立ち上がった怪物が、胸から鉄骨を生やしたまま動かない。

「採決は『鋼人七瀬は虚構である』が多数。桜川六花の企みは否決されました」

岩永は合わせていた指を離し、ベレー帽を頭から取るとパソコンのディスプレイに対して小さく礼をした。

虚構争奪議会はかくて閉会する。

紗季は誰よりも間近で虚構が争奪されるのを見た。虚構が真実にひっくり返るのを、真実が虚構にひっくり返るのを見た。ペットボトルの蓋を開け、喉を潤している娘がやってのけたのを見た。

　まとめサイトでは、その鋼人七瀬という怪異をかつては支持していた者達の書き込みが続いている。

〈おい、どうなんだ、管理人も現れないし〉

〈さっきのは本当なのか、嘘なのか？〉

〈わからない、わかるもんか〉

〈ただ、本当としたら、すごいものを見たよな？〉

　紗季も同感だ。

　九郎の足元で鋼人七瀬が紙風船のごとくしわしわとしぼみ始めたかと思うと、薄く、小さくなり、最後に消えてなくなった。以前紗季達の前から消えた時と違い、いかにも生命力が尽きてぼろぼろと吹き飛んだような失せ方だった。鉄骨も腐蝕《ふしょく》して溶けるように風に流れて消えてしまった。

　鋼人七瀬を信じる者はまだいるだろう。まとめサイトを見ていなかった者も数多いはずだ。けれどサイトが鋼人七瀬の核であり、心臓部だった。そこが鋼人を支えていた。心臓がなくなれば消えてしまいもする。

「や、これはこれは」

　岩永がペットボトルを座席に投げ出し、苦笑混じりのあきれ声を発すると、ベレー帽を助手席の背もたれに引っ掛けた。

「メールが来ましたよ」

その岩永の呼びかけに、紗季は彼女が持ち上げたパソコンの画面に向く。

「六花さんです。九郎先輩のパソコンですから、アドレスを知っていたのでしょう」

あっさりと言うが、これまでずっと姿を現さずに切り結んでいた相手が、直接メールを送ってくるとは目をこすらねばならない出来事だ。

送信先のアドレスは携帯電話のものだろう。件名は『六花』とあり、本文は短く一行だけあった。

《九郎、琴子さん、今回はあなたたちの勝ち。またね。》

六花も自分の邪魔をしていたのが二人だと気づいていたのだ。

それもそうか。未来を決定する能力を持つ六花を阻めるのは同じ能力を持つ者だけで、奇計を尽くした虚構の投下はこの娘でもなければやりそうにない。

パソコンを膝の上に戻し、岩永は柔らかい髪を疲れた顔でかき回す。

「だから六花さん、何度も私を名前で呼ばないでくださいと言っているのに」

メールの内容に対してそこはどうでもいいだろう、と感じたものの、紗季は重ねて訊いてみた。

「嫌いなの？　『琴子』って名前」

「自分でも言いにくいですし、相手も言いにくそうですし、そんな調子で名を呼ばれてもしっくりきませんから。だから九郎先輩にも苗字で呼ばせています」

恋人同士にしては名を呼ばないのが腑に落ちなかったが、理由があったのか。

「それより六花さん、『今回は』って書いてるわね」

「また新たな『想像力の怪物』を造るつもりなのでしょう。実験がひとつうまくいかなかったくらいでくじける人でもありません」

再びこんなことが起こるのか。自分のいる真倉坂市で起こらないにしても、日本のどこかで怪物が現れ、警察の手に負えない事件を発生させるなど、ぞっとする話だった。

「さっきはうやむやになってたけど、六花さんは何のためにそんなことを？」

鋼人七瀬出現の報が化け猫によってもたらされる前にそんな話をしていて、紗季の側から考えるのを投げ出していた。

岩永はベレー帽を再びかぶり、傍らに立てかけてあったステッキを握って車のドアロックを外す。

「人の想像はあらゆる可能性を秘めています。妖怪を、亡霊を、魔を生み、無意識に怪物を創造してしまえます。ならどんなものでも、神様だって造れるかも」

息を呑む。そんな大げさな。またそれは答えになっていない。神様を造ってどうしようというのだ。

さらに質すため紗季が腰を浮かしかけた時、岩永は車外に出てステッキの先を地面に着けていた。見ると九郎が、シャツとジーンズに破損が目立つ以外は車を出た時とほとんど変わらない様子で、こちらに歩いて来るところだった。

公園の階段下に来る前に食べていた残りのバナナを二本座席から取り、岩永は九郎に軽く手を振った。時間は午前零時を過ぎている。無敵の鋼人と一時間以上死線を往き来しながら呼吸を乱さず、温泉につかった後ぷらぷらと旅館に戻って来るような足取りの九郎にさすがの岩永もあきれざるをえない。

嘘でもいいからもうちょっとつらそうにしているとか、恋人が出迎えているのだから矢も楯《たて》もたまらず駆け寄ってぎゅうと抱き締めるとかすればいいものを。

もともと覇気に乏しい先輩ではあるが、こうなると情緒面でも人間とは違う域にあると言われても仕方ないだろう。

まるで歩みを速めない九郎に苛立ち、岩永はステッキを突き突き車の前に出て進んだ。車体から五メートルも離れてやっと九郎が手の届く距離に近づく。

「ご苦労様でした。いくら不死身でも、あれだけ死んで生き返ればエネルギーを消費し過ぎでしょう。ただちに養分補給を。食べてください」

不満は多々あったが、岩永はねぎらいを込めて左手のバナナを差し出す。

九郎は苦笑した。

「補給が必要なのはお前だ。あれだけの可能性、あれだけの未来を作り出し、僕につかませるのにどれだけエネルギーが必要だったかくらいわかる」

頭脳労働のエネルギー消費量は少なくないが、岩永はホテルで眠りに入る前からほぼ勝利の構図を描けていた。キーを叩き、その場その場の流れを読んで調整する苦労はあったとはいえ、サイト内に降下してからの駆け引きではさほど脳細胞を酷使していない。疲れているのは疲れているが。

「まあ、そう言わずに食べてください。人間らしく補給していた方が紗季さんも安心するでしょう。私は後で九郎先輩のバナナを食べさせていただければ」

「頼むから、頼むからこんな時に品のない冗談を言わないでくれ」

そこにわらわらと二人の周りへ、白かったり黒かったり、猫だったり犬だったり、何ともわからぬもやもやとした物体や気体が輪を描いて集まりだす。

「やれうれしや」

「鋼人めがきえよりましたよ」

「うれしや」

「うれしや」

「やれうれしや」

それらは二人から一定の距離を取りながらも粛々と喜悦に身を揺すっている。真倉坂市にいる化け物や幽霊、妖怪の類が遠くから見守っていたのを、どうやら決着したと祝いに寄ってきたらしい。百体以上はいるだろう。

「ばんざい」

「ばんざい」

「おひいさまばんざい」

そんな低いかけ声が響く。岩永はこれまで何度もこういったもの達の相談に乗り、トラブルを解決してきたが、ここまで多くに喜ばれたのは初めてだった。鋼人七瀬の暴虐は、密かに慎ましく暮らしていたこのもの達に一番迷惑だったのだ。

岩永はそれらに対して素直に手を振って応える。どんな形のものにであれ、感謝されて悪い気はしない。

「早く帰ろうか」

良い気分でいたのに九郎がため息で岩永の肩を抱き、車の中の方を示した。

「紗季さんが卒倒しそうになってる」

ただでさえ化け物に恐怖心を抱いている紗季は、ハンドルにかじりつかんばかりに身を伏せ、異界の存在達の歓喜のざわめきから全神経を逸らそうとしているようだった。

第七章　秩序を守る者

ひどい夜だった。あんな夜があってたまるものか。

紗季は鋼人七瀬攻略成功後、九郎の運転するレンタカーでマンションまで送ってもらいはしたが、一睡もできずに朝を迎え、食事もろくろく胃に入れられず、署に出勤することとなった。

鋼人七瀬が消えて油断したのがいけなかった。その後に九郎と岩永が化け物どもに祝福されている、百鬼夜行のような光景を見せられ、当初の不安通り、まったくもって日常への不信感が増してしまったのだ。

九郎が紗季のマンションから去る前に、市内のああいったもの達に今後紗季さんの前に現れないよう命じておきますから、と申し出てくれたが、さして気休めにもならなかった。鋼人七瀬に関わって少しは過去を吹っ切れるかと願っていたが、傷の上積みの方が大きかったかもしれない。

そして昼前に係長がわざわざ紗季の所にやって来て声を潜め、

「ネットの噂は気にしなくていいから。捜査本部はまともに取り合ってないよ」

と言った。紗季はネットの噂などさっぱりわからないふりをし、係長は知らないならいいんだ、と決まり悪そうに去っていったが、署や本部で〈鋼人七瀬まとめサイト〉の記述が話題になっているらしい。

紗季らしき警察官が犯人にされる『解決第一』は棄却されたとはいえ、寺田が死んだばかりでショックを受けていそうなのに犯人扱いされ、紗季が心を患《わずら》っていないか、署内の目を気にしていないか、係長は探りたかったのだろう。今日の紗季は昨日よりひどい顔色だろうから、放っておけなかったのもわかる。

寺田といえば昨晩、マンションに向かう車を運転する九郎から謝られた。紗季が六花について岩永から知らされていると聞いてだ。

「すみません、紗季さん。僕が早く六花さんを押さえに動いていれば、寺田刑事さんが殺される前に対応できたかもしれない」

そういえばそうかもしれないが、その謝罪は正しくなく、傲慢《ごうまん》でもあると感じて紗季は景色の流れる真っ暗の窓外を向いた。

「まさか九郎君も岩永さんも、こんな事態は予想できなかったんでしょう。あなたの未来を決める力は、何もかもを救えるほど大した力じゃないんだから」

謝るとすれば六花なのかもしれないが、三年近く前に短く目礼したきりの相手に罪を問うほどの意欲は紗季に湧かなかった。

「なら仕方ないとしか言えない」

寺田のためには怒るべきなのだろうが、直接手を下した鋼人七瀬が消えてしまい、紗季の中では全てが終わった感じもしていた。

それから九郎とは言葉をかわさないまま自宅に到着した。岩永は後部座席にいたが、車が走り出す前、シートベルトをするとすぐ寝入ってしまい、急ブレーキにも目を覚まさないほどだった。たったひとり虚構と知力で数多の想像力を操ったのだから、消耗しきっていてもうなずける。

もともと小さい体なのだ、エネルギー蓄積量も知れているだろう。紗季でも小脇に抱えて走れそうな娘なのだ。

だがこの娘だけは将来も敵にはすまいと紗季は心に誓っておいた。

どうにか午前の時間を乗り切り、署の食堂で昼休みにきつねうどんを細々とすすりながら、携帯電話で〈鋼人七瀬まとめサイト〉にアクセスしようとしたが、その場所はすでに削除されていた。昨晩の岩永の書き込みについては関連サイトや他の掲示板で話題になり、ページを保存していた者がそっくりそのまま貼り付けていたりして情報が広まっていた。

まとめサイトが消えたので、本当に七瀬かりんが生きていてサイトを管理していたのでは、そんなでき過ぎな話があるものか、でもあやしいだろう、といった議論があちこちで行われていたが、どこか信じたいような、そんなわけないだろうという常識を重視したいような、妙な空気が漂っていた。

とはいえ、もはや鋼人七瀬という怪異を信じてその話題を口にする者はほとんどいない。七瀬かりんの生存と岩永の謎解きの検証に皆の興味が移っているのだ。六花が敗北を告げてサイトを消し、九郎がその未来を決定したのもあって、怪物の復活はなさそうだった。

捜査本部もすでにネットの情報を得ているだろうが、どう扱う気でいるのか、一介の署員である紗季が尋ねるわけにもいかなかった。が、夕方頃に耳にした噂によると、一応七瀬かりんの死が事実かどうか、問題のサイトの開設者が誰なのか調べるつもりではいるらしい。

調べたところで今さら七瀬かりんとされた遺体が別人のものと証明されるわけもなく、サイトと七瀬かりんが無関係という証明も難しいだろうが、じき徒労と判明し、ネット情報に踊らされただけ、七瀬かりんは間違いなく今年の一月に死んでいると本部は結論づけるだろう。

七瀬かりんが自殺同然に鉄骨を浴びて死んだのは事実だが、彼女とその家族の間に何があったか、彼女が何を思って死んだかの真実は人知のおよぶところではない。岩永の推理が当たっている部分があるかもしれず、まるで当たっておらず、真実は味気ないものかもしれない。

そして寺田を殺した犯人は消滅した。この事件が警察によって解決される未来はない。九郎も六花も、この未来を変える選択肢は見えなかったはずだ。警察はひたすら地道な捜査を続け、何の手掛かりも得られず、本部は縮小され、捜査員は時折ネットを駆けた七瀬かりん生存説を思い出しては頭を横に振るだろう。

紗季は吐息し、一日黙々と職務をこなした。こなし続けた。この仕事だけは虚実が逆転しない、不変の日常だと確かめるように。

午後八時になって、紗季は先日岩永と待ち合わせたファミリーレストランで九郎と落ち合った。昨晩岩永が寝入っている間に携帯電話の番号だけ交換しておいたのだ。

「岩永さんは?」

「まだ眠っていますよ」

向かい合って座り、注文を終えて落ち着いてから紗季が尋ねたのに対し、九郎は背中を椅子に預ける。

「昨日一日、朝から夜まで頭を酷使していたからそうなると思ってました。明日の朝にはけろりと起きますよ」

九郎ひとりと会いたいと言っても岩永が付いてくるだろうと考えていたので、紗季は拍子抜けした気分だった。

「恋人が丸一日目覚めないんだから、もうちょっと心配そうにしなさいよ」

「しますよ。必要になれば」

九郎はおしぼりで手を拭きながら笑う。小憎らしい笑顔だったが、紗季は口をつぐんで自分もおしぼりを手にした。

日曜の夜とあってかファミリーレストランは家族連れとカップルで八割くらいの席が埋まっている。市内で刑事が惨殺されたばかりで、外出を控えようという空気が少しはあると思っていたが、明るく賑わっている店内に、事件の影響はまるで見受けられない。同じ市で人が殺されても何も変わらないのだ。日常の不変性は一見とはいえ連続している。

景気の悪い様子の自分も、こうして座っていれば何の苦悩もない事務職員が世間ずれしていない若い恋人と夕食に来ている風に映るのだろうか、という変な危惧を紗季はしてしまった。いや、今の九郎と自分ではしっかり者の姉と、進路決定に本腰を入れられていない大学生の弟という辺りだろう。

もし同僚や本部の者に二人でいるのを見かけられたら、それに近い関係であると言い訳しよう。寺田が死んだ直後に昔の彼氏と二人きりで話していたなんて、また悪い噂の種になってしまう。

「六花さんの話でしたね」

おしぼりをきれいに丸め直し、九郎から切り出した。

「そう。あの人の目的は何？」

岩永の説明はわざと核心をはぐらかしているようであり、再び質《ただ》してもそうなりそうだったので、九郎に訊きたかった。目的もわからずまた怪物がどこかに生み出されているかも、という懸念を抱いて過ごすのは耐え難い。

九郎は紗季のそんな心中を察しているのか、渋りはせず、息をついて紗季の目を見据え、話し出す。

「僕はもう、この体とこの能力があるのはあきらめてます。今のところ普通に成長して、普通に老化もしているようなので、事故やケガで死んだりはできなくても、案外人間の寿命通りには死ねるんじゃないかと希望を持ってる。死ななければ未来決定能力は使えないし、普通の生活場面では死ぬような境遇にそうそうならないから、どうにか普通に暮らしていけるとも思っています」

四度、普通という言葉を使った。九郎はずっと、自分の能力と特異性を自覚してから、普通であろうと心掛けていたのだろう。だから目立たない、おとなしい、ぱっとしない雰囲気と性格にまとまってしまったのかもしれない。

「でも六花さんは違う。その能力を積極的に使って、普通の人間に戻ろうとしてるんだ」

「積極的に使って？」

可能性という可能性を探り、不死身の肉体も未来を決める能力も持たない自分がいる未来を決めようとしているのか。でも未来決定能力は、奇跡の力ではない。自分にできることしかできない。起こる確率の高いことしか決定できない。

異形に変質してしまった肉体を元に戻すなんて個人の力で、人間の技術や知識でできるものか。

そうだ。六花は大学病院に長期入院していた。そこで、医学で、自分の体を元に戻せないか試していたのだ。そして長年の挑戦の結果、常識内の方法では可能性は生まれない、望む未来はつかめないと見切りをつけた。そしてどうしたのか。

昨晩、岩永は言った。人の想像は、神様だって造れるかも。

「六花さんは、自分の体を普通に戻せる能力を持つ『想像力の怪物』を、そんな神様みたいな力を持った存在を生み出そうとしてる？」

口にしてみたものの、にわかには信じられない。九郎は引きつりかけた紗季の頬の辺りから視線を外さない。

「おそらく。六花さんは手段を選ばない、何を考えてるかわからない。普通であろうとして、普通でないことをしでかしてしまう。あの人はくだんと人魚を食べる前から、もともと心の内は化け物だったんじゃないかと思えて仕方ない」

身も心も化け物になったから、六花は切《せつ》に人に戻りたいと願うのかもしれない。完全に失って初めて、価値を知ることもある。

「でも九郎君、六花さんを好きなんでしょう？」

「それも仕方ない」

紗季も九郎を嫌って別れたわけではない。人生には仕方ない場面が多過ぎるのだ。後ろと左右の席で談笑が聞こえる。来週は遊園地に行こう、就職がやっと決まったんだ、そのポテトサラダちょっとちょうだい。ごく当たり前の会話の中に、化け物とか神様とか当たり前でない話題が紛れ込んでいる。

「これからどうするの？　六花さんはまた怪物を生み出す気でいるんでしょう？」

「岩永が許しませんよ。どんな目的であれ、人でも妖怪でも、望みの怪物を不自然に生み出そうなんて、秩序に反していますから」

誰もが己の望みをかなえる神様を造る自由が許されたら、どんな世界になってしまうだろう。渾沌《こんとん》というものがどんな色艶でどんな匂いをしているか、知る機会になりそうだ。

紗季にもわかる。

そんな世界は終わっている。許されない。秩序は守られねばならない。

「あいつはそのために、右眼と左足を捧げたようなものだから」

九郎が真っ直ぐ語ったところにちょうど、店員が注文した料理を運んできた。ご注文の品、以上でよろしかったでしょうかの問いに応と返し、店員が去ってから紗季は言う。

「あなたもあの娘とともに、許さないのね」

「そういうの柄《がら》ではないんだけど」

意思を言葉にしなくとも、十分に柄であって、正しいと信じれば決して譲らないそういうところも好きなのだけれど。

紗季はまたいらない感情を掘り起こしてしまったと額を指でかく。

九郎はスプーンを手に取った。九郎の注文はカニチャーハンと海鮮サラダセット、紗季は焼き鳥定食。焼き鳥は寺田と一緒に食べにいけないままになった。これから鳥を食べるたび、あの大きい背中を思い出し、その死を悼むのかもしれない。

「携帯電話、私の番号消した？　二人で会うのはこれきりだから」

「はい、かかってきた後すぐに。岩永がうるさいですから」

「うるさくなくてもダメ。あれは相当気にするタイプ」

紗季が岩永の立場なら嫌でたまらないだろう。今度は九郎が額をかいた。

「そうは言っても僕らがやり直すのは無理でしょう、紗季さん？」

「うん、久しぶりに会っても、やっぱり無理って感じた」

紗季は今でも九郎が好きだ。大学卒業間近まで、別れないでいられないか努力したのだ。しかし無理だった。九郎の体の秘密を知ってから、抱き合っただけで肌が粟立った。がんばってキスをしたら、直後に気持ち悪くなって吐いてしまったのだ。

これは本当に九郎を傷つけたと思う。長年付き合った恋人とのキスの直後に吐くなんて、気が弱い男性なら首を吊ってしまいかねない行為だ。

頭では九郎の異質を受け入れようとしても、心と体が全力で拒否するのを抑えられなかった。次に牛と魚まで食べられなくなり、別れる決心をするしかなかった。このままではお互い傷つけるばかりで、遠距離恋愛を続けられるとも考えられなかった。

「九郎君とこれくらいの距離でいるのはいいけど、触れるとなるとまだ抵抗が先に立つ。ごめんなさい」

「いえ、秘密にしていた僕も悪かったんですから」

付き合う前、高校生の時に教えられても冗談としか思わなかっただろうが、教えられていたらどうだったろう。

もう過ぎたことだ。答えが出ても、今の関係に反映されはしない。

紗季も箸を取り、社会人で年上の先輩らしくこう言った。

「岩永さん、大事にしなさいよ」

「してますよ。あいつはもともと身の危険に対して鈍いんです。あるいは僕以上に、恐れを知らないところがあります。化け物達の仲裁に当たったって、傷を負ったのも一度や二度ではありません」

思ってもみないほど、九郎は厳しい声を返してきた。そう言われれば、あの小さな体で鋼人七瀬に体当たりするなど、怖いもの知らずもいいところだ。

「本当なら、六花さんの件に岩永は関わらせたくなかった。関わる前にどうにかするつもりだった」

九郎は息を吐いてスプーンをチャーハンの中に差し入れ、悔やむように続ける。

「今度のことで、六花さんは自分の目的のための一番の障害は岩永と気づいたでしょう。なら六花さんは、次は岩永を狙うかもしれません」

紗季が手にした箸の重みが増した気がした。そこまでは紗季も思い至っていなかった。障害は取り除くに限る。避けたりかわしたりするより、それが最も邪魔にならない。鋼人七瀬が大量殺人を犯すほどに成長するのを促進させようとした六花だ、いよいよとなれば岩永を亡き者にする選択を迷うわけがない。

「だから岩永さんに何も言わず、六花さんを探していたの?」

あの娘のことだ、相談すれば一も二もなく関わろうとしたろう。そして岩永が六花にとってどんな形であれ目障りとわかれば、やはり狙われる展開になる。それを避けるため、九郎は岩永に何も言わず、六花を止めようとしていたのだ。

九郎は紗季の問い掛けには答えず、すくい上げたスプーンに載るチャーハンを見つめ、言った。

「岩永は死なせません。あいつは幸せになるべき人間だから」

この時、紗季は知った。ようやく全てに踏ん切りがつけられると思った。

もう彼と会うことはないだろう。

夕食を終え、ファミリーレストランを出た後、紗季は九郎から電動自転車を譲られた。岩永が市内の移動用に購入したがもう使う予定もなく、持ち帰るのも手間なので紗季に引き取ってもらうつもりだったという。安くない買い物だろうに太っ腹な話だが、岩永の家にはこれくらいどうというものでもない資産があるそうだ。

自分で買う気にはなれないが、もらえるなら別だ。紗季は謹《つつし》んで受け取った。これならあの坂道を楽々登れるだろう。

ホテルの方へ歩き出した九郎の背中をしばらく見送り、その電動自転車にまたがった後、紗季は携帯電話を取り出し、彼の番号を削除した。

夜は怖い。以前よりも怖くなった。静かで変わりないコンビニエンスストアやファーストフード店の看板の陰にも魔がいるかもしれないと以前より感じるようになった。

でも怖さに立ち向かう意志は以前より強くなった。昔の彼氏とその新しい彼女が秩序を守るために戦うというのだ。特にあの小さな娘が、超常的な力に頼らず、ただ知略と合理だけで戦うのを見た。渾沌に秩序をもたらす嘘を築き上げた。そして昔の彼氏はそんな彼女を死なせないと言った。

この世は恐れるほどでたらめになったりはしない。でたらめにならない力も働いている。そう信じていいと思う。

紗季は息を深く吸い、ゆっくりペダルをこぎだした。


月曜の朝、岩永は唸っていた。

また失敗した。返す返すもまた失敗した。

一日半も眠り込み、九郎と紗季が二人きりで会い、話す時間をたっぷり作ってしまうとは、岩永、痛恨の失敗だった。

午前九時半過ぎ、九郎がホテルのフロントでチェックアウトの手続きをしている間、岩永はロビーのソファに座り込んで頭を抱えていた。目覚めたのは今朝の午前六時。備え付けの電波時計のその時刻表示に、わずか四時間ほどの睡眠にしては頭と体がすっきりしているなあ、とステッキを探しながら日付表示を見たら、丸一日過ぎていた。四時間どころか二十八時間睡眠だ。

携帯電話で九郎を呼び出したらすぐ部屋にやって来てくれたものの、眠っている間に紗季と会っていたのはごまかしもせず認めた。鋼人七瀬を退治したら自転車を紗季に譲ると言っていたので、早い方がいいだろうと会ったという。

それはそうだけれども、どうやって待ち合わせの連絡を取ったのか、帰りの車で番号を

交換して、とこれもごまかさない。九郎は携帯電話を岩永に渡し、

「もう番号は削除した。紗季さんとこの先、会うことはないよ」

と言ったが、そういう問題ではないのだ。この男はなんと女心を理解しないのだろう。言い合っていてもどうしようもなく、身だしなみを整え、朝食を摂り、部屋を引き払う段取りになった。真倉坂市での用は済んだのだ。また一日市内にいたら、紗季とひょっこり会ってしまうかもしれない。

「まだ怒ってるのか？」

「怒ってない。反省しているだけです」

手続きを終えた九郎が戻って来たのにそう返す。いくら何でも半日くらいで目覚めるべきだった。同じ失敗をしないためにも、これからは体力と気力を向上させるのを課題にしなければならない。

九郎が自分と岩永の荷物を手にする。お互い手提げカバンひとつずつの少なさで、最もかさばるのが九郎のノートパソコンなほどだ。もともと長期滞在を予定していなかったので、日帰り旅行以下の手荷物しかない。

岩永はベレー帽をかぶり、ステッキの子猫の飾りを握って立ち上がる。九郎が尋ねてきた。

「タクシーは？」

「駅は近いし、歩きましょう」

ホテルを出ると、空はどんよりと曇っていた。天気予報では午後から八十パーセントの確率で雨という。午前中でも六十パーセントになっていた。

「雨が降りそうだな。またどこかのベンチでうたた寝するのに付き合わされるのか？」

「いくら私でも、二十八時間も寝た後にうたた寝ができるもんかっ」

またも間が悪い。全てが終わって目覚めてすぐに雨が降るなんて。

歩道に出て岩永はかつかつと歩き出す。歩幅の大きい九郎は両手の荷物を揺らし、その隣に付く。

「先輩、六花さんもすぐ次の行動に出たりはしないでしょうが、全国の妖怪、化け物の類に手掛かりがあれば報せるよう、通達しますよ。またあんな、わずらわしいだけの攻略戦をやるのは避けたいですから、直接会って話し合いの上でやめさせるのが一番です」

九郎はパソコンに送られて来たメールに昨日のうちに返信を打っていたが、音沙汰はなかったという。

「あと、何か新しい情報が入っても、私に内緒で動かないでくださいよ」

「善処するよ」

「だからあ」

そういう曖昧な態度だから昔の彼女と二人きりで会ったのをいろいろ詮索したり気をもんだり、携帯電話の履歴をチェックしないではいられない感情が高ぶったりするのだ。

そんな岩永の憤懣《ふんまん》などまったく興味なさそうに、九郎が唐突に真面目な調子になって言った。

「岩永、クエビコを知っているなら、イワナガヒメも知っているな」

以前、九郎に対して自分を『古事記』に記されているクエビコに喩《たと》えたことがある。イワナガヒメも同じ日本神話に現れる名だ。

「知らないわけがないでしょう」

漢字では石長比売と記されるが、自分の苗字と同じ音なので忘れるわけがない。

コノハナノサクヤビメ（木花之佐久夜毘売）の姉で、姉妹一緒に神の御子たるニニギノミコトのもとに嫁いだが、ニニギノミコトはコノハナノサクヤビメだけをめとってイワナガヒメを家に返してしまう。

イワナガヒメはその名に『岩』がある通り、いくら年月が流れようと変わらない岩のごとき永遠の命を与えるものだったのに、それをめとらず返したため、ニニギノミコトをはじめ代々の神の御子の命は、木の花のように散る限られたもの、寿命あるものになったという。

九郎が続ける。

「ならわかるだろう。不死身の僕とともにいるのは、コノハナノサクヤビメじゃなくてイワナガヒメじゃないといけないと」

聞き方次第では素晴らしい告白かもしれないが、岩永は歩きながらステッキで不機嫌に九郎の右手にぶら下がるカバンをつついた。

「うまいこと言ったつもりかもしれませんが、どうしてイワナガヒメが家に返されたかは知ってますよね」

「こまかいことは気にするな」

「こまかくない。イワナガヒメはぶさいくだったから家に返されたんですよ」

女子に対する喩えを完全に間違っている。いや、わざとやっているかもしれない。わざとでないといいのだが、この男は一筋縄ではいかない。鈍くて勘が悪くて女心を解さない朴念仁《ぼくねんじん》だが、たまに気取ってひねりやがるのだ。

九郎は岩永のステッキをよけながら、いたって普通に、少し不思議そうにこう答えた。

「でもお前は花より綺麗だから、僕はどこにも返してないだろう?」

灰色の雲が厚い。今にもぽつぽつと降ってきそう。こんな曇天の下で、なぜそんな普通に言うのか。卑怯だ。計算で言っていなそうなのがまた腹が立つ。これでは怒るに怒れないじゃあないか。

岩永はやり場のない感情にステッキを宙でさまよわせ、最後に地面を突き、ベレー帽を押さえて早足になった。

「どちらにせよ、人を外見で判断するのはよくないです。人魚とくだんのまじりもののくせに偉そうに言わないでください」

九郎の方がある基準ではよほど不細工なのだ。九郎の方が畏れ多くも岩永に付き合っていただいているという態度であってもいいくらいだ。

雨の匂いがする。この真倉坂市からはまもなく立ち去るから、ここで降っても岩永の眠りには関わらない。けれど雲が追ってくるなら、夜には岩永の住む町にも雨を降らすだろう。

「先輩、今日、うちに泊まりますか。父母も会いたがっています」

「そうだな。僕もお世話になってるのをあやまらないといけない」

「そんな他人行儀な。もはや自分の家と親だと思って問題は」

「あるよ。まだ外堀を埋められるわけにはいかない」

「まだ逃げられると思っているんですか？」

この世には妖怪、あやかし、怪異、物の怪、魔、幽霊、そう呼ばれるものが当たり前にいる。理外の理があり、無理と道理も両立している。

でも恐れる必要はない。全てには秩序がある。

岩永はただそれを守る。六花がいかなる方法を使おうと、いかなる思いで新たな神を求めようと、必ず守ってみせる。必要とあれば合理的な虚構を、真実を超える虚構も築こう。虚実のあわいにこの世を守ろう。

岩永は駅へ急ぐ。久しぶりに、穏やかな日になりそうだった。

主要参考文献

『一つ目小僧と瓢箪　性と犠牲のフォークロア』飯島吉晴　新曜社　二〇〇一
『改訂版　雨月物語　現代語訳付き』上田秋成／鵜月洋訳注　角川ソフィア文庫　二〇〇六
『〈うそ〉を見抜く心理学「供述の世界」から』浜田寿美男　NHKブックス　二〇〇二
『日本の妖怪』小松和彦編著　ナツメ社　二〇〇九
『日本幻獣図説』湯本豪一　河出書房新社　二〇〇五

本書は二〇一一年五月、講談社ノベルスより『虚構推理　鋼人七瀬』として、二〇一五年講談社文庫より『虚構推理』として刊行されたものです。

講談社タイガ

〈著者紹介〉

城平 京（しろだいら・きょう）

第８回鮎川哲也賞最終候補作『名探偵に薔薇を』（創元推理文庫）でデビュー。漫画原作者として『スパイラル』『絶園のテンペスト』『天賀井さんは案外ふつう』を「月刊少年ガンガン」にて連載。2012年『虚構推理　鋼人七瀬』（講談社ノベルス／講談社文庫）で、第12回本格ミステリ大賞を受賞。同作は「少年マガジンＲ」で漫画化。ベストセラーとなる。

虚《きょ》構《こう》推《すい》理《り》

2019年１月21日　第１刷発行
2022年２月25日　第９刷発行

定価はカバーに表示してあります

著者……………………………城平《しろだいら》 京《きょう》

発行者………………………鈴木章一
発行所………………………株式会社 講談社
〒112-8001 東京都文京区音羽2-12-21
編集03-5395-3510
販売03-5395-5817
業務03-5395-3615

KODANSHA

本文データ制作……………講談社デジタル製作
印刷…………………………豊国印刷株式会社
製本…………………………株式会社国宝社
カバー印刷…………………株式会社新藤慶昌堂
装丁フォーマット…………ムシカゴグラフィクス
本文フォーマット…………next door design

ISBN978-4-06-514530-2　N.D.C.913　382p　15㎝

講談社
タイガ

虚構推理シリーズ

城平 京

虚構推理短編集

岩永琴子の出現

イラスト
片瀬茶柴

妖怪から相談を受ける『知恵の神』岩永《いわなが》琴《こと》子《こ》を呼び出したのは、何百年と生きた水神の大蛇。その悩みは、自身が棲まう沼に他殺死体を捨てた犯人の動機だった。——「ヌシの大蛇は聞いていた」

山奥で化け狸が作るうどんを食したため、意図せずアリバイが成立してしまった殺人犯に、嘘の真実を創《つく》れ。——「幻の自販機」

真実よりも美しい、虚《うつ》ろな推理を弄ぶ、虚構の推理ここに帰還！